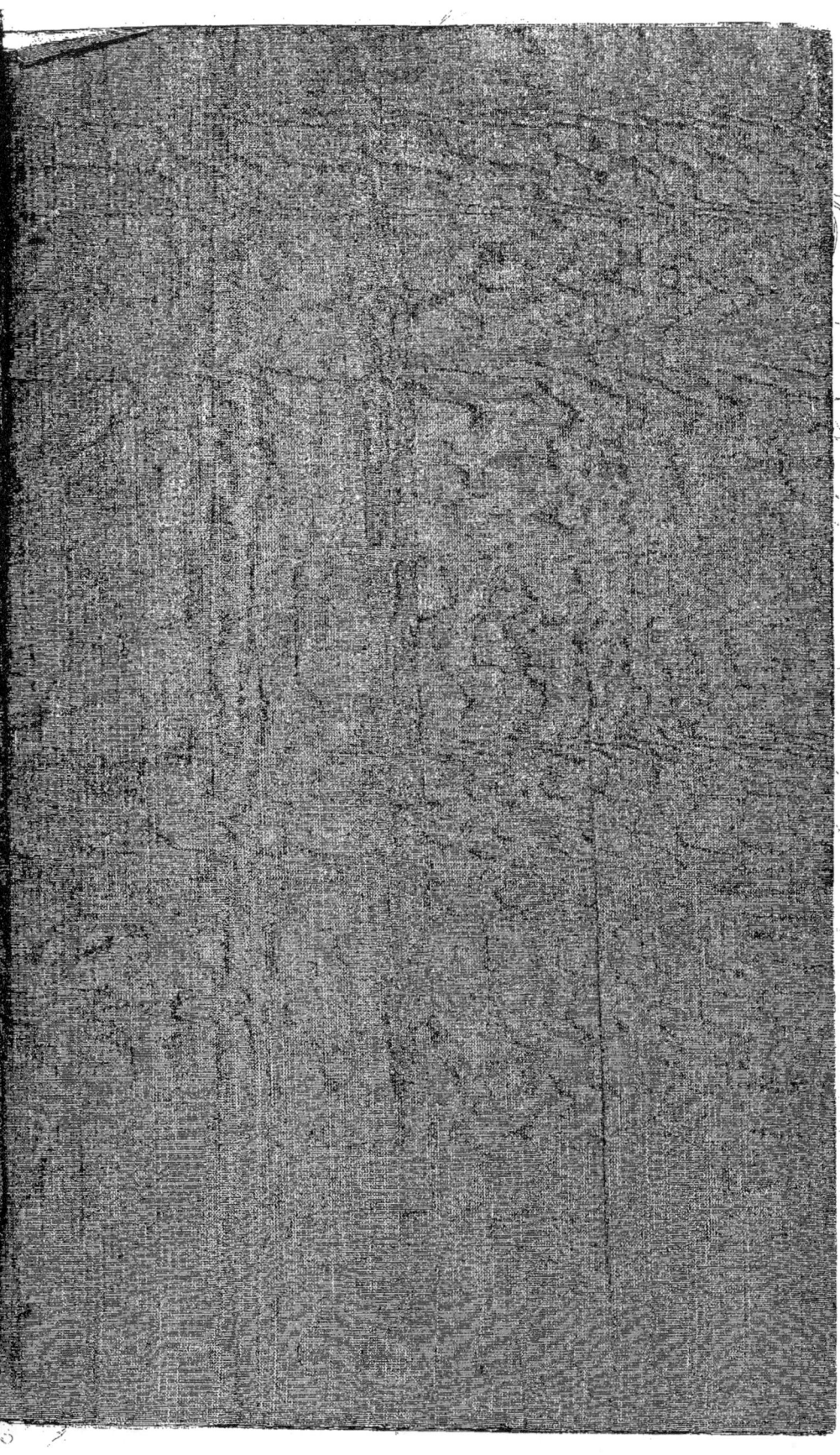

OEUVRES

COMPLETES

DE

VOLTAIRE.

OEUVRES

COMPLETES

DE

VOLTAIRE.

TOME SIXIEME.

DE L'IMPRIMERIE DE LA SOCIÉTÉ LITTÉRAIRE-
TYPOGRAPHIQUE.

1 7 8 5.

THEATRE.

TABLE

DES PIECES

CONTENUES DANS CE VOLUME.

T A B L E.

Fin de la Table du Tome fixième.

LES

Goûtons sous ces Cyprès un moment de repos
Le ciel bien rarement l'accorde à nos travaux.

Les Loix de Minos Act.4 Sc.1

J.M. Moreau le j.e inv.   1785.   Simonet Sculp

LES

LOIS DE MINOS,

TRAGEDIE.

Non repréfentée.

EPITRE

DEDICATOIRE

A MONSEIGNEUR

LE DUC

DE RICHELIEU,

PAIR ET MARECHAL DE FRANCE, GOUVERNEUR DE GUIENNE, PREMIER GENTILHOMME DE LA CHAMBRE DU ROI, &c.

MONSEIGNEUR,

Iʟ y a plus de cinquante ans que vous daignez m'aimer. Je dirai à notre doyen de l'académie, avec *Varron* (car il faut toujours citer quelque ancien, pour en impofer aux modernes): *Eʃt aliquid facri in antiquis neceʃʃitudinibus.* Ce n'eʃt pas qu'on ne foit auʃʃi très-invariablement attaché à ceux qui nous ont prévenus depuis par des bienfaits, et à qui nous devons une reconnaiʃʃance éternelle ; mais *antiqua neceʃʃitudo* eʃt toujours la plus grande confolation de la vie.

A 2

La nature m'a fait votre doyen, et l'académie vous a fait le nôtre; permettez donc qu'à de fi juftes titres je vous dédie une tragédie qui ferait moins mauvaife fi je ne l'avais pas faite loin de vous. J'attefte tous ceux qui vivent avec moi que le feu de ma jeuneffe m'a fait compofer ce petit drame en moins de huit jours, pour nos amufemens de campagne; qu'il n'était point deftiné au théâtre de Paris, et qu'il n'en eft pas meilleur pour tout cela. Mon but était d'effayer encore fi l'on pouvait faire réuffir en France une tragédie profane, qui ne fût pas fondée fur une intrigue d'amour; ce que j'avais tenté autrefois dans Mérope, dans Orefte, dans d'autres pièces, et ce que j'aurais voulu toujours exécuter. Mais le libraire *Valade*, qui eft fans doute un de vos beaux efprits de Paris, s'étant emparé d'un manufcrit de la pièce, felon l'ufage, l'a embelli de vers compofés par lui ou par fes amis, et a imprimé le tout fous mon nom, auffi proprement que cette rapfodie méritait de l'être. Ce n'eft point la tragédie de *Valade* que j'ai l'honneur de vous dédier; c'eft la mienne, en dépit de l'envie.

Cette envie, comme vous favez, eft l'ame du monde. Elle établit fon trône, pour un jour ou deux, dans le parterre à toutes les pièces nouvelles, et s'en retourne bien vîte à la cour, où elle demeure la plus grande partie de l'année.

Vous le favez, vous, le digne difciple du maréchal de *Villars*, dans la plus brillante et la plus noble de toutes les carrières. Vous vîtes ce héros qui fauva la France, qui fut fi bien faire la guerre et la paix, ne jouir de fa réputation qu'à l'âge de quatre-vingts ans.

Il fallut qu'il enterrât fon fiècle, pour qu'un nouveau fiècle lui rendît publiquement juftice. On lui reprochait jufqu'à fes prétendues richeffes, qui n'approchaient pas, à beaucoup près, de celles des traitans de ces temps-là ; mais ceux qui étaient fi baffement jaloux de fa fortune n'ofaient pas, dans le fond de leur cœur, envier fa gloire, et baiffaient les yeux devant lui.

Quand fon fucceffeur vengeait la France et l'Efpagne dans l'île de Minorque, l'envie ne criait-elle pas qu'il ne prendrait jamais Mahon ; qu'il fallait envoyer un autre général à fa place ? Et Mahon était déjà pris.

Vous fîtes des jaloux dans plus d'un genre ; mais ce n'eft ni au général ni au plus aimable des Français que je m'adreffe ici, je ne parle qu'à mon doyen. Comme il fait le grec auffi-bien que moi, je lui citerai d'abord *Héfiode* qui, dans l'*Erga kai imerai*, connu de tous les courtifans, dit en termes formels :

Kai keramais keramai kotei, kai tektoni tekton.
Kai ptokos ptoko phdonei, kai acidon acido.

Le potier eft ennemi du potier, le maçon du maçon : le gueux porte envie au gueux, le chanteur au chanteur.

Horace difait plus noblement :

. . . . *Diram qui contudit hydram,*
Comperit invidiam fupremo fine domari.

Le vainqueur de l'hydre ne put vaincre l'envie qu'en mourant.

Boileau dit à *Racine* :

Sitôt que d'Apollon un génie infpiré
Trouve loin du vulgaire un chemin ignoré,

A 3

En cent lieux contre lui les cabales s'amaffent ;
Ses rivaux obfcurcis autour de lui croaffent ;
Et fon trop de lumière, importunant les yeux,
De fes propres amis lui fait des envieux.
La mort feule ici-bas, en terminant fa vie,
Peut calmer fur fon nom l'injuftice et l'envie,
Faire au poids du bon fens pefer tous fes écrits,
Et donner à fes vers leur légitime prix.

Tout cela eft d'un ancien ufage, et cette étiquette
fubfiftera long-temps. Vous favez que je commentai
Corneille, il y a quelques années, par une déteftable
envie ; et que ce commentaire, auquel vous contri-
buâtes par vos générofités, à l'exemple du roi, était
fait pour accabler ce qui reftait de la famille et du
nom de ce grand homme. Vous pouvez voir dans ce
commentaire que l'abbé d'*Aubignac*, prédicateur ordinaire de la cour, qui croyait avoir fait une pratique
du théâtre et une tragédie, appelait *Corneille Mafcarille*,
et le traitait comme le plus méprifable des hommes.
Il fe mettait contre lui à la tête de toute la canaille
de la littérature.

Les ci-devant foi-difant jéfuites accusèrent *Racine*
de cabaler pour le janfénifme, et le firent mourir
de chagrin. Aujourd'hui fi un homme réuffit un
peu, pour quelque temps, fes rivaux ou ceux qui
prétendent l'être difent d'abord que c'eft une mode
qui paffera comme les pantins et les convulfions :
enfuite ils prétendent qu'il n'eft qu'un plagiaire ;
enfin ils foupçonnent qu'il eft athée. Ils en aver-
tiffent les porteurs de chaife de Verfailles, afin qu'ils
le difent à leurs pratiques, et que la chofe revienne.

à quelque homme bien zélé, bien morne et bien méchant, qui en fera fon profit.

Les calomnies pleuvent fur quiconque réuffit. Les gens de lettres font affez comme M. *Chicaneau* et madame la comteffe de *Pimbêche*:

Qu'eft-ce qu'on vous a fait? — On m'a dit des injures.

Il y aura toujours dans la république des lettres un petit canton où cabalera le *pauvre diable* (*) avec fes femblables; mais auffi, Monfeigneur, il fe trouvera toujours en France des ames nobles et éclairées qui fauront rendre juftice aux talens, qui pardonneront aux fautes inféparables de l'humanité, qui encourageront tous les beaux arts. Et à qui appartiendra-t-il plus d'en être le foutien qu'au neveu de leur principal fondateur? c'eft un devoir attaché à votre nom.

C'eft à vous de maintenir la pureté de notre langue qui fe corrompt tous les jours; c'eft à vous de ramener la belle littérature et le bon goût, dont nous avons vu les reftes fleurir encore. Il vous appartient de protéger la véritable philofophie, également éloignée de l'irréligion et du fanatifme. Quelles autres mains que les vôtres font faites pour porter au trône les fleurs et les fruits du génie français, et pour en écarter la calomnie qui s'en approche toujours, quoique toujours chaffée? A quel autre qu'à vous les académiciens pourraient-ils avoir recours dans leurs travaux et dans leurs afflictions? et quelle gloire pour vous, dans un âge où l'ambition eft

(*) Voyez la petite pièce intitulée *le Pauvre diable*.

A 4

affouvie, et où les vains plaifirs ont difparu comme un fonge, d'être, dans un loifir honorable, le père de vos confrères! L'ame du grand *Armand* s'applaudirait plus que jamais d'avoir fondé l'académie françaife.

Après avoir fait Oedipe et les Lois de Minos, à près de foixante années l'un de l'autre ; et après avoir été calomnié et perfécuté pendant ces foixante années, fans en faire que rire, je fors prefque octogénaire (c'eft-à-dire beaucoup trop tard), d'une carrière épineufe, dans laquelle un goût irréfiftible m'engagea trop long-temps.

Je fouhaite que la fcène françaife, élevée dans le grand fiècle de *Louis XIV* au-deffus du théâtre d'Athènes et de toutes les nations, reprenne la vie après moi; qu'elle fe purge de tous les défauts que j'y ai portés, et qu'elle acquière les beautés que je n'ai pas connues.

Je fouhaite qu'au premier pas que fera dans cette carrière un homme de génie, tous ceux qui n'en ont point ne s'ameutent pas pour le faire tomber, pour l'écrafer dans fa chute, et pour l'opprimer par les plus abfurdes impoftures.

Qu'il ne foit pas mordu par les folliculaires, comme toute chair bien faine l'eft par les infectes; ces infectes et ces folliculaires ne mordant que pour vivre.

Je fouhaite que la calomnie ne députe point quelques-uns de fes ferpens à la cour pour perdre ce génie naiffant, en cas que la cour, par hafard, entende parler de fes talens.

Puiffent les tragédies n'être déformais ni une

longue converfation partagée en cinq actes par des violons, ni un amas de fpectacles grotefques appelé par les Anglais *show*, et par nous, *la rareté, la curiofité!*

Puiffe-t-on n'y plus traiter l'amour comme un amour de comédie dans le goût de *Térence*, avec déclaration, jaloufie, rupture, et raccommodement!

Qu'on ne fubftitue point à ces langueurs amoureufes des aventures incroyables et des fentimens monftrueux, exprimés en vers plus monftrueux encore, et remplis de maximes dignes de *Cartouche* et de fon ftyle.

Que dans le défefpoir fecret de ne pouvoir approcher de nos grands maîtres, on n'aille pas emprunter des haillons affreux chez les étrangers, quand on a les plus riches étoffes dans fon pays.

Que tous les vers foient harmonieux et bien faits; mérite abfolument néceffaire, fans lequel la poëfie n'eft jamais qu'un monftre; mérite auquel prefque aucun de nous n'a pu parvenir depuis *Athalie*.

Que cet art ne foit pas auffi méprifé qu'il eft noble et difficile.

Que le *faxhal* et les *comédiens de bois* ne faffent pas abfolument déferter *Cinna* et *Iphigénie*.

Que perfonne n'ofe plus fe faire valoir par la témérité de condamner des fpectacles approuvés, entretenus, payés par les rois très-chrétiens, par les empereurs, par tous les princes de l'Europe entière. Cette témérité ferait auffi abfurde que l'était la bulle *In cœnâ Domini*, fi fagement fupprimée.

Enfin, j'ofe efpérer que la nation ne fera pas

toujours en contradiction avec elle-même fur ce grand art, comme fur tant d'autres chofes.

Vous aurez toujours en France des efprits cultivés et des talens ; mais tout étant devenu *lieu commun*, tout étant problématique à force d'être difcuté, l'extrême abondance et la fatiété ayant pris la place de l'indigence où nous étions avant le grand fiècle, le dégoût du public fuccédant à cette ardeur qui nous animait du temps des grands hommes ; la multitude des journaux et des brochures, et des dictionnaires fatiriques, occupant le loifir de ceux qui pourraient s'inftruire dans quelques bons livres utiles, il eft fort à craindre que le goût ne refte que chez un petit nombre d'efprits éclairés, et que les arts ne tombent chez la nation.

C'eft ce qui arriva aux Grecs après *Démofthènes*, *Sophocle* et *Euripide*. Ce fut le fort des Romains après *Cicéron*, *Virgile* et *Horace* : ce fera le nôtre. Déjà pour un homme à talens qui s'élève, dont on eft jaloux, et qu'on voudrait perdre, il fort de deffous terre mille demi-talens, qu'on accueille pendant deux jours, qu'on précipite enfuite dans un éternel oubli, et qui font remplacés par d'autres éphémères.

On eft accablé fous le nombre infini des livres faits avec d'autres livres ; et dans ces nouveaux livres inutiles, il n'y a rien de nouveau que des tiffus de calomnies infames, vomies par la baffeffe contre le mérite.

La tragédie, la comédie, le poëme épique, la mufique, font des arts véritables. On nous prodigue des leçons, des difcuffions fur tous ces arts ; mais que le grand artifte eft rare !

L'écrivain le plus méprifable et le plus bas peut dire fon avis fur trois fiècles, fans en connaître aucun, et calomnier lâchement, pour de l'argent, fes contemporains qu'il connaît encore moins. On le fouffre, parce qu'on l'oublie : on laiffe tranquillement ces colporteurs, devenus auteurs, juger les grands hommes fur les quais de Paris, comme on laiffe les nouvelliftes décider dans un café du deftin des Etats; mais fi dans cette fange un génie s'élève, il faut tout craindre pour lui.

Pardonnez-moi, Monfeigneur, ces réflexions : je les foumets à votre jugement et à celui de l'académie, dont j'efpère que vous ferez long-temps l'ornement et le doyen.

Recevez avec votre bonté ordinaire ce témoignage du refpectueux et tendre attachement d'un vieillard plus fenfible à votre bienveillance qu'aux maladies dont fes derniers jours font tourmentés.

PERSONNAGES.

TEUCER, roi de Crète.

MÉRIONE,
DICTIME, } archontes.

PHARÈS, grand facrificateur.

AZEMON,
DATAME, } guerriers de Cydonie.

ASTERIE, captive.

UN HERAUT.

Plufieurs guerriers cydoniens.

Suite, &c.

La fcène eft à Gortine, ville de Crète.

LES
LOIS DE MINOS,
TRAGEDIE.

ACTE PREMIER.

SCENE PREMIERE.

Le théâtre repréſente les portiques d'un temple, des tours
ſur les côtés, des cyprès ſur le devant.

TEUCER, DICTIME.

TEUCER.

Quoi! toujours, cher ami, ces archontes, ces grands,
Feront parler les lois pour agir en tyrans !
Minos qui fut cruel a régné ſans partage ;
Mais il ne m'a laiſſé qu'un pompeux eſclavage,
Un titre, un vain éclat, le nom de majeſté,
L'appareil du pouvoir, et nulle autorité.
J'ai prodigué mon ſang, je règne, et l'on me brave.
Ma pitié, ma bonté pour cette jeune eſclave
Semble dicter l'arrêt qui condamne ſes jours ;
Si je l'avais proſcrite elle aurait leur ſecours.
Tel eſt l'eſprit des grands, depuis que la naiſſance
A ceſſé de donner la ſuprême puiſſance.

Jaloux d'un vain honneur, mais qu'on peut partager,
Ils n'ont choifi des rois que pour les outrager. (1)

DICTIME.

Ce trône a fes périls ; je les connais fans doute ;
Je les ai vus de près ; je fais ce qu'il en coûte.
J'aimais Idoménée ; il mourut exilé,
(2) En pleurant fur un fils par lui-même immolé.
Par le fang de ce fils, il crut plaire à la Crète.
Mais comment fubjuguer la fureur inquiète
De ce peuple inconftant, orageux, égaré,
Vive image des mers dont il eft entouré ?
Ses flots font élevés, mais c'eft contre le trône ;
Une fombre tempête en tout temps l'environne.
Le fort vous a réduit à combattre à la fois
Les durs Cydoniens et vos jaloux Crétois,
Les uns dans les confeils, les autres par les armes ;
Et chaque inftant pour vous redouble nos alarmes :
Hélas ! des meilleurs rois c'eft fouvent le deftin ;
Leurs pénibles travaux fe fuccèdent fans fin.
Mais que votre pitié pour cette infortunée,
Par le cruel Pharès à mourir condamnée,
N'ait pas à votre exemple attendri tous les cœurs ;
Que ce faint homicide ait des approbateurs,
Qu'on ait juftifié cet ufage exécrable,
C'eft-là ce qui m'étonne ; et cette horreur m'accable.

TEUCER.

Que veux-tu ! ces guerriers fous les armes blanchis,
Vieux fuperftitieux aux meurtres endurcis,
Deftructeurs des remparts où l'on gardait Hélène,
Ont vu d'un œil tranquille égorger Polixène. (3)
Ils redoutaient Calchas. Ils tremblent à mes yeux
Sous un Calchas nouveau, plus implacable qu'eux.

Tel eft l'aveuglement dont la Gréce eft frappée :
Elle eft encor barbare (4), et de fon fang trempée ;
A des dieux deftructeurs elle offre fes enfans :
Ses fables font nos lois, fes dieux font nos tyrans.
Thèbes, Mycène, Argos, vivront dans la mémoire ;
D'illuftres attentats ont fait toute leur gloire.
La Gréce a des héros, mais injuftes, cruels,
Infolens dans le crime, et tremblans aux autels.
Ce mélange odieux m'infpire trop de haine.
Je chéris la valeur, mais je la veux humaine.
Ce fceptre eft un fardeau trop pefant pour mon bras,
S'il le faut foutenir par des affaffinats.
Je fuis né trop fenfible ; et mon ame attendrie
Se foulève aux dangers de la jeune Aftérie.
J'admire fon courage, et je plains fa beauté.
Ami, je crains les dieux ; mais dans ma piété
Je croirais outrager leur fuprême juftice,
Si je pouvais offrir un pareil facrifice.

DICTIME.

On dit que de Cydon les belliqueux enfans
Du fond de leurs forêts viendront dans peu de temps
Racheter leurs captifs, et furtout cette fille
Que le fort des combats arrache à fa famille.
On peut traiter encore ; et peut-être qu'un jour,
De la paix parmi nous le fortuné retour
Adoucirait nos mœurs, à mes yeux plus atroces
Que ces fiers ennemis qu'on nous peint fi féroces.
Nos Grecs font bien trompés ; je les crois glorieux
De cultiver les arts, et d'inventer des dieux.
Cruellement féduits par leur propre impofture,
Ils ont trouvé des arts, et perdu la nature.

(5) Ces durs Cydoniens dans leurs antres profonds,
Sans autels et fans trône, errans et vagabonds,
Mais libres, mais vaillans, francs, généreux, fidelles,
Peut-être ont mérité d'être un jour nos modèles :
La nature eft leur règle, et nous la corrompons.

TEUCER.

Quand leur chef paraîtra, nous les écouterons.
Les archontes et moi, felon nos lois antiques,
Donnerons audience à ces hommes ruftiques.
Reçois-les. Et furtout qu'ils puiffent ignorer
Les facrés attentats qu'on ofe préparer.
Je ne te cèle point combien mon ame émue
De ces Cydoniens abhorre l'entrevue.
Je hais, je dois haïr ces fauvages guerriers,
De ma famille entière infolens meurtriers.
J'ai peine à contenir cette horreur qu'ils m'infpirent ;
Mais ils offrent la paix où tous mes vœux afpirent ;
J'étoufferai la voix de mes reffentimens,
Je vaincrai mes chagrins qui réfiftaient au temps :
Il en coûte à mon cœur ; tu connais fa bleffure ;
Ils vont renouveler ma perte et mon injure.
Mais faut-il en punir un objet innocent ?
Livrerai-je Aftérie à la mort qui l'attend !
On vient. Puiffent les dieux, que ma juftice implore,
Ces dieux trop mal fervis, ces dieux qu'on déshonore,
Infpirer la clémence, accorder à mes vœux
Une loi moins cruelle et moins indigne d'eux !

SCENE

SCENE II.

TEUCER, DICTIME: *le pontife* PHARÈS
avance avec le sacrificateur à sa droite ; le roi est à sa gauche,
accompagné des archontes de la Crète.

PHARÈS *au roi et aux archontes.*

PRENEZ place, Seigneurs, au temple de Gortine. (6)
Adorez et vengez la puissance divine.
  (*ils montent sur une estrade, et s'asseyent dans le même*
  ordre. Pharès continue.)
Prêtres de Jupiter, organes de ses lois,
Confidens de nos dieux ; et vous, roi des Crétois,
Vous, archontes vaillans qui marchez à la guerre
Sous les drapeaux sacrés du maître du tonnerre,
Voici le jour de sang, ce jour si solennel,
Où je dois présenter aux marches de l'autel
L'holocauste attendu que notre loi commande.
(7) De sept ans en sept ans nous devons en offrande
Une jeune captive aux manes des héros ;
Ainsi dans ses décrets nous l'ordonna Minos,
Quand lui-même il vengeait sur les enfans d'Egée
La majesté des dieux et la mort d'Androgée.
  Nos suffrages, Teucer, vous ont donné son rang ;
Vous ne le tenez point des droits de votre sang.
Nous vous avons choisi quand par Idoménée
L'île de Jupiter se vit abandonnée.
Soyez digne du trône où vous êtes monté,
Soutenez de nos lois l'inflexible équité.
  Théâtre. Tome VI.   B

Jupiter veut le fang de la jeune captive
Qu'en nos derniers combats on prit fur cette rive.
On la croit de Cydon. Ces peuples odieux,
Ennemis de nos lois et profcrits par nos dieux,
Des repaires fanglans de leurs antres fauvages,
Ont cent fois de la Crète infefté les rivages :
Toujours en vain punis, ils ont toujours brifé
Le joug de l'efclavage à leur tête impofé.

(*à Teucer.*)

Rempliffez à la fin votre jufte vengeance.
Une époufe, une fille à peine en fon enfance,
Aux champs de Bérécinthe, en vos premiers combats,
Sous leurs toits embrafés mourantes dans vos bras,
Demandent à grands cris qu'on apaife leurs manes.

Exterminez, grands Dieux, tous ces peuples profanes;
Le vil fang d'une efclave à nos autels verfé
Eft d'un bien faible prix pour le ciel offenfé.
C'eft du moins un tribut que l'on doit à mon temple ;
Et la terre coupable a befoin d'un exemple.

TEUCER.

Vrais foutiens de l'Etat, guerriers victorieux,
Favoris de la gloire, et vous, prêtres des dieux,
Dans cette longue guerre, où la Crète eft plongée,
J'ai perdu ma famille, et ce fer l'a vengée.
Je pleure encor fa perte ; un coup auffi cruel
Saignera pour jamais dans ce cœur paternel.
J'ai dans les champs d'honneur immolé mes victimes ;
Le meurtre et le carnage alors font légitimes.
Nul ne m'enfeignera ce que mon bras vengeur
Devait à ma famille, à l'Etat, à mon cœur.
Mais l'autel ruiffelant du fang d'une étrangère
Peut-il fervir la Crète et confoler un père ?

Plût aux dieux que Minos, ce grand légiflateur,
De notre république augufte fondateur,
N'eût jamais commandé de pareils facrifices !
L'homicide en effet rend-il les dieux propices ?
Avons-nous plus d'Etats, de tréfors et d'amis
Depuis qu'Idoménée eut égorgé fon fils ?
Guerriers, c'eft par vos mains qu'aux feux vengeurs en proie
J'ai vu tomber les murs de la fuperbe Troye.
Nous répandons le fang des malheureux mortels,
Mais c'eft dans les combats, et non point aux autels.
Songez que de Calchas et de la Gréce unie
Le ciel n'accepta point le fang d'Iphigénie. (8)
Ah ! fi pour nous venger le glaive eft dans nos mains,
Cruels aux champs de Mars, ailleurs foyons humains.
Ne peut-on voir la Crète heureufe et floriffante
Que par l'affaffinat d'une fille innocente ?
Les enfans de Cydon feront-ils plus foumis ?
Sans en être plus craints nous ferons plus haïs.
Au fouverain des dieux rendons un autre hommage ;
Méritons fes bontés, mais par notre courage ;
Vengeons-nous, combattons, qu'il feconde nos coups ;
Et vous, prêtres des dieux, faites des vœux pour nous.

PHARÈS.

Nous les formons ces vœux ; mais ils font inutiles
Pour les efprits altiers et les cœurs indociles.
La loi parle, il fuffit. Vous n'êtes en effet
Que fon premier organe et fon premier fujet ;
C'eft Jupiter qui règne. Il veut qu'on obéiffe ;
Et ce n'eft pas à vous de juger fa juftice.
S'il daigna devant Troye accorder un pardon
Au fang que dans l'Aulide offrait Agamemnon,

B 2

Quand il veut, il fait grâce. Ecoutez en filence
La voix de fa juftice ou bien de fa clémence;
Il commande à la terre, à la nature, au fort,
Il tient entre fes mains la naiffance et la mort.
Quel nouvel intérêt vous agite et vous preffe?
Nul de nous ne montra ces marques de faibleffe
Pour le dernier objet qui fut facrifié.
Nous ne connaiffons point cette fauffe pitié.
Vous voulez que Cydon cède au joug de la Crète;
Portez celui des dieux dont je fuis l'interprète:
Mais voici la victime.

(*on amène Aftérie, couronnée de fleurs et enchaînée.*)

SCENE III.

Les Perfonnages précédens, ASTERIE.

DICTIME.

A fon afpect, Seigneur,
La pitié qui vous touche a pénétré mon cœur.
Que dans la Grèce encore il eft de barbarie!
Que ma trifte raifon gémit fur ma patrie!

PHARÈS.

Captive des Crétois, remife entre mes mains,
Avant d'entendre ici l'arrêt de tes deftins,
C'eft à toi de parler, et de faire connaître
Quel eft ton nom, ton rang, quels mortels t'ont fait naître.

ASTERIE.

Je veux bien te répondre. Aftérie eft mon nom;
Ma mère eft au tombeau; le vieillard Azémon,

Mon digne et tendre père, a, dès mon premier âge,
Dans mon cœur qu'il forma fait paffer fon courage.
De rang je n'en ai point. La fière égalité
Eft notre heureux partage et fait ma dignité.

PHARÈS.

Sais-tu que Jupiter ordonne de ta vie?

ASTERIE.

Le Jupiter de Crète aux yeux de ma patrie
Eft un fantôme vain que ton impiété
Fait fervir de prétexte à ta férocité.

PHARÈS.

Apprends que ton trépas, qu'on doit à tes blafphèmes,
Eft déjà préparé par mes ordres fuprêmes.

ASTERIE.

Je le fais, de ma mort indigne et lâche auteur,
Je le fais, inhumain; mais j'efpère un vengeur.
Tous mes concitoyens font juftes et terribles;
Tu les connais, tu fais s'ils furent invincibles.
Les foudres de ton dieu, par un aigle portés,
Ne te fauveront pas de leurs traits mérités.
Lui-même, s'il exifte, et s'il régit la terre,
S'il naquit parmi vous, s'il lance le tonnerre, (9)
Il faura bien fur toi, monftre de cruauté,
Venger fon divin nom fi long-temps infulté.
Puiffe tout l'appareil de ton infame fête,
Tes couteaux, ton bûcher, retomber fur ta tête!
Puiffe le temple horrible où mon fang va couler
Sur ma cendre, fur toi, fur les tiens s'écrouler!
Périffe ta mémoire! et s'il faut qu'elle dure
Qu'elle foit en horreur à toute la nature!
Qu'on abhorre ton nom, qu'on détefte tes dieux;
Voilà mes vœux, mon culte et mes derniers adieux.

B 3

Et toi que l'on dit roi, toi qui paffes pour jufte,
Toi dont un peuple entier chérit l'empire augufte,
Et qui du tribunal où les lois t'ont porté
Sembles tourner fur moi des yeux d'humanité,
Plains-tu mon infortune en voulant mon fupplice ?
Non, de mes affaffins tu n'es pas le complice.

MERIONE, *archonte*, *à Teucer.*

On ne peut faire grâce, et votre autorité
Contre un ufage antique, et par-tout refpecté,
Oppoferait, Seigneur, une force impuiffante.

TEUCER.

Que je livre au trépas fa jeuneffe innòcente ! ...

MERIONE.

Il faut du fang au peuple, et vous le connaiffez.
Ménagez fes abus, fuffent-ils infenfés.
La loi qui vous révolte eft injufte peut-être ;
Mais en Crète elle eft fainte ; et vous n'êtes pas maître
De fecouer un joug dont l'Etat eft chargé.
Tout pouvoir a fa borne, et cède au préjugé.

TEUCER.

Quand il eft trop barbare il faut qu'on l'aboliffe.

MERIONE.

Refpectons plus Minos.

TEUCER.

                    Aimons plus la juftice. (*a*)
Et pourquoi dans Minos voulez-vous révérer
Ce que dans Bufiris on vous vit abhorrer?
Oui, j'eftime en Minos le guerrier politique,
Mais je détefte en lui le maître tyrannique.

Il obtint dans la Crète un abfolu pouvoir ;
Je fuis moins roi que lui ; mais je crois mieux valoir :
En un mot, à mes yeux votre offrande eft un crime.
    (*à Dictime.*)
Viens, fuis-moi.

P H A R È S *fe lève, les facrificateurs auffi, et defcendent*
de l'eftrade.

Qu'aux autels on traîne la victime.

T E U C E R.

Vous ofez !...

S C E N E I V.

Les Perfonnages précédens : un H E R A U T *arrive*
le caducée à la main ; le roi, les archontes, les facrificateurs
font debout.

L E H E R A U T.

DE Cydon les nombreux députés
Ont marché vers nos murs, et s'y font préfentés.
De l'olivier facré les branches pacifiques,
Symbole de concorde, ornent leurs mains ruftiques.
Ils difent que leur chef eft parti de Cydon,
Et qu'il vient des captifs apporter la rançon.

P H A R È S.

Il n'eft point de rançon quand le ciel fait connaître
Qu'il demande à nos mains un fang dont il eft maître.

B 4

TEUCER.

La loi veut qu'on diffère. Elle ne souffre pas
Que l'étendard de paix et celui du trépas
Etalent à nos yeux un coupable assemblage.
Aux droits des nations nous ferions trop d'outrage.
Nous devons distinguer, si nous avons des mœurs,
Le temps de la clémence, et le temps des rigueurs.
C'est par là que le ciel, si l'on en croit nos sages,
Des malheureux humains attira les hommages.
Ce ciel peut-être enfin lui veut sauver le jour.
Allez, qu'on la ramène en cette même tour
Que je tiens sous ma garde, et dont on l'a tirée
Pour être en holocauste à vos glaives livrée.
Sénat, vous apprendrez un jour à pardonner.

ASTERIE.

Je te rends grâce, ô Roi! si tu veux m'épargner.
Mon supplice est injuste autant qu'épouvantable:
Et quoique j'y portasse un front inaltérable,
Quoiqu'aux lieux où le ciel a daigné me nourrir,
Nos premières leçons soient d'apprendre à mourir,
Le jour m'est cher.... hélas! mais s'il faut que je meure,
C'est une cruauté que d'en différer l'heure.

(on l'emmène.)

TEUCER.

Le conseil est rompu. Vous, braves combattans,
Croyez que de Cydon les farouches enfans
Pourront mal-aisément désarmer ma colère.
Si je vois en pitié cette jeune étrangère,
Le glaive que je porte est toujours suspendu
Sur ce peuple ennemi par qui j'ai tout perdu.
Je sais qu'on doit punir comme on doit faire grâce,
Protéger la faiblesse, et réprimer l'audace;

Tels font mes fentimens. Vous pouvez décider
Si j'ai droit à l'honneur d'ofer vous commander ;
Et fi j'ai mérité ce trône qu'on m'envie.
Allez, blâmez le roi, mais aimez la patrie :
Servez-la. Mais furtout fi vous craignez les dieux,
Apprenez d'un monarque à les connaître mieux.

Fin du premier acte.

ACTE II.

SCENE PREMIERE.

DICTIME, DATAME, Gardes,
les Cydoniens *dans le fond.*

DICTIME.

Ou sont ces députés envoyés à mon maître ?
Qu'on les fasse approcher ; mais je les vois paraître.
Quel est celui de vous dont Datame est le nom ?

DATAME.

C'est moi.

DICTIME.

Quel est celui qui porte une rançon,
Et qui croit, par des dons aux Crétois inutiles,
Racheter des captifs enfermés dans nos villes ?...

DATAME.

Nous ne rougissons pas de proposer la paix.
Je l'aime ; je la veux, sans l'acheter jamais.
Le vieillard Azémon, que mon pays révère,
Qui m'instruisit à vaincre, et qui me sert de père,
S'est chargé, m'a-t-il dit, de mettre un digne prix
A nos concitoyens par les vôtres surpris.
Nous venons les tirer d'un infame esclavage ;
Nous venons pour traiter.

DICTIME.

Est-il ici ?

DATAME.

Son âge

A retardé fa courfe ; et je puis en fon nom
De la belle Aftérie annoncer la rançon.
Du fommet des rochers qui divifent les nues
J'ai volé, j'ai franchi des routes inconnues ;
Tandis que ce vieillard, qui nous fuivra de près,
A percé les détours de nos vaftes forêts :
Par le fardeau des ans fa marche eft ralentie.

D I C T I M E.

Il apporte, dis-tu, la rançon d'Aftérie ?

D A T A M E.

Oui. J'ignore à ton roi ce qu'il peut préfenter :
Cydon ne produit rien qui puiffe vous flatter.
Vous allez ravir l'or au fein de la Colchide :
Le ciel nous a privés de ce métal perfide.
Dans notre pauvreté que pouvons-nous offrir ?

D I C T I M E.

Votre cœur et vos bras, dignes de nous fervir.

D A T A M E.

Il ne tiendrait qu'à vous. Long-temps nos adverfaires,
Si vous l'aviez voulu, nous aurions été frères.
Ne prétendez jamais parler en fouverains.
Remettez, dès ce jour, Aftérie en nos mains.

D I C T I M E.

Sais-tu quel eft fon fort ?

D A T A M E.

Elle me fut ravie.

A peine ai-je touché cette terre ennemie :
J'arrive ; je demande Aftérie à ton roi,
A tes dieux, à ton peuple, à tout ce que je voi.
Je viens ou la reprendre ou périr avec elle.
Une Hélène coupable, une illuftre infidelle
Arma dix ans vos Grecs indignement féduits ;
Une caufe plus jufte ici nous a conduits.

Nous vous redemandons la vertu la plus pure.
Rendez-moi mon feul bien ; réparez mon injure.
Tremblez de m'outrager. Nous avons tous promis
D'être jufqu'au tombeau vos plus grands ennemis ;
Nous mourrons dans les murs de vos cités en flammes,
Sur les corps expirans de vos fils, de vos femmes....

(*à Dictime.*)

Guerrier, qui que tu fois, c'eft à toi de favoir
Ce que peut le courage armé du défefpoir.
Tu nous connais : préviens le malheur de la Crète.

DICTIME.

Nous favons réprimer cette audace indifcrète.
J'ai pitié de l'erreur qui paraît t'emporter.
Tu demandes la paix, et viens nous infulter.
Calme tes vains tranfports ; apprends, jeune barbare,
Que pour toi, pour les tiens, mon prince fe déclare ;
Qu'il épargne fouvent le fang qu'on veut verfer ;
Qu'il punit à regret ; qu'il fait récompenfer ;
Qu'intrépide aux combats, clément dans la victoire,
Il préfère furtout la juftice à la gloire.
Mérite de lui plaire.

DATAME.

Et quel eft donc ce roi ?
S'il eft grand, s'il eft bon, que ne vient-il à moi ?
Que ne me parle-t-il ?... La vertu perfuade.
Je veux l'entretenir.

DICTIME.

Le chef de l'ambaffade
Doit paraître au Sénat avec tes compagnons.
Il faut fe conformer aux lois des nations.

DATAME.

Eft-ce ici fon palais ?

DICTIME.

Non : ce vaſte édifice
Eſt le temple, où des dieux j'ai prié la juſtice
De détourner de nous les fléaux deſtructeurs,
D'éclairer les humains, de les rendre meilleurs.
Minos bâtit ces murs fameux dans tous les âges ;
Et cent villes de Crète y portent leurs hommages.

DATAME.

Qui ? Minos ? ce grand fourbe, et ce roi ſi cruel ?
Lui, dont nous déteſtons et le trône et l'autel ;
Qui les teignit de ſang ? lui, dont la race impure,
(10) Par des amours affreux, étonna la nature ?
Lui, qui du poids des fers nous voulut écraſer,
Et qui donna des lois pour nous tyranniſer ?
Lui, qui du plus pur ſang que votre Gréce honore,
Nourrit ſept ans ce monſtre appelé Minotaure ?
Lui, qu'enfin vous peignez, dans vos menſonges vains,
Au bord de l'Achéron, jugeant tous les humains ;
Et qui ne mérita, par ſes fureurs impies,
Que d'éternels tourmens ſous les mains des furies ?
Parle : eſt-ce là ton ſage, eſt-ce là ton héros ?
Crois-tu nous effrayer à ce nom de Minos ?
Oh ! que la renommée eſt injuſte et trompeuſe !
Sa mémoire à la Gréce eſt encor précieuſe ;
Ses lois et ſes travaux ſont par nous abhorrés.
On mépriſe en Cydon ce que vous adorez,
On y voit en pitié les fables ridicules
Que l'impoſture étale à vos peuples crédules.

DICTIME.

Tout peuple a ſes abus ; et les nôtres ſont grands :
Mais nous avons un prince ennemi des tyrans,

Ami de l'équité, dont les lois falutaires
Aboliront bientôt tant de lois fanguinaires.
Prends confiance en lui, fois sûr de fes bienfaits :
Je jure par les dieux. . . .

DATAME.

Ne jure point ; promets . . . .
Promets - nous que ton roi fera jufte et fincère ;
Qu'il rendra dès ce jour Aftérie à fon père. . . .
De fes autres bienfaits nous pouvons le quitter.
Nous n'avons rien à craindre et rien à fouhaiter.
La nature pour nous fut affez bienfefante :
Aux creux de nos vallons fa main toute-puiffante
A prodigué fes biens pour prix de nos travaux.
Nous poffédons les airs, et la terre et les eaux :
Que nous faut-il de plus ? Brillez dans vos cent villes
De l'éclat faftueux de vos arts inutiles.
La culture des champs, la guerre, font nos arts ;
L'enceinte des rochers a formé nos remparts.
Nous n'avons jamais eu, nous n'aurons point de maître.
Nous voulons des amis ; méritez-vous de l'être ?

DICTIME.

Oui, Teucer en eft digne ; oui, peut-être aujourd'hui
En le connaiffant mieux vous combattrez pour lui.

DATAME.

Nous !

DICTIME.

Vous-même. Il eft temps que nos haines finiffent,
Que pour leur intérêt nos deux peuples s'uniffent :
Je ne te réponds pas que ta dure fierté
Ne puiffe de mon roi bleffer la dignité ;

(*à sa suite.*)

Mais il l'estimera. Vous ; allez : qu'on prépare
Ce que les champs de Crète ont produit de plus rare ;
Qu'on traite avec respect ces guerriers généreux.

(*ils sortent.*)

Puissent tous les Crétois penser un jour comme eux !
Que leur franchise est noble, ainsi que leur courage !
Le lion n'est point né pour souffrir l'esclavage.
Qu'ils soient nos alliés et non pas nos sujets ;
Leur mâle liberté peut servir nos projets.
J'aime mieux leur audace et leur candeur hautaine
Que les lois de la Crète, et tous les arts d'Athène.

S C E N E I I.

T E U C E R, D I C T I M E, Gardes.

T E U C E R.

Il faut prendre un parti ; ma triste nation
N'écoute que la voix de la sédition.
Ce Sénat orgueilleux contre moi se déclare. (*b*)
On affecte ce zèle implacable et barbare
Que toujours les méchans feignent de posséder,
A qui souvent les rois sont contraints de céder.
J'entends de mes rivaux la funeste industrie
Crier de tous côtés, religion, patrie !
Tous prêts à m'accuser d'avoir trahi l'Etat,
Si je m'oppose encore à cet assassinat.
Le nuage grossit ; et je vois la tempête
Qui sans doute à la fin tombera sur ma tête.

D I C T I M E.

J'oferais propofer, dans ces extrémités,
De vous faire un appui des mêmes révoltés,
Des mêmes habitans de l'âpre Cydonie,
Dont nous pourrions guider l'impétueux génie.
Fiers ennemis d'un joug qu'ils ne peuvent fubir,
Mais amis généreux, ils pourraient nous fervir.
Il en eft un furtout, dont l'ame noble et fière
Connaît l'humanité dans fon audace altière :
Il a pris fur les fiens, égaux par la valeur,
Ce fecret afcendant que fe donne un grand cœur :
Et peu de nos Crétois ont connu l'avantage
D'atteindre à fa vertu, quoique dure et fauvage.
Si de pareils foldats pouvaient marcher fous vous,
On verrait tous ces grands fi puiffans, fi jaloux
De votre autorité qu'ils ofent méconnaître,
Porter le joug paifible, et chérir un bon maître.
Nous voulions affervir des peuples généreux;
Fefons mieux, gagnons-les; c'eft-là régner fur eux.

T E U C E R.

Je le fais. Ce projet peut fans doute être utile;
Mais il ouvre la porte à la guerre civile.
A ce remède affreux faut-il m'abandonner?
Faut-il perdre l'Etat pour le mieux gouverner?
Je veux fauver les jours d'une jeune barbare.
Du fang des citoyens ferai-je moins avare?
Il le faut avouer : je fuis bien malheureux!
N'ai-je donc des fujets que pour m'armer contre eux?
Pilote environné d'un éternel orage,
Ne pourrai-je obtenir qu'un illuftre naufrage?

Ah!

Ah! je ne fuis pas roi, fi je ne fais le bien.

DICTIME.

Quoi donc, contre les lois la vertu ne peut rien!
Le préjugé fait tout! Pharès impitoyable
Maintiendra, malgré vous, cette loi déteftable!
Il domine au Sénat! On ne veut déformais
Ni d'offres de rançon, ni d'accord, ni de paix!

TEUCER.

Quel que foit fon pouvoir, et l'orgueil qui l'anime,
Va, le cruel du moins n'aura point fa victime;
Va, dans ces mêmes lieux profanés fi long-temps,
J'arracherai leur proie à ces monftres fanglans.

DICTIME.

Puiffiez-vous accomplir cette fainte entreprife!

TEUCER.

Il faut bien qu'à la fin le ciel la favorife.
Et lorfque les Crétois, un jour plus éclairés,
Auront enfin détruit ces attentats facrés,
(Car il faut les détruire, et j'en aurai la gloire)
Mon nom refpecté d'eux vivra dans la mémoire.

DICTIME.

La gloire vient trop tard, et c'eft un trifte fort.
Qui n'eft de fes bienfaits payé qu'après la mort,
Obtînt-il des autels, eft encor trop à plaindre.

TEUCER.

Je connais, cher ami, tout ce que je dois craindre;
Mais il faut bien me rendre à l'afcendant vainqueur
Qui parle en fa défenfe, et domine en mon cœur.
Gardes, qu'en ma préfence à l'inftant on conduife
Cette cydonienne entre nos mains remife.

(*les Gardes fortent.*)

Théâtre. Tome VI. C

Je prétends lui parler, avant que dans ce jour
On ose l'arracher du fond de cette tour,
Et la rendre au cruel armé pour son supplice,
Qui presse au nom des dieux ce sanglant sacrifice.
Demeure : la voici. Sa jeunesse, ses traits,
Toucheraient tous les cœurs, hors celui de Pharès.

SCENE III.

TEUCER, DICTIME, ASTERIE, Gardes.

ASTERIE.

QUE prétend-on de moi? quelle rigueur nouvelle,
Après votre promesse, à la mort me rappelle ?
Allume-t-on les feux qui m'étaient destinés ?
O Roi! vous m'avez plainte, et vous m'abandonnez !

TEUCER.

Non : je veille sur vous, et le ciel me seconde.

ASTERIE.

Pourquoi me tirez-vous de ma prison profonde ?

TEUCER.

Pour vous rendre au climat qui vous donna le jour.
Vous reverrez en paix votre premier séjour.
Malheureuse étrangère et respectable fille,
Que la guerre arracha du sein de sa famille,
Souvenez-vous de moi, loin de ces lieux cruels.
Soyez prête à partir.... Oubliez nos autels....
Une escorte fidelle aura soin de vous suivre.
Vivez.... Qui mieux que vous a mérité de vivre?

ASTERIE.

Ah! Seigneur! ah mon roi! je tombe à vos genoux:
Tout mon cœur qui m'échappe a volé devant vous.
Image des vrais dieux, qu'ici l'on déshonore,
Recevez mon encens: en vous je les adore.
Vous feul, vous m'arrachez aux monftres infernaux,
Qui me parlant en dieux n'étaient que mes bourreaux.
Malgré ma jufte horreur de fervir fous un maître,
Efclave auprès de vous, je me plairais à l'être.

TEUCER.

Plus je l'entends parler, plus je fuis attendri....
Eft-il vrai qu'Azémon, ce père fi chéri,
Qui près de fon tombeau vous regrette et vous pleure,
Pour venir vous reprendre a quitté fa demeure?

ASTERIE.

On le dit. J'ignorais, au fond de ma prifon,
Ce qui s'eft pu paffer dans ma trifte maifon.

TEUCER.

Savez-vous que Datame, envoyé par un père,
Venait nous propofer un traité falutaire,
Et que des jours de paix pouvaient être accordés?

ASTERIE.

Datame? lui, Seigneur! que vous me confondez!
Il ferait dans les mains du Sénat de la Crète?
Parmi mes affaffins?

TEUCER.

     Dans votre ame inquiète (c)
J'ai porté, je le vois, de trop fenfibles coups.
Ne craignez rien pour lui. Serait-il votre époux?
Vous ferait-il promis? eft-ce un parent, un frère?
Parlez: fon amitié m'en deviendra plus chère.

C 2

Plus on vous opprima, plus je veux vous fervir

ASTERIE.

De quelle ombre de joie, hélas! puis-je jouir?
Qui vous porte à me tendre une main protectrice?
Quels dieux en ma faveur ont parlé?

TEUCER.

La juftice.

ASTERIE.

Les flambeaux de l'hymen n'ont point brillé pour moi,
Seigneur; Datame m'aime, et Datame a ma foi.
Nos fermens font communs (d), et ce nœud vénérable
Eft plus facré pour nous et plus inviolable
Que tout cet appareil formé dans vos Etats
Pour affervir des cœurs qui ne fe donnent pas.
Le mien n'eft plus à moi. Le généreux Datame
Allait me rendre heureufe en m'obtenant pour femme,
Quand vos lâches foldats, qui dans les champs de Mars
N'oferaient fur Datame arrêter leurs regards,
Ont ravi, loin de lui, des enfans fans défenfe,
Et devant vos autels ont traîné l'innocence:
Ce font-là les lauriers dont ils fe font couverts.
Un prêtre veut mon fang, et j'étais dans fes fers.

TEUCER.

Ses fers!... ils font brifés, n'en foyez point en doute;
C'eft pour lui qu'ils font faits. Et fi le ciel m'écoute,
Il peut tomber un jour aux pieds de cet autel
Où fa main veut fur vous porter le coup mortel.
Je vous rendrai l'époux dont vous êtes privée,
Et pour qui du trépas les dieux vous ont fauvée;
Il vous fuivra bientôt: rentrez. Que cette tour,
De la captivité jufqu'ici le féjour,

Soit un rempart du moins contre la barbarie.
On vient. Ce fera peu d'affurer votre vie ;
J'abolirai nos lois, ou j'y perdrai le jour.

ASTERIE.

Ah ! que vous méritez, Seigneur, une autre cour,
Des fujets plus humains, un culte moins barbare !

TEUCER.

Allez : avec regret de vous je me fépare ;
Mais de tant d'attentats, de tant de cruauté,
Je dois venger mes dieux, vous et l'humanité.

ASTERIE.

Je vous crois ; et de vous je ne puis moins attendre.

SCENE IV.

TEUCER, DICTIME, MERIONE.

MERIONE.

Seigneur, fans paffion pourrez-vous bien m'entendre ?

TEUCER.

Parlez.

MERIONE.

Les factions ne me gouvernent pas ;
Et vous favez affez que dans nos grands débats,
Je ne me fuis montré le fauteur ni l'efclave
Des fanglans préjugés d'un peuple qui vous brave.
Je voudrais, comme vous, exterminer l'erreur
Qui féduit fa faibleffe, et nourrit fa fureur.
Vous penfez arrêter d'une main courageufe
Un torrent débordé dans fa courfe orageufe :

C 3

Il vous entraînera; je vous en averti.,
Pharès a pour fa caufe un violent parti;
Et d'autant plus puiffant contre le diadème
Qu'il croit fervir le ciel, et vous venger vous-même.
,, Quoi! dit-il, dans nos champs la fille de Teucer,
,, A fon père arrachée, expira fous le fer;
,, Et du fang le plus vil indignement avare,
,, Teucer dénaturé refpecte une barbare!...
,, Lui feul eft inhumain : feul, à la cruauté
,, Dans fon cœur infenfible il joint l'impiété.
,, Il veut parler en roi, quand Jupiter ordonne :
,, L'encenfoir du pontife offenfe fa couronne.
,, Il outrage à la fois la nature et le ciel,
,, Et contre tout l'empire il fe rend criminel....,,
Il dit; et vous jugez fi ces accens terribles
Retentiront long-temps fur ces ames flexibles,
Dont il peut exciter ou calmer les tranfports,
Et dont fon bras puiffant gouverne les refforts.

TEUCER.

Je vois qu'il vous gouverne, et qu'il fut vous féduire.
M'apportez-vous fon ordre, et penfez-vous m'inftruire?

MERIÓNE.

Je vous donne un confeil.

TEUCER.

Je n'en ai pas befoin.

MERIONE.

Il vous ferait utile.

TEUCER.

Epargnez-vous ce foin.
Je fais prendre fans vous confeil de ma juftice.

MERIONE.

Elle peut fous vos pas creufer un précipice.

Tout noble dans notre île a le droit refpecté (11)
De s'oppofer d'un mot à toute nouveauté.

TEUCER.

Quel droit !

MERIONE.

Notre pouvoir balance ainfi le vôtre ;
Chacun de nos égaux eft un frein l'un à l'autre.

TEUCER.

Oui , je le fais ; tout noble eft tyran tour à tour.

MERIONE.

De notre liberté condamnez-vous l'amour ?

TEUCER.

Elle a toujours produit le public efclavage.

MERIONE.

Nul de nous ne peut rien , s'il lui manque un fuffrage.

TEUCER.

La difcorde éternelle eft la loi des Crétois.

MERIONE.

Seigneur, vous l'approuviez, quand de vous on fit choix.

TEUCER.

Je la blâmais dès-lors. Enfin, je la détefte ;
Soyez sûr qu'à l'Etat elle fera funefte.

MERIONE.

Au moins , jufqu'à ce jour elle en fut le foutien ;
Mais vous parlez en prince.

TEUCER.

En homme, en citoyen ;
Et j'agis en guerrier, quand mon honneur l'exige :
A ce dernier parti gardez qu'on ne m'oblige.

MERIONE.

Vous pourriez hafarder, dans ces diffentions ,
De véritables droits pour des prétentions.....

C 4

Confultez mieux l'efprit de notre république.

T E U C E R.

Elle a trop confulté la licence anarchique.

M E R I O N E.

Seigneur, entre elle et vous marchant d'un pas égal,
Autrefois votre ami, jamais votre rival,
Je vous parle en fon nom.

T E U C E R.

Je réponds, Mérione,
Au nom de la nature, et pour l'honneur du trône.

M E R I O N E.

Nos lois....

T E U C E R.

Laiffez vos lois ; elles me font horreur :
Vous devriez rougir d'être leur protecteur.

M E R I O N E.

Propofez une loi plus humaine et plus fainte ;
Mais ne l'impofez pas. Seigneur, point de contrainte.
Vous révoltez les cœurs ; il faut perfuader.
La prudence et le temps pourront tout accorder.

T E U C E R.

Que le prudent me quitte, et le brave me fuive.
Il eft temps que je règne, et non pas que je vive.

M E R I O N E.

Régnez ; mais redoutez les peuples et les grands.

T E U C E R.

Ils me redouteront. Sachez que je prétends
Etre impunément jufte, et vous apprendre à l'être.
Si vous ne m'imitez, refpectez votre maître. ...
Et nous, allons, Dictime, affembler nos amis,
S'il en réfte à des rois infultés et trahis.

Fin du fecond acte.

ACTE III.

SCENE PREMIERE.

DATAME, CYDONIENS.

DATAME.

Pensent-ils m'éblouir par la pompe royale,
Par ce faste impofant que la richeffe étale?
Croit-on nous amollir? ces palais orgueilleux
Ont de leur appareil effarouché mes yeux.
Ce fameux labyrinthe, où la Gréce raconte
Que Minos autrefois enfevelit fa honte,
N'eft qu'un repaire obfcur, un fpectacle d'horreur.
Ce temple où Jupiter avec tant de fplendeur
Eft defcendu, dit-on, du haut de l'empyrée,
(12) N'eft qu'un lieu de carnage à fa première entrée;
Et les fronts de beliers égorgés et fanglans
Sont de ces murs facrés les honteux ornemens.
Ces nuages d'encens qu'on prodigue à toute heure
N'ont point purifié fon infecte demeure.
Que tous ces monûmens, fi vantés, fi chéris,
Quand on les voit de près, infpirent de mépris!

UN CYDONIEN.

Cher Datame, eft-il vrai qu'en ces pourpris funeftes
On n'offre que du fang aux puiffances céleftes?
Eft-il vrai que ces Grecs, en tous lieux renommés,
Ont immolé des grecs aux dieux qu'ils ont formés?

La nature à ce point ferait-elle égarée!

DATAME.

A des flots d'impofteurs on dit qu'elle eft livrée,
Qu'elle n'eft plus la même, et qu'elle a corrompu
Ce doux préfent des dieux, l'inftinct de la vertu.
C'eft en nous qu'il réfide; il foutient nos courages.
Nous n'avons point de temple en nos déferts fauvages;
Mais nous fervons le ciel et ne l'outrageons pas
Par des vœux criminels et des affaffinats.
Puiffions-nous fuir bientôt cette terre cruelle,
Délivrer Aftérie et partir avec elle! (e)

LE CYDONIEN.

Rendons tous les captifs entre nos mains tombés,
Par notre pitié feule au glaive dérobés,
Efclave pour efclave; et quittons la contrée
Où notre pauvreté, qui dût être honorée,
N'eft aux yeux des Crétois qu'un objet de dédain.
Ils defcendaient vers nous par un accueil hautain.
Leurs bontés m'indignaient. Regagnons nos afiles,
Fuyons leurs dieux, leurs mœurs et leurs bruyantes villes.
Ils font cruels et vains, polis et fans pitié.
La nature entre nous mit trop d'inimitié.

DATAME.

Ah! furtout de leurs mains reprenons Aftérie.
Pourriez-vous reparaître aux yeux de la patrie
Sans lui rendre aujourd'hui fon plus bel ornement?
Son père eft attendu de moment en moment;
En vain je la demande aux peuples de la Crète,
Aucun n'a fatisfait ma douleur inquiète,
Aucun n'a mis le calme en mon cœur éperdu.
Par des pleurs qu'il cachait un feul m'a répondu.

Que veulent, cher ami, ce filence et ces larmes?
Je voulais à Teucer apporter mes alarmes ;
Mais on m'a fait fentir que, grâces à leurs lois,
Des hommes tels que nous n'approchent point les rois.
Nous fommes leurs égaux dans les champs de Bellone.
Qui peut donc avoir mis entre nous et leur trône
Cet immenfe intervalle, et ravir aux mortels
Leur dignité première et leurs droits naturels?
Il ne fallait qu'un mot, la paix était jurée,
Je voyais Aftérie à fon époux livrée,
On payait fa rançon, non du brillant amas
Des métaux précieux que je ne connais pas,
Mais des moiffons, des fruits, des tréfors véritables
Qu'arrachent à nos champs nos mains infatigables.
Nous rendions nos captifs ; Aftérie avec nous
Revolait à Cydon dans les bras d'un époux.
Faut-il partir fans elle, et venir la reprendre
Dans des ruiffeaux de fang et des monceaux de cendre?

SCENE II.

Les Perfonnages précédens, un CYDONIEN arrivant.

LE CYDONIEN.

Ah! favez-vous le crime?...

DATAME.

O Ciel! que me dis-tu?
Quel défefpoir eft peint fur ton front abattu?
Parle, parle.

LE CYDONIEN.

Aftérie....

DATAME.

Eh bien ?...

LE CYDONIEN.

Cet édifice,

Ce lieu qu'on nomme temple eft prêt pour fon fupplice.

DATAME.

Pour Aftérie !

LE CYDONIEN.

Apprends que dans ce même jour,

En cette même enceinte, en cet affreux féjour,

De je ne fais quels grands la horde forcenée·

Aux bûchers dévorans l'a déjà condamnée :

Ils apaifent ainfi Jupiter offenfé.

DATAME.

Elle eft morte !...

LE PREMIER CYDONIEN.

Ah! grand Dieu !

LE SECOND CYDONIEN.

L'arrêt eft prononcé;

On doit l'exécuter dans ce temple barbare :

Voilà, chers compagnons, la paix qu'on nous prépare.

Sous un couteau perfide, et qu'ils ont confacré,

Son fang offert aux dieux va couler à leur gré ;

Et dans un ordre augufte ils livrent à la flamme

Ces reftes précieux adorés par Datame.

DATAME.

Je me meurs.

(*il tombe entre les bras d'un Cydonien.*)

LE PREMIER CYDONIEN.

Peut-on croire un tel excès d'horreurs?

UN CYDONIEN.

Il en eft encore un bien cruel à nos cœurs,

Celui d'être en ces lieux réduits à l'impuiſſance
D'aſſouvir ſur eux tous notre juſte vengeance,
De frapper ces tyrans de leurs couteaux ſacrés,
De noyer dans leur ſang ces monſtres révérés.

DATAME, *revenant à lui.*

Qui! moi! je ne pourrais, ô ma chère Aſtérie,
Mourir ſur les bourreaux qui t'arrachent la vie!...
Je le pourrai, ſans doute.... O mes braves amis,
Montrez ces ſentimens que vous m'avez promis.
Périſſez avec moi. Marchons.

(*on entend une voix d'une des tours.*)

Datame! arrête!

DATAME.

Ciel!... d'où part cette voix? quels dieux ont ſur ma tête
Fait au loin dans les airs retentir ces accens?
Eſt-ce une illuſion qui vient troubler mes ſens?

la même voix.

Datame!...

DATAME.

C'eſt la voix d'Aſtérie elle-même!
Ciel qui la fis pour moi, Dieu vengeur, Dieu ſuprême!
Ombre chère et terrible à mon cœur déſolé,
Eſt-ce du ſein des morts qu'Aſtérie a parlé?

UN CYDONIEN.

Je me trompe ou du fond de cette tour antique
Sa voix faible et mourante à ſon amant s'explique.

DATAME.

Je n'entends plus ici la fille d'Azémon.
Serait-ce là ſa tombe? eſt-ce là ſa priſon?
Les Crétois auraient-ils inventé l'une et l'autre?

LE CYDONIEN.

Quelle horrible ſurpriſe eſt égale à la nôtre!

DATAME.

Des prifons ! eft-ce ainfi que ces adroits tyrans
Ont bâti pour régner les tombeaux des vivans !

UN CYDONIEN.

N'aurons-nous point de traits, d'armes et de machines !
Ne pourrons-nous marcher fur leurs vaftes ruines !

DATAME *avance vers la tour.*

Quel nouveau bruit s'entend ? Aftérie ! ah grands Dieux !
C'eft elle, je la vois, elle marche en ces lieux. . . .
Mes amis, elle marche à l'affreux facrifice ;
Et voilà les foldats armés pour fon fupplice.
Elle en eft entourée.

(*on voit dans l'enfoncement Aftérie entourée de la garde
que le roi Teucer lui avait donnée. Datame continue.*)

Allons, c'eft à fes pieds
Qu'il faut en la vengeant mourir facrifiés.

SCENE III.

LES CYDONIENS, DICTIME.

DICTIME.

Ou penfez-vous aller, et qu'eft-ce que vous faites ?
Quel tranfport vous égare, aveugles que vous êtes ?
Dans leur courfe rapide ils ne m'écoutent pas.
Ah ! que de cet efclave ils fuivent donc les pas,
Qu'ils s'écartent furtout de ces autels horribles
Dreffés par la vengeance à des dieux inflexibles ;
Qu'ils fortent de la Crète. Ils n'ont vu parmi nous
Que de juftes fujets d'un éternel courroux.

Ils nous détesteront ; mais ils rendront justice
A la main qui dérobe Astérie au supplice.
Ils aimeront mon roi dans leurs affreux déserts....
Mais de quels cris soudains retentissent les airs !
Je me trompe, ou de loin j'entends le bruit des armes.
Que ce jour est funeste et fait pour les alarmes !
Ah ! nos mœurs et nos lois, et nos rites affreux
Ne pouvaient nous donner que des jours malheureux !
Revolons vers le roi.

SCENE IV.

TEUCER, DICTIME.

TEUCER.

DEMEURE, cher Dictime.
Demeure. Il n'est plus temps de sauver la victime.
Tous mes soins sont trahis ; ma raison, ma bonté,
Ont en vain combattu contre la cruauté.
En vain bravant des lois la triste barbarie,
Au sein de ses foyers je rendais Astérie ;
L'humanité plaintive, implorant mes secours,
Du fer déjà levé défendait ses beaux jours ;
Mon cœur s'abandonnait à cette pure joie
D'arracher aux tyrans leur innocente proie :
Datame a tout détruit.

DICTIME.
Comment ? quels attentats ?

TEUCER.
Ah ! les sauvages mœurs ne s'adoucissent pas.
Datame....

DICTIME.

Quelle eft donc fa fatale imprudence ?

TEUCER.

Il paîra de fa tête une telle infolence.
Lui, s'attaquer à moi, tandis que ma bonté
Ne veillait, ne s'armait que pour fa fureté ;
Lorfque déjà ma garde à mon ordre attentive
Allait loin de ce temple enlever la captive !
Suivi de tous les fiens il fond fur mes foldats.
Quel eft donc ce complot que je ne connais pas ?
Etaient-ils contre moi tous deux d'intelligence ?
Etait-ce là le prix qu'on dut à ma clémence ?
J'y cours ; le téméraire, en fa fougue emporté,
Ofe lever fur moi fon bras enfanglanté.
Je le preffe, il fuccombe, il eft pris avec elle.
Ils périront ; voilà tout le fruit de mon zèle.
Je fefais deux ingrats. Il eft trop dangereux
De vouloir quelquefois fauver des malheureux.
J'avais trop de bonté pour un peuple farouche
Qu'aucun frein ne retient, qu'aucun refpect ne touche,
Et dont je dois furtout à jamais me venger.
Où ma compaffion m'allait-elle engager !
Je trahiffais mon fang, je rifquais ma couronne ;
Et pour qui ?

DICTIME.

Je me rends, et je les abandonne.
Si leur faute eft commune, ils doivent l'expier.
S'ils font tous deux ingrats, il les faut oublier.

TEUCER.

Ce n'eft pas fans regret ; mais la raifon l'ordonne.

DICTIME.

L'inflexible équité, la majefté du trône,

Ces

Ces parvis tout fanglans, ces autels profanés,
Votre intérêt, la loi, tout les a condamnés.

T E U C E R.

D'Aftérie en fecret la grâce, la jeuneffe,
Peut-être malgré moi me touche et m'intéreffe;
Mais je ne dois penfer qu'à fervir mon pays.
Ces fauvages humains font mes vrais ennemis.
Oui, je réprouve encore une loi trop févère;
Mais il eft des mortels dont le dur caractère,
Infenfible aux bienfaits, intraitable, ombrageux,
Exige un bras d'airain toujours levé fur eux.
D'ailleurs ai-je un ami dont la main téméraire
S'armât pour un barbare et pour une étrangère? (*f*)
Ils ont voulu périr : c'en eft fait; mais du moins
Que mes yeux de leur mort ne foient pas les témoins !

S C E N E V.

TEUCER, DICTIME, UN HERAUT.

T E U C E R.

QUE font-ils devenus ?

LE H E R A U T.

Leur fureur inouie

D'un trépas mérité fera bientôt fuivie;
Tout le peuple à grands cris preffe leur châtiment;
Le Sénat indigné s'affemble en ce moment.
Ils périront tous deux dans la demeuré fainte
Dont ils ont profané la redoutable enceinte.

Théâtre. Tome VI.　　　　　D

TEUCER.

Ainfi l'on va conduire Aftérie au trépas.

LE HERAUT.

Rien ne peut la fauver.

TEUCER.

Je lui tendais les bras;
Ma pitié me trompait fur cette infortunée.
Ils ont fait malgré moi leur noire deftinée.
L'arrêt eft-il porté ?

LE HERAUT.

Seigneur, on doit d'abord
Livrer fur nos autels Aftérie à la mort:
Bientôt tout fera prêt pour ce grand facrifice.
On réferve Datame aux horreurs du fupplice.
On ne veut point fans vous juger fon attentat :
.Et la feule Aftérie occupe le Sénat.

TEUCER.

C'eft Datame en effet, c'eft lui feul qui l'immole.
Mes efforts étaient vains, et ma bonté frivole.
Revolons aux combats ; c'eft mon premier devoir :
C'eft là qu'eft ma grandeur, c'eft là qu'eft mon pouvoir :
Mon autorité faible eft ici défarmée :
J'ai ma voix au Sénat, mais je règne à l'armée.

LE HERAUT.

Le père d'Aftérie, accablé par les ans,
Les yeux baignés de pleurs, arrive à pas pefans,
Se foutenant à peine, et d'une voix tremblante,
Dit qu'il apporte ici pour fa fille innocente
Une jufte rançon dont il peut fe flatter
Que votre cœur humain pourra fe contenter.

TEUCER.

Quelle fimplicité dans ces mortels agreftes !
Ce vieillard a choifi des momens bien funeftes.
De quel trompeur efpoir fon cœur s'eft-il flatté ?
Je ne le verrai point. Il n'eft plus de traité.

LE HERAUT.

Il a, fi je l'en crois, des préfens à vous faire
Qui vous étonneront.

TEUCER.

Trop infortuné père !
Je ne puis rien pour lui. Dérobez à fes yeux
Du fang qu'on va verfer le fpectacle odieux.

LE HERAUT.

Il infifte ; il nous dit qu'au bout de fa carrière
Ses yeux fe fermeraient fans peine à la lumière
S'il pouvait à vos pieds fe jeter un moment.
Il demandait Datame avec empreffement.

TEUCER.

Malheureux !

DICTIME.

Accordons, Seigneur, à fa vieilleffe
Ce vain foulagement qu'exige fa faibleffe.

TEUCER.

Ah ! quand mes yeux ont vu dans l'horreur des combats
Mon époufe et ma fille expirer dans mes bras,
Les confolations dans ce moment terrible
Ne defcendirent point dans mon ame fenfible.
Je n'en avais cherché que dans mes vains projets
D'éclairer les humains, d'adoucir mes fujets,
Et de civilifer l'agrefte Cydonie.
Du ciel qui conduit tout la fageffe infinie

D 2

Réferve, je le vois, pour de plus heureux temps
Le jour trop différé de ces grands changemens.
Le monde avec lenteur marche vers la fageffe, (13)
Et la nuit des erreurs eft encor fur la Gréce. (g)

    Que je vous porte envie, ô Rois trop fortunés ;
Vous qui faites le bien dès que vous l'ordonnez !
Rien ne peut captiver votre main bienfefante ;
Vous n'avez qu'à parler, et la terre eft contente.

Fin du troifième acte.

ACTE IV.

SCENE PREMIERE.

Le vieillard AZEMON, *accompagné d'un esclave qui lui donne la main.*

AZEMON.

Quoi! nul ne vient à moi dans ces lieux solitaires!
Je ne retrouve point mes compagnons, mes frères.
Ces portiques fameux où j'ai cru que les rois
Se montraient en tout temps à leurs heureux Crétois,
Et daignaient rassurer l'étranger en alarmes,
Ne laissent voir au loin que des soldats en armes.
Un silence profond règne sur ces remparts.
Je laisse errer en vain mes avides regards.
Datame qui devait dans cette cour sanglante
Précéder d'un vieillard la marche faible et lente,
Datame devant moi ne s'est point présenté.
On n'offre aucun asile à ma caducité.
Il n'en est pas ainsi dans notre Cydonie;
Mais l'hospitalité loin des cours est bannie.
O mes concitoyens, simples et généreux,
Dont le cœur est sensible autant que valeureux,
Que pourrez-vous penser quand vous saurez l'outrage
Dont la fierté crétoise a pu flétrir mon âge!
Ah! si le roi savait ce qui m'amène ici,
Qu'il se repentirait de me traiter ainsi!
Une route pénible et la triste vieillesse
De mes sens fatigués accablent la faiblesse. (*il s'assied.*)
Goûtons sous ces cyprès un moment de repos:
Le ciel bien rarement l'accorde à nos travaux.

D 3

SCENE II.

AZEMON *sur le devant*, TEUCER *dans le fond,*
précédé du HERAUT.

A Z E M O N *au Héraut.*

IRAI-JE donc mourir aux lieux qui m'ont vu naître
Sans avoir dans la Crète entretenu ton maître ?

LE HERAUT.

Etranger malheureux, je t'annonce mon roi ;
Il vient avec bonté : parle, raffure-toi.

A Z E M O N.

Va, puifqu'à ma prière il daigne condefcendre,
Qu'il rende grâce aux dieux de me voir, de m'entendre.

TEUCER.

Eh bien, que prétends-tu, vieillard infortuné ?
Quel démon deftructeur à ta perte obftiné
Te force à déferter ton pays, ta famille,
Pour être ici témoin du malheur de ta fille ?

A Z E M O N, *s'étant levé.*

Si ton cœur eft humain, fi tu veux m'écouter,
Si le bonheur public a de quoi te flatter,
Elle n'eft point à plaindre ; et, grâces à mon zèle,
Un heureux avenir fe déploîra pour elle.
Je viens la racheter.

TEUCER.

　　　　　Apprends que déformais
Il n'eft plus de rançon, plus d'efpoir, plus de paix.
Quitte ce lieu terrible : une ame paternelle
Ne doit point habiter cette terre cruelle.

AZEMON.

Va, crains que je ne parte.

TEUCER.

Ainsi donc de son sort
Tu seras le témoin, tes yeux verront sa mort !

AZEMON.

Elle ne mourra point. Datame a pu t'instruire
Du dessein qui m'amène et qui dut le conduire.

TEUCER.

Datame de ta fille a causé le trépas.
Loin de l'affreux bûcher précipite tes pas ;
Retourne, malheureux, retourne en ta patrie,
Achève en gémissant les restes de ta vie.
La mienne est plus cruelle ; et, tout roi que je suis,
Les dieux m'ont éprouvé par de plus grands ennuis.
Ton peuple a massacré ma fille avec sa mère.
Tu ressens comme moi la douleur d'être père.
Va, quiconque a vécu dut apprendre à souffrir ;
On voit mourir les siens avant que de mourir.
Pour toi, pour ton pays Astérie est perdue :
Sa mort par mes bontés fut en vain suspendue.
La guerre recommence ; et rien ne peut tarir
Les nouveaux flots de sang déjà prêts à courir.

AZEMON.

Je pleurerais sur toi plus que sur ma patrie,
Si tu laissais trancher les beaux jours d'Astérie.
Elle vivra, crois-moi ; j'ai des gages certains
Qui toucheraient les cœurs de tous ses assassins.

TEUCER.

Ah ! père infortuné, quelle erreur te transporte !

AZEMON.

Quand tu contempleras la rançon que j'apporte,

D 4

Sois sûr que ces trésors à tes yeux présentés
Ne mériteront pas d'en être rebutés ;
Ceux qu'Achille reçut du souverain de Troye
N'égalaient pas les dons que mon pays t'envoie.

TEUCER.

Cesse de t'abuser, remporte tes présens.
Puissent les dieux plus doux consoler tes vieux ans !
Mon père, à tes foyers j'aurai soin qu'on te guide.

SCENE III.

TEUCER, DICTIME, AZEMON, LE HERAUT,
Gardes.

DICTIME.

Ah ! quittez les parvis de ce temple homicide.
Seigneur, du sacrifice on fait tous les apprêts :
Ce spectacle est horrible, et la mort est trop près.
Le seul aspect des rois, ailleurs si favorable,
Porte par-tout la vie, et fait grâce au coupable :
Vous ne verriez ici qu'un appareil de mort ;
D'un barbare étranger on va trancher le sort.
Mais vous savez quel sang d'abord on sacrifie,
Quel zèle a préparé cet holocauste impie.
Comme on est aveuglé ! mes raisons ni mes pleurs
N'ont pu de notre loi suspendre les rigueurs.
Le peuple impatient de cette mort cruelle
L'attend comme une fête auguste et solennelle.
L'autel de Jupiter est orné de festons ;
On y porte à l'envi son encens et ses dons.

Vous entendrez bientôt la fatale trompette :
A ce lugubre fon, qui trois fois fe répète ,
Sous le fer confacré la victime à genoux....
Pour la dernière fois, Seigneur, retirons-nous ,
Ne fouillons point nos yeux d'un culte abominable.

T E U C E R.

Hélas ! je pleure encor ce vieillard vénérable.
Va, furtout, qu'on ait foin de fes malheureux jours,
Dont la douleur bientôt va terminer le cours.
Il eft père ; et je plains ce facré caractère.

A Z E M O N.

Je te plains encor plus .... et cependant j'efpère.

T E U C E R.

Fuis, malheureux, te dis-je.

A Z E M O N, *l'arrêtant.*

Avant de me quitter
Ecoute encore un mot. Tu vas donc préfenter
D'Aflérie à tes dieux les entrailles fumantes ?
De tes prêtres crétois les mains toutes fanglantes
Vont chercher l'avenir dans fon fein déchiré ?
Et tu permets ce crime ?

T E U C E R.

Il m'a défefpéré :
Il m'accable d'effroi , je le hais, je l'abhorre ;
J'ai cru le prévenir, je le voudrais encore.
Hélas! je prenais foin de fes jours innocens ,
Je rendais Aflérie à fes triftes parens.
Je fens quelle eft ta perte et ta douleur amère....
C'en eft fait.

A Z E M O N.

Tu voulais la remettre à fon père ?

Va, tu la lui rendras.

(*deux Cydoniens apportent une caffette couverte de lames d'or.*
Azemon continue.)

Enfin donc en ces lieux
On apporte à tes pieds ces dons dignes des dieux.

TEUCER.

Que vois-je !

AZEMON.

Ils ont jadis embelli tes demeures.
Ils t'ont appartenu.... Tu gémis et tu pleures...,
Ils font pour Aftérie, il faut les conferver.
Tremble, malheureux Roi, tremble de t'en priver.
Aftérie eft le prix qu'il eft temps que j'obtienne.
Elle n'eft point ma fille.... apprends qu'elle eft la tienne.

TEUCER.

O Ciel !

DICTIME.

O Providence !

AZEMON.

Oui, reçois de ma main
Ces gages, ces écrits, témoins de fon deftin,

(*il tire de la caffette un écrit qu'il donne à Teucer,*
qui l'examine en tremblant.)

Ce pyrope éclatant qui brilla fur fa mère,
Quand le fort des combats, à nous deux fi contraire,
T'enleva ton époufe et qu'il la fit périr :
Voilà cette rançon que je venais t'offrir.
Je te l'avais bien dit, elle eft plus précieufe
Que tous les vains tréfors de ta cour fomptueufe.

TEUCER, *s'écriant.*

Ma fille !

DICTIME.

Justes Dieux !

TEUCER, *embrassant Azémon.*

Ah, mon libérateur !

Mon père ! mon ami ! mon seul consolateur !

AZEMON.

De la nuit du tombeau mes mains l'avaient sauvée ;
Comme un gage de paix je l'avais élevée :
Je l'ai vu croître en grâce, en beautés, en vertus ;
Je te la rends. Les dieux ne la demandent plus.

TEUCER, *à Dictime.*

Ma fille !... Allons, suis-moi.

DICTIME.

Quels momens !

TEUCER.

Ah ! peut-être
On l'entraîne à l'autel ! et déjà le grand-prêtre....
Gardes qui me suivez, secondez votre roi....

(*on entend la trompette.*)

Ouvrez-vous, temple horrible (*) ! Ah ! qu'est-ce que je voi !
Ma fille !

PHARÈS.

Qu'elle meure !

TEUCER.

Arrête ! qu'elle vive !

AZEMON.

Astérie !

PHARÈS *à Teucer.*

Oses-tu délivrer ma captive !

(*) Il enfonce la porte ; le temple s'ouvre. On voit *Pharès* entouré de
sacrificateurs. *Astérie* est à genoux au pied de l'autel : elle se retourne vers
Pharès en étendant la main, et en le regardant avec horreur ; et *Pharès*, le
glaive à la main, est prêt à frapper.

TEUCER.

Misérable ! ofes-tu lever ce bras cruel !...
Dieux ! béniffez les mains qui brifent votre autel.
C'était l'autel du crime.

(*il renverfe l'autel et tout l'appareil du facrifice.*)

PHARÈS.

Ah ! ton audace impie,
Sacrilége tyran , fera bientôt punie.

ASTERIE à *Teucer.*

Sauveur de l'innocence, augufte protecteur,
Eft-ce vous dont le bras équitable et vengeur
De mes jours malheureux a renoué la trame !
Ah! fi vous les fauvez, fauvez ceux de Datame ;
Etendez jufqu'à lui vos fecours bienfefans.
Je ne fuis qu'une efclave.

DICTIME.

O bienheureux momens !

TEUCER.

Vous efclave ! ô mon fang! fang des rois ! fille chère !
Ma fille ! ce vieillard t'a rendue à ton père.

ASTERIE.

Qui ? moi !

TEUCER.

Mêle tes pleurs aux pleurs que je répands,
Goûte un deftin nouveau dans mes embraffemens ;
Image de ta mère à mes vieux ans rendue ,
Joins ton ame étonnée à mon ame éperdue.

ASTERIE.

O mon Roi !

TEUCER.

Dis mon père.... il n'eft point d'autre nom.

ASTERIE.

Hélas! eft-il bien vrai , généreux Azémon ?

A Z E M O N.

J'en attefte les dieux.

T E U C E R.

Tout eft connu.

A S T E R I E.

Mon père!

T E U C E R à fes gardes.

Qu'on délivre Datame en ce moment profpère. ...
Vous, écoutez.

A S T E R I E,

O Ciel! ô deftins inouis!
Oui, fi je fuis à vous, Datame eft votre fils.
Je vois, je reconnais votre ame paternelle.

D I C T I M E.

Seigneur, voyez déjà la faction cruelle
Dans le fond de ce temple environner Pharès :
Déjà de la vengeance ils font tous les apprêts ;
On court de tous côtés. Des troupes fanatiques
Vont le fer dans les mains inonder ces portiques.
Regardez Mérione, on marche autour de lui ;
Tout votre ami qu'il eft, il paraît leur appui.
Eft-ce là ce héros que j'ai vu devant Troye ?
Quelle fureur aveugle à mes yeux fe déploie ?
L'inflexible Pharès a-t-il dans tous les cœurs
Des poifons de fon ame allumé les ardeurs ?
Il n'entendit jamais la voix de la nature.
Il va vous accufer de fraude, d'impofture.
Datame en fa puiffance, et de fes fers chargé,
A reçu fon arrêt, et doit être égorgé.

A S T E R I E.

Datame! ah! prévenez le plus grand de fes crimes.

TEUCER.

Va, ni lui ni fes dieux n'auront plus de victimes;
Va, l'on ne verra plus de pareils attentats. (*h*)

DICTIME.

Tranquille, il frapperait votre fille en vos bras;
Et le peuple à genoux, témoin de fon fupplice,
Des dieux dans fon trépas bénirait la juftice.

TEUCER.

Quand il faura quel fang fa main voulut verfer,
Le barbare, crois-moi, n'ofera m'offenfer.
Quoi que Datame ait fait, je veux qu'on le révère.
Tout prend dans ce moment un nouveau caractère:
Je ferai refpecter les droits des nations.

DICTIME.

Ne vous attendez pas dans ces émotions
Que l'orgueil de Pharès s'abaiffe à vous complaire:
Il attefte les lois, mais il prétend les faire.

TEUCER.

Il y va de fa vie; et j'aurais de ma main,
Dans ce temple, à l'autel, immolé l'inhumain,
Si le refpect des dieux n'eût vaincu ma colère.
Je n'étais point armé contre le fanctuaire;
Mais tu verras qu'enfin je fais être obéi.
S'il ne me rend Datame, il en fera puni;
Dût fous l'autel fanglant tomber mon trône en cendre.
(à *Aftérie.*)
Je cours y donner ordre, et vous pouvez m'attendre.

ASTERIE.

Seigneur!... fauvez Datame.... approuvez notre amour;
Mon fort eft en tout temps de vous devoir le jour.

TEUCER *au Héraut.*

Prends foin de ce vieillard qui lui fervit de père
Sur les fauvages bords d'une terre étrangère ;
Veille fur elle.

AZEMON.

O Roi ! ce n'eft qu'en ton pays
Que ton cœur paternel aura des ennemis. ...

(*Teucer fort avec Dictime et fes gardes.*)

O toi, Divinité qui régis la nature,
Tu n'as pas foudroyé cette demeure impure
Qu'on ofe nommer temple, et qu'avec tant d'horreur
Du fang des nations on fouille en ton honneur !
C'eft en ces lieux de mort, en ce repaire infame
Qu'on allait immoler Aftérie et Datame !
Providence éternelle, as-tu veillé fur eux ?
Leur as-tu préparé des deftins moins affreux ?
Nous n'avons point d'autels où le faible t'implore ; (14)
Dans nos bois, dans nos champs, je te vois, je t'adore ;
Ton temple eft comme toi dans l'univers entier.
Je n'ai rien à t'offrir, rien à facrifier.
C'eft toi qui donnes tout. Ciel ! protége une vie
Qu'à celle de Datame, hélas, j'avais unie !

ASTERIE.

S'il nous faut périr tous, fi tel eft notre fort,
Nous favons vous et moi comme on brave la mort :
Vous me l'avez appris ; vous gouvernez mon ame ;
Et je mourrai du moins entre vous et Datame.

Fin du quatrième acte.

ACTE V.

SCENE PREMIERE.

TEUCER, AZEMON, ASTERIE, MERIONE, LE HERAUT, Suite.

T E U C E R *au Héraut.*

ALLEZ; dites-leur bien que, dans leur arrogance,
Trop long-temps pour faibleffe ils ont pris ma clémence;
Que de leurs attentats mon courage eft laffé;
Que cet autel affreux par mes mains renverfé
Eft mon plus digne exploit et mon plus grand trophée;
Que de leurs factions enfin l'hydre étouffée,
Sur mon trône avili, fur ma trifte maifon,
Ne diftillera plus les flots de fon poifon:
(i) Il faut changer de lois, il faut avoir un maître.
                              (*le Héraut fort.*)
        (*à Mérione.*)

Et vous qui ne favez ce que vous devez être,
Vous qui, toujours douteux entre Pharès et moi,
Vous êtes cru trop grand pour fervir votre roi,
Prétendez-vous encore, orgueilleux Mérione,
Que vous pouvez abattre ou foutenir mon trône?
Ce roi dont vous ofez vous montrer fi jaloux,
Pour vaincre et pour régner n'a pas befoin de vous:
Votre audace aujourd'hui doit être détrompée.
Ou pour ou contre moi, tirez enfin l'épée.

                                              Il

Il faut dans le moment, les armes à la main,
Me combattre ou marcher fous votre fouvérain.

MERIONE.

S'il faut fervir vos droits, ceux de votre famille,
Ceux qu'un retour heureux accorde à votre fille.
Je vous offre mon bras, mes tréfors et mon fang;
Mais fi vous abufez de ce fuprême rang
Pour fouler à vos pieds les lois de la patrie,
Je la défends, Seigneur, au péril de ma vie.
Père et monarque heureux, vous avez réfolu
D'ufurper malgré nous un empire abfolu,
De courber fous le joug de la grandeur fuprême
Les miniftres des dieux, et les grands, et moi-même;
Des vils Cydoniens vous ofez vous fervir
Pour opprimer la Crète et pour nous affervir:
Mais de quelque grand nom qu'en ces lieux on vous nomme,
(*k*) Sachez que tout l'Etat l'emporte fur un homme.

TEUCER.

Tout l'Etat eft dans moi. ... Fier et perfide ami,
Je ne vous connais plus que pour mon ennemi:
Courez à vos tyrans.

MERIONE.

Vous le voulez?

TEUCER.

J'efpère
Vous punir tous enfemble. Oui, marchez, téméraire;
Oui, combattez fous eux; je n'en fuis point jaloux:
Je les méprife affez pour les joindre avec vous.

(*Mérione fort.*)

Théâtre. Tome VI.   E

(à *Azémon*.)

Et toi, cher étranger, toi, dònt l'ame héroïque
M'a forcé malgré moi d'aimer ta république,
Toi, fans qui j'euffe été dans ma trifte grandeur
Un exemple éclatant d'un éternel malheur ;
Toi par qui je fuis père, attends fous ces ombrages
Ou le comble ou la fin de mes fanglans outrages.
Va, tu me reverras mort ou victorieux.

(*il fort.*)

AZEMON.

Ah ! tu deviens mon roi.... Rendez-moi, juftes Dieux,
Avec mes premiers ans la force de le fuivre !
Que ce héros triomphe ou je ceffe de vivre !
Datame et tous les fiens, dans ces lieux raffemblés,
N'y feraient-ils venus que pour être immolés !
Que devient Aftérie ?... Ah ! mes douleurs nouvelles
Me font encor verfer des larmes paternelles.

SCENE II.

ASTERIE, AZEMON, Gardes.

ASTERIE.

Ciel ! où porter mes pas, et quel fera mon fort !

AZEMON.

Garde-toi d'avancer vers les champs de la mort.
Ma fille !... de ce nom mon amitié t'appelle ;
Digne fang d'un vrai roi, fuis l'enceinte cruelle,
Fuis le temple exécrable où les couteaux levés
Allaient trancher les jours que j'avais confervés :
Tremble.

ASTERIE.

Qui ? moi trembler ! vous qui m'avez conduite,
Ce n'était pas ainſi que vous m'aviez inſtruite.
Le roi, Datame et vous, vous êtes en danger,
C'eſt moi ſeule, c'eſt moi qui dois le partager.

AZEMON.

Ton père le défend.

ASTERIE.

Mon devoir me l'ordonne.

AZEMON.

Sans armes et ſans force, hélas ! tout m'abandonne.
Aux combats autrefois ces lieux m'ont vu courir :
Va, nous ne pouvons rien.

ASTERIE, *voulant ſortir.*

Ne puis-je pas mourir ?

AZEMON, *ſe mettant au-devant d'elle.*

Tu n'en fus que trop près.

ASTERIE.

Cette mort que j'ai vue
Sans doute était horrible à mon ame abattue :
Inutile au héros qui vivait dans' mon cœur,
J'expirais en victime et tombais ſans honneur.
La mort avec Datame eſt du moins généreuſe ;
La gloire adoucira ma deſtinée affreuſe.
Les filles de Cydon, toujours dignes de vous,
Suivent dans les combats leurs parens, leurs époux ;
Et quand la main des dieux me donne un roi pour père,
Quand je connais mon ſang, faut-il qu'il dégénère ?
Les plaintes, les regrets et les pleurs ſont perdus.
Reprenez avec moi vos antiques vertus ;
Et s'il en eſt beſoin, raffermiſſez mon ame.
J'ai honte de pleurer ſans ſecourir Datame. (*l*)

E 2

SCENE III.

Les Perfonnages précédens, DATAME.

DATAME.

IL apporte à tes pieds fa joie et fa douleur.

ASTERIE.

Que dis-tu ?

AZEMON.

Quoi ! mon fils ?

ASTERIE.

Teucer n'eft pas vainqueur !

DATAME.

Il l'eft, n'en doutez pas ; je fuis le feul à plaindre.

ASTERIE.

Vous vivrez tous les deux. Qu'aurais-je encore à craindre ?
O Ciel ! ô Providence ! enfin triomphe auffi
De tous ces dieux affreux que l'on adore ici.

DATAME.

Il avait à combattre en ce jour mémorable
Des tyrans de l'Etat le parti redoutable,
Les archontes, Pharès, un peuple furieux
Qui trahiffant fon père a cru fervir fes dieux.
Nous entendions leurs cris, tels que fur nos rivages
Les fifflemens des vents appellent les orages,
Et nous étions réduits au défefpoir honteux
De ne pouvoir mourir en combattant contre eux.
  Teucer a pénétré dans la prifon profonde
Où, cachés aux rayons du grand aftre du monde,

On nous avait chargés du poids honteux des fers,
Pour être avec toi-même en sacrifice offerts,
Ainsi que leurs agneaux, leurs beliers, leurs genisses,
Dont le sang, disent-ils, plaît à leurs dieux propices.
Il nous arme à l'instant. Je reprends mon carquois,
Mes dards, mes javelots, dont ma main tant de fois
Moissonna dans nos champs leur troupe fugitive.
Bientôt de ces Crétois une foule craintive
Fuit et laisse un champ libre au héros que je sers.
La foudre est moins rapide en traversant les airs.
Il vole à ce grand chef, à ce fier Mérione,
Il l'abat à ses pieds, aux fers on l'abandonne,
On l'enchaîne à mes yeux. Ceux qui le glaive en main
Couraient pour le venger l'accompagnent soudain ;
Je les vois sous mes coups roulans dans la poussière.
Tout couvert de leur sang je vole au sanctuaire,
A cette enceinte horrible et si chère aux Crétois,
Où de leur Jupiter les détestables lois
Avaient proscrit ta tête en holocauste offerte,
Où des voiles de mort indignement couverte
On t'a vue à genoux, le front ceint d'un bandeau,
Prête à verser ton sang sous les coups d'un bourreau :
Ce bourreau sacrilége était Pharès lui-même ;
Il conservait encor l'autorité suprême
Qu'un délire sacré lui donna si long-temps
Sur les serfs odieux de ce temple habitans.
Ils l'entouraient en foule ardens à le défendre,
Appelant Jupiter qui ne peut les entendre,
Et poussant jusqu'au ciel des hurlemens affreux.
Je les écarte tous, je vole au milieu d'eux ;
Je l'atteins, je le perce ; il tombe, et je m'écrie :
Barbare, je t'immole à ma chère Astérie.

E 3

De ma jufte vengeance et d'amour tranfporté,
J'ai traîné jufqu'à toi fon corps enfanglanté ;
Tu peux le voir, tu peux jouir de ta victime ;
Tandis que tous les fiens étonnés de leur crime
Sont tombés en filence, et faifis de terreur,
Le front dans la pouffière aux pieds de leur vainqueur.

AZEMON.

Mon fils ! je meurs content.

ASTERIE.

O nouvelle patrie !
Ce jour eft donc pour moi le plus beau de ma vie !
Cher amant ! cher époux !

DATAME.

J'ai ton cœur, j'ai ta foi :
Mais ce jour de ta gloire eft horrible pour moi.

ASTERIE.

Eft-il quelque danger que mon amant redoute ?
Non, Datame eft heureux.

DATAME.

Je l'euffe été fans doute,
Lorfque dans nos forêts et parmi nos égaux
Ton grand cœur attendri donnait à mes travaux
Sur cent autres guerriers la noble préférence ;
Quand ta main fut le prix de ma perfévérance,
Je me croyais à toi. La fille d'Azémon
Pouvait avec plaifir s'honorer de mon nom.
Tu le fais, digne ami, ta bonté paternelle
Encourageait l'amour qui m'enflamma pour elle. (m)

AZEMON.

Et je dois l'approuver encor plus que jamais.

ASTERIE.

Tes exploits, mon eftime et tes nouveaux bienfaits
Seraient-ils un obftacle au fuccès de ta flamme?
Qui dans le monde entier peut m'ôter à Datame?

DATAME.

Au fortir du combat, à ton père, à ton roi,
J'ai demandé ta main, j'ai réclamé ta foi,
Non pas comme le prix de mon faible fervice,
Mais comme un bien facré fondé fur la juftice,
Un bien qui m'appartient puifque tu l'as promis.
Sanglant, environné de morts et d'ennemis,
Je vivais, je mourais pour la feule Aftérie.

ASTERIE.

Eh bien, eft-il en Crète une ame affez hardie
Pour t'ofer difputer l'objet de ton amour?

DATAME.

Ceux qu'on appelle grands dans cette étrange cour,
Et qui femblent prétendre à cet honneur infigne,
Déclarent qu'un foldat ne peut en être digne....
S'ils ofaient devant moi....

AZEMON.

Refpectable foldat,
Aftérie eft ta femme, ou Teucer eft ingrat.

ASTERIE.

Il ne peut l'être.

DATAME.

On dit que dans cette contrée
La majefté des rois ferait déshonorée.

E 4

Je ne m'attendais pas que d'un pareil affront,
Dans les champs de la Crète, on pût couvrir mon front.

ASTERIE.

Il fait rougir le mien.

DATAME.

La main d'une princeffe
Ne peut favorifer qu'un prince de la Gréce.
Voilà leurs lois, leurs mœurs.

ASTERIE.

Elles font à mes yeux
Ce que la Crète entière a de plus odieux.
De ces fameufes lois, qu'on vante avec étude,
La première en ces lieux ferait l'ingratitude?...
La loi qui m'immolait à leurs dieux en fureur
Ne fut pas plus injufte, et n'eut pas plus d'horreur.
Je refpecte mon père, et je me fens peut-être
Digne du fang des rois où j'ai puifé mon être;
Je l'aime; il m'a deux fois ici donné le jour;
Mais je jure par lui, par toi, par mon amour,
Que s'il tentait la foi que ce cœur t'a donnée,
Si du plus grand des rois il m'offrait l'hymenée,
Je lui préférerais Datame et mes déferts :
Datame eft mon feul bien dans ce vafte univers.
Je foulerais aux pieds trône, fceptre, couronne.
Datame eft plus qu'un roi.

S C E N E I V et dernière.

Les Perfonnages précédens, TEUCER, MERIONE
enchaîné, Cydoniens, Soldats, Peuple.

TEUCER.

Ton père te le donne,
Il eft à toi. Nos lois fe taifent devant lui.

ASTERIE.

Ah! vous feul êtes jufte,

TEUCER.

Oui, tout change aujourd'hui;
Oui, je détruis en tout l'antique barbarie :
Commençons tous les trois une nouvelle vie.
Qu'Azémon foit témoin de vos nœuds éternels;
Ma main va les former à de nouveaux autels.
Soldats, livrez ce temple aux fureurs de la flamme :

(*on voit le temple en feu, et une partie qui tombe dans le fond
du théâtre.*)

Pour mon digne héritier reconnaiffez Datame,
Reconnaiffez ma fille, et fervez-nous tous trois
Sous de plus juftes dieux, fous de plus faintes lois.

(*à Aftérie.*)

Le peuple, en apprenant de qui vous êtes née,
En déteftant la loi qui vous a condamnée,
Eperdu, confterné, rentre dans fon devoir,
Abandonne à fon prince un fuprême pouvoir.... (15)

(à Mérione.)

Vis, mais pour me fervir, fuperbe Mérione :
Ton maître t'a vaincu, ton maître te pardonne.
La cabale et l'envie avaient pu t'éblouir ;
Et ton feul châtiment fera de m'obéir....

   Braves Cydoniens, goûtez des jours profpères :
Libres, ainfi que moi, ne foyez que mes frères :
Aimez les lois, les arts ; ils vous rendront heureux....

   Honte du genre-humain, facrifices affreux,
Périffe pour jamais votre indigne mémoire,
Et qu'aucun monument n'en conferve l'hiftoire !...

   Nobles, foyez foumis, et gardez vos honneurs....
Prêtres, et Grands, et Peuple, adouciffez vos mœurs ;
Servez Dieu déformais dans un plus digne temple ;
Et que la Gréce inftruite imite votre exemple.

DATAME.

Demi-Dieu fur la terre, ô grand Homme ! ô grand Roi !
Règne, règne à jamais fur mon peuple et fur moi.
Je ne méritais pas le trône où l'on m'appelle ;
Mais j'adore Aftérie, et me crois digne d'elle.

Fin du cinquième et dernier acte.

N O T E S

S U R

L E S L O I S D E M I N O S.

(1) *Ils n'ont choisi des rois que pour les outrager.*

I L ne faut pas s'imaginer qu'il y eût en Gréce un feul roi defpotique. La
tyrannie afiatique était en horreur; ils étaient les premiers magiftrats, comme
encore aujourd'hui vers le Septentrion nous voyons plufieurs monarques
affujettis aux lois de leur république. On trouve une grande preuve de
cette vérité dans l'Oedipe de *Sophocle* : quand *Oedipe* en colère contre *Créon*
crie *Thèbes*, *Créon* dit : *Thèbes*, *il m'eft permis comme à vous de crier* Thèbes,
Thèbes. Et il ajoute : *qu'il ferait bien fâché d'être roi ; que fa condition eft
beaucoup meilleure que celle d'un monarque ; qu'il eft plus libre et plus heureux.*
Vous verrez les mêmes fentimens dans l'Electre d'*Euripide*, dans les Sup-
pliantes, et dans prefque toutes les tragédies grecques. Leurs auteurs étaient
les interprètes des opinions et des mœurs de toute la nation.

(2) *En pleurant fur un fils par lui-même immolé.*

Le parricide confacré d'*Idomenée* en Crète n'eft pas le premier exemple
de ces facrifices abominables qui ont fouillé autrefois prefque toute la terre.
Voyez les notes fuivantes.

(3) *Ont vu d'un œil tranquille égorger Polixène.*

Les poëtes et les hiftoriens difent qu'on immola *Polixène* aux manes
d'*Achille* ; et *Homère* décrit le divin *Achille* facrifiant de fa main douze
citoyens troyens aux manes de *Patrocle*. C'eft à peu-près l'hiftoire des premiers barbares que nous avons trouvés dans l'Amérique feptentrionale. Il
paraît, par tout ce qu'on nous raconte des anciens temps de la Gréce, que
fes habitans n'étaient que des fauvages fuperftitieux et fanguinaires, chez
lefquels il y eut quelques *bardes* qui chantèrent des dieux ridicules et des
guerriers très-groffiers, vivant de rapine; mais ces *bardes* étalèrent des images
frappantes et fublimes, qui fubjuguent toujours l'imagination.

(4) *Elle eft encor barbare.*

Il faut bien que les peuples d'Occident, à commencer par les Grecs,
fuffent des barbares du temps de la guerre de Troye. *Euripide*, dans un

fragment qui nous eft refté de la tragédie des Crétois, dit que dans leur île les prêtres mangeaient de la chair crue aux fêtes nocturnes de *Bacchus*. On fait d'ailleurs que dans plufieurs de ces antiques orgies *Bacchus* était fur-nommé *mangeur de chair crue*.

Mais ce n'était pas feulement dans l'ufage de cette nourriture que confif-tait alors la barbarie grecque. Il ne faut qu'ouvrir les poëmes d'*Homère* pour voir cómbien les mœurs étaient féroces.

C'eft d'abord un grand roi qui refufe avec outrage de rendre à un prêtre fa fille, dont ce prêtre apportait la rançon ; c'eft *Achille* qui traite ce roi de lâche et de chien. *Diomède* bleffe *Vénus* et *Mars* qui revenaient d'Ethiopie, où ils avaient foupé avec tous les dieux. *Jupiter* qui a déjà pendu fa femme une fois, la menace, de la pendre encore. *Agamemnon* dit aux Grecs affem-blés que *Jupiter machine contre lui la plus noire des perfidies*. Si les dieux font perfides, que doivent être les hommes !

Et que dirons-nous de la générofité d'*Achille* envers *Hector* ? *Achille* invul-nérable, à qui les dieux ont fait une armure défenfive très-inutile ; *Achille* fecondé par *Minerve*, dont *Platon* fit depuis le *Logos* divin, le verbe ; *Achille* qui ne tue *Hector* que parce que la Sageffe, fille de *Jupiter*, le *Logos*, a trompé ce héros par le plus infame menfonge et par le plus abominable preftige ; *Achille* enfin ayant tué fi aifément pour tout exploit le pieux *Hector*, ce prince mourant prie fon vainqueur de rendre fon corps fanglant à fes parens : *Achille* lui répond : *Je voudrais te hacher par morceaux, et te manger tout cru*. Cela pourrait juftifier les prêtres crétois, s'ils n'étaient pas faits pour fervir d'exemple.

Achille ne s'en tient pas là ; il perce les talons d'*Hector*, y paffe une lanière, et le traîne ainfi par les pieds dans la campagne. *Homère* ne dor-mait pas quand il chantait ces exploits de cannibales ; il avait la fièvre chaude, et les Grecs étaient atteints de la rage.

Voilà pourtant ce qu'on eft convenu d'admirer de l'Euphrate au mont Atlas, parce que ces horreurs abfurdes furent célébrées dans une langue harmonieufe, qui devint la langue univerfelle.

(5) *Ces durs Cydoniens.*

La petite province de Cydon eft au nord de l'île de Crète. Elle défendit long-temps fa liberté, elle fut enfin affujettie par les Crétois, qui le furent enfuite à leur tour par les Romains, par les empereurs grecs, par les Sar-razins, par les croifés, par les Vénitiens, par les Turcs. Mais par qui les Turcs le feront-ils ?

(6) *Le temple de Gortine.*

La ville de Gortine était la capitale de la Crète, où l'on avait élevé le fameux temple de *Jupiter.*

(7) *De sept ans en sept ans.*

Le but de cette tragédie est de prouver qu'il faut abolir une loi quand elle est injuste.

L'histoire ancienne, c'est-à-dire, la fable, a dit depuis long-temps que ce grand législateur *Minos*, propre fils de *Jupiter*, et tant loué par le divin *Platon*, avait institué des sacrifices de sang humain.

Ce bon et sage législateur immolait tous les ans sept jeunes athéniens : du moins *Virgile* le dit :

> *In foribus lethum Androgei tùm pendere pœnas*
> *Cecropidæ jussi, miserûm septena quotannis*
> *Corpora natorum.*

Ce qui est aujourd'hui moins rare qu'un tel sacrifice, c'est qu'il y a vingt opinions différentes de nos profonds scoliastes sur le nombre des victimes, et sur le temps où elles étaient sacrifiées au monstre prétendu, connu sous le nom de *Minotaure*, monstre qui était évidemment le petit-fils du sage *Minos*.

Quel qu'ait été le fondement de cette fable, il est très-vraisemblable qu'on immolait des hommes en Crète, comme dans tant d'autres contrées. *Sanchoniathon*, cité par *Eusèbe* (a), prétend que cet acte de religion fut institué de temps immémorial. Ce *Sanchoniathon* vivait long-temps avant l'époque où l'on place *Moïse*, et huit cents ans après *Thaut*, l'un des législateurs de l'Egypte, dont les Grecs firent depuis le premier *Mercure.*

Voici les paroles de *Sanchoniathon*, traduites par *Philon de Biblos*, rapportées par *Eusèbe :*

» Chez les anciens, dans les grandes calamités, les chefs de l'Etat ache-
» taient le salut du peuple, en immolant aux dieux vengeurs les plus chers
» de leurs enfans. *Iloüs* (ou *Chronos* selon les Grecs, ou *Saturne*, que les
» Phéniciens appellent *Israël*, et qui fut depuis placé dans le ciel) sacrifia
» ainsi son propre fils dans un grand danger où se trouvait la république.
» Ce fils s'appelait *Jeüd;* il l'avait eu d'une fille nommée *Annobret*, et ce
» nom de *Jeüd* signifie en phénicien *premier-né.* »

Telle est la première offrande à l'Etre éternel dont la mémoire soit restée parmi les hommes ; et cette première offrande est un parricide.

(a) *Préparation évangélique*, liv. I.

Il eſt difficile de ſavoir préciſément ſi les Brachmanes avaient cette coutume avant les peuples de Phénicie et de Syrie ; mais il eſt malheureuſement certain que dans l'Inde ces ſacrifices ſont de la plus haute antiquité, et qu'ils n'y ſont pas encore abolis de nos jours, malgré les efforts des mahométans.

Les anglais, les hollandais, les français, qui ont déſerté leur pays pour aller commercer et s'égorger dans ces beaux climats, ont vu très-ſouvent de jeunes veuves riches et belles ſe précipiter par dévotion ſur le bûcher de leurs maris, en repouſſant leurs enfans qui leur tendaient les bras, et qui les conjuraient de vivre pour eux. C'eſt ce que la femme de l'amiral *Rouſſel* vit, il n'y a pas long-temps, ſur les bords du Gange. *Tantùm relligio potuit ſuadere malorum !*

Les Egyptiens ne manquaient pas de jeter en cérémonie une fille dans le Nil, quand ils craignaient que ce fleuve ne parvînt pas à la hauteur néceſſaire.

Cette horrible coutume dura juſqu'au règne de *Ptolomée Lagus* ; elle eſt probablement auſſi ancienne que leur religion et leurs temples. Nous ne citons pas ces coutumes de l'antiquité pour faire parade d'une ſcience vaine ; mais c'eſt en gémiſſant de voir que les ſuperſtitions les plus barbares ſemblent un inſtinct de la nature humaine, et qu'il faut un effort de raiſon pour les abolir.

Lycaon et *Tantale*, ſervant aux dieux leurs enfans en ragoût, étaient deux pères ſuperſtitieux, qui commirent un parricide par piété. Il eſt beau que les mythologiſtes aient imaginé que les dieux punirent ce crime, au lieu d'agréer cette offrande.

S'il y a quelque fait avéré dans l'hiſtoire ancienne, c'eſt la coutume de la petite nation connue depuis en Paleſtine ſous le nom de *Juifs*. Ce peuple, qui emprunta le langage, les rites et les uſages de ſes voiſins, non-ſeulement immola ſes ennemis aux différentes divinités qu'il adora, juſqu'à la tranſmigration de Babylone, mais il immola ſes enfans même. Quand une nation avoue qu'elle a été très-long-temps coupable de ces abominations, il n'y a pas moyen de diſputer contre elle ; il faut la croire.

Outre le ſacrifice de *Jephté*, qui eſt aſſez connu, les Juifs avouent qu'ils brûlaient leurs fils et leurs filles en l'honneur de leur dieu *Moloch*, dans la vallée de Tophet. *Moloch* ſignifie à la lettre le Seigneur : *Aedificaverunt excelſa in Tophet, quæ eſt in valle filiorum Hennon, ut incenderent filios ſuos et filias ſuas igne* (*b*). » Ils ont bâti des hauts lieux en Tophet, qui eſt dans la vallée » des enfans d'Hennon, pour y mettre en cendre leurs fils et leurs filles par » le feu. »

Si les Juifs jetaient ſouvent leurs enfans dans le feu pour plaire à la Divinité, ils nous apprennent auſſi qu'ils les feſaient mourir quelquefois dans

(*b*) *Jérémie*, chap. **VII**, v. 31.

l'eau. Ils leur écrafaient la tête à coups de pierre, aux bords des ruiffeaux (c).
» Vous immolez aux dieux vos enfans dans des torrens fous des pierres. »

Il s'eft élevé une grande difpute entre les favans fur le premier facrifice de trente-deux filles, offert au dieu *Adonaï* après la bataille gagnée par la horde juive fur la horde madianite, dans le petit défert de Madian arabe, fous le commandement d'*Eléazar*, du temps de *Moïfe* : on ne fait pas pofitivement en quelle année.

Le livre facré intitulé (d) *les Nombres* nous dit que les Juifs ayant tué dans le combat tous les mâles de la horde madianite, et cinq rois de cette horde, avec un prophète ; et *Moïfe* leur ayant ordonné après la bataille de tuer toutes les femmes, toutes les veuves et tous les enfans à la mamelle, on partagea enfuite le butin, qui était de *quarante mille neuf cents livres en or*, à compter le *ficle* à fix francs de notre monnaie d'aujourd'hui : plus, fix cents foixante et quinze mille brebis, foixante et douze mille bœufs, foixante et un mille ânes, trente-deux mille filles vierges ; le tout étant le refte des dépouilles, et les vainqueurs étant au nombre de douze mille, dont il n'y en eut pas un de tué.

Or, du butin partagé entre tous les Juifs, il y eut trente-deux filles pour la part du Seigneur.

Plufieurs commentateurs ont jugé que cette part du Seigneur fut un holocaufte, un facrifice de ces trente-deux filles, puifqu'on ne peut dire qu'on les voua aux autels, attendu qu'il n'y eut jamais de religieufes chez les Juifs, et que s'il y avait eu des vierges confacrées en Ifraël, on n'aurait pas pris des madianites pour le fervice de l'autel ; car il eft clair que ces madianites étaient impurs, puifqu'ils n'étaient pas juifs. On a donc conclu que ces trente-deux filles avaient été immolées. C'eft un point d'hiftoire que nous laiffons aux doctes à difcuter.

Ils ont prétendu auffi que le maffacre de tout ce qui était en vie dans Jéricho fut un véritable facrifice ; car ce fut un anathème, un vœu, une offrande, et tout fe fit avec la plus grande folennité. Après fept proceffions auguftes autour de la ville pendant fept jours, on fit fept fois le tour de la ville, les lévites portant l'arche d'alliance, et devant l'arche fept autres prêtres fonnant du cornet. A la feptième proceffion de ce feptième jour, les murs de Jéricho tombèrent d'eux-mêmes. Les Juifs immolèrent tout dans cette cité, vieillards, enfans, femmes, filles, animaux de toute efpèce, comme il eft dit dans l'hiftoire de *Jofué*.

Le maffacre du roi *Agag* fut inconteftablement un facrifice, puifqu'il fut immolé par le prêtre *Samuel* qui le dépeça en morceaux avec un couperet, malgré la promeffe et la foi du roi *Saül*, qui l'avait reçu à rançon comme fon prifonnier de guerre.

(c) *Ifaïe*, chap. LVII.

(d) *Nombres*, chap. XXXI.

Vous verrez dans l'*Essai sur les mœurs et l'esprit des nations* les preuves que les Gaulois et les Teutons, ces Teutons dont *Tacite* fait semblant d'aimer tant les mœurs honnêtes, fesaient de ces exécrables sacrifices aussi communément qu'ils couraient au pillage, et qu'ils s'enivraient de mauvaise bière.

La détestable superstition de sacrifier des victimes humaines semble être si naturelle aux peuples sauvages, qu'au rapport de *Procope* un certain *Théodebert*, petit-fils de *Clovis* et roi du pays Messin, immola des hommes pour avoir un heureux succès dans une course qu'il fit en Lombardie pour la piller. Il ne manquait que des *bardes* tudesques pour chanter de tels exploits.

Ces sacrifices du roi messin étaient probablement un reste de l'ancienne superstition des Francs ses ancêtres. Nous ne savons que trop à quel point cette exécrable coutume avait prévalu chez les anciens *Velches* que nous appelons *Gaulois ;* c'était-là cette simplicité, cette bonne foi, cette naïveté gauloise que nous avons tant vantée. C'était le bon temps quand des druides, ayant pour temples des forêts, brûlaient les enfans de leurs concitoyens dans des statues d'osier plus hideuses que ces druides mêmes.

Les sauvages des bords du Rhin avaient aussi des espèces de druidesses, des sorcières sacrées, dont la dévotion consistait à égorger solennellement des petits garçons et des petites filles dans de grands bassins de pierre, dont quelques-uns subsistent encore, et que le professeur *Schœpflin* a dessinés dans son *Alzatia illustrata.* Ce sont-là les monumens de cette partie du monde, ce sont-là nos antiquités. Les *Phidias*, les *Praxitèles*, les *Scopas*, les *Mirons*, en ont laissé de différentes.

Jules-César ayant conquis tous ces pays sauvages, voulut les civiliser : il défendit aux druides ces actes de dévotion, sous peine d'être brûlés eux-mêmes, et fit abattre les forêts où ces homicides religieux avaient été commis. Mais ces prêtres persistèrent dans leurs rites : ils immolèrent en secret des enfans, disant qu'il vaut mieux obéir à Dieu qu'aux hommes; que *César* n'était grand pontife qu'à Rome ; que la religion druidique était la seule véritable, et qu'il n'y avait point de salut sans brûler de petites filles dans de l'osier, ou sans les égorger dans de grandes cuves.

Nos sauvages ancêtres ayant laissé dans nos climats la mémoire de ces coutumes, l'inquisition n'eut pas de peine à les renouveler. Les bûchers qu'elle alluma furent de véritables sacrifices. Les cérémonies les plus augustes de la religion, processions, autels, bénédictions, encens, prières, hymnes chantées à grands chœurs, tout y fut employé ; et ces hymnes étaient les propres cantiques de ces mêmes infortunés que nous y traînions, et que nous appelons nos pères et nos maîtres.

Ce sacrifice n'avait nul rapport à la jurisprudence humaine ; car assurément ce n'était pas un crime contre la société de manger, dans sa maison, les portes bien fermées, d'un agneau cuit avec des laitues amères, le 14 de la lune de mars. Il est clair qu'en cela on ne fait de mal à personne ;

mais

mais on péchait contre DIEU qui avait aboli cette ancienne cérémonie par l'organe de fes nouveaux miniftres.

On voulait donc venger DIEU, en brûlant ces juifs entre un autel et une chaire de vérité, dreffés exprès dans la place publique. L'Efpagne bénira, dans les fiècles à venir, celui qui a émouffé le couteau facré et le facrilége de l'inquifition. Un temps viendra enfin où l'Efpagne aura peine à croire que l'inquifition ait exifté.

Plufieurs moraliftes ont regardé la mort de *Jean Hus* et de *Jérôme de Prague* comme le plus pompeux facrifice qu'on ait jamais fait fur la terre. Les deux victimes furent conduites au bûcher folennel par un électeur palatin et par un électeur de Brandebourg : quatre-vingts princes ou feigneurs de l'Empire y affiftèrent. L'empereur *Sigifmond* brillait au milieu d'eux, *comme le foleil au milieu des aftres*, felon l'expreffion d'un favant prélat allemand. Des cardinaux, vêtus de longues robes traînantes, teintes en pourpre, rebraffées d'hermine, couverts d'un immenfe chapeau auffi de pourpre, auquel pendaient quinze houppes d'or, fiégeaient fur la même ligne que l'empereur, au-deffus de tous les princes. Une foule d'évêques et d'abbés étaient au-deffous, ayant fur leurs têtes de hautes mitres étincelantes de pierres précieufes. Quatre cents docteurs, fur un banc plus bas, tenaient des livres à la main : vis-à-vis on voyait vingt-fept ambaffadeurs de toutes les couronnes de l'Europe, avec tout leur cortége. Seize mille gentilshommes rempliffaient les gradins hors de rang, deftinés pour les curieux.

Dans l'arène de ce vafte cirque étaient placés cinq cents joueurs d'inftrumens qui fe felaient entendre alternativement avec la pfalmodie. Dix-huit mille prêtres de tous les pays de l'Europe écoutaient cette harmonie ; et fept cents dix-huit courtifanes (quelques auteurs difent dix-huit cents) magnifiquement parées, entremêlées avec eux, compofaient le plus beau fpectacle que l'efprit humain ait jamais imaginé.

Ce fut dans cette augufte affemblée qu'on brûla *Jean* et *Jérôme* en l'honneur du même JESUS-CHRIST qui ramenait la brebis égarée fur fes épaules ; et les flammes, en s'élevant, dit un auteur du temps, allèrent rejouir le ciel empyrée.

Il faut avouer, après un tel fpectacle, que lorfque le picard *Jean Chauvin* offrit le facrifice de l'efpagnol *Michel Servet*, dans une pile de fagots verts, c'était donner les marionnettes après l'opéra.

Tous ceux qui ont immolé ainfi d'autres hommes, pour avoir eu des opinions contraires aux leurs, n'ont pu certainement les facrifier qu'à DIEU.

Que *Polyeucte* et *Néarque*, animés d'un zèle indifcret, aillent troubler une fête qu'on célèbre pour la profpérité de l'empereur ; qu'ils brifent les autels, les ftatues dont les débris écrafent les femmes et les enfans, ils ne font coupables qu'envers les hommes qu'ils ont pu tuer ; et quand on les condamne à mort, ce n'eft qu'un acte de juftice humaine : mais quand il ne s'agit que de punir des dogmes erronés, des propositions mal-fonnantes, c'eft un véritable facrifice à la Divinité.

On pourrait encore regarder comme un facrifice notre Saint-Barthelemi (dont nous célébrons l'anniverfaire dans cette année centenaire 1772), s'il y avait eu plus d'ordre et de dignité dans l'exécution.

Ne fut-ce pas un vrai facrifice que la mort d'*Anne Dubourg*, prêtre et confeiller au parlement, également refpecté dans ces deux miniftères ? N'a-t-on pas vu d'autres barbaries plus atroces, qui foulèveront long-temps les efprits attentifs et les cœurs fenfibles dans l'Europe entière ? N'a-t-on pas vu dévouer à une mort affreufe et à la torture, plus cruelle que la mort, deux enfans qui ne méritaient qu'une correction paternelle ? Si ceux qui ont commis cette atrocité ont des enfans, s'ils ont eu le loifir de réfléchir fur cette horreur, fi les reproches qui ont frappé leurs oreilles de toutes parts ont pu amollir leurs cœurs, peut-être verferont-ils quelques larmes en lifant cet écrit. Mais auffi n'eft-il pas jufte que les auteurs de cet horrible affaffinat public foient à jamais en exécration au genre-humain ?

(8) . . . . . *n'accepta point le fang d'Iphigénie.*

Plufieurs anciens auteurs affurent qu'*Iphigénie* fut en effet facrifiée : d'autres imaginèrent la fable de *Diane* et de la biche. Il eft encore plus vraifemblable que dans ces temps barbares un père ait facrifié fa fille, qu'il ne l'eft qu'une déeffe, nommée *Diane*, ait enlevé cette victime, et mis une biche à fa place ; mais cette fable prévalut : elle eut cours dans toute l'Afie comme dans la Grèce, et fervit de modèle à d'autres fables.

(9) *S'il naquit parmi vous, s'il lance le tonnerre.*

Les Crétois difaient *Minos* fils de dieu, comme les Thébains difaient *Bacchus* et *Hercule* fils de dieu, comme les Argiens le difaient de *Caftor* et de *Pollux*, les Romains de *Romulus* ; comme enfin les Tartares l'ont dit de *Gengis-kan* ; comme toute la fable l'a chanté de tant de héros et de légiflateurs, ou de gens qui ont paffé pour tels.

Les doctes ont examiné férieufement fi *Jupiter*, le maître des dieux et le père de *Minos*, était né véritablement en Crète, et fi ce *Jupiter* avait été enterré à Gortis, ou Gortine, ou Cortine.

C'eft dommage que *Jupiter* foit un nom latin. Les doctes ont prétendu encore que ce nom latin venait de *Jovis*, dont on avait fait *Jovis pater*, *Jov piter*, *Jupiter*, et que ce *Jov* venait de *Jeova* ou *Hiao*, ancien nom de Dieu en Syrie, en Egypte, en Phénicie.

Ceux qu'on appelle théologiens, dit *Cicéron*, comptent trois *Jupiter*, deux d'Arcadie et un de Crète (a). *Principio Joves tres numerant ii qui theologi appellantur.*

(a) *De naturâ Deorum*, lib. III.

Il eſt à remarquer que tous les peuples qui ont admis ce *Jupiter*, ce *Jov*, l'ont tous armé du tonnerre. Ce fut l'attribut réſervé au ſouverain des dieux en Aſie, en Gréce, à Rome ; non pas en Egypte, parce qu'il n'y tonne preſque jamais. La théologie dont parle *Cicéron* ne fut pas établie par les philoſophes. Celui qui a dit,

> *Primus in orbe Deos fecit timor, ardua cælo*
> *Fulmina cùm caderent,*

n'a pas eu tort. Il y a bien plus de gens qui craiguent qu'il n'y en a qui raiſonnent et qui aiment. S'ils avaient raiſonné, ils auraient conçu que DIEU, l'auteur de la nature, envoie la roſée comme le tonnerre et la grèle ; qu'il a fait des lois ſuivant leſquelles le temps eſt ſerein dans un canton, tandis qu'il eſt orageux dans un autre, et que ce n'eſt point du tout par mauvaiſe humeur qu'il fait tomber la foudre à Babylone, tandis qu'il ne la lance jamais ſur Memphis. La réſignation aux ordres éternels et immuables de la Providence univerſelle eſt une vertu, mais l'idée qu'un homme frappé du tonnerre eſt puni par les dieux, n'eſt qu'une puſillanimité ridicule.

(10) *Par des amours affreux étonna la nature.*

Non-ſeulement *Platon* et *Ariſtote* atteſtent que *Minos*, ce lieutenant de police des enfers, autoriſa l'amour des garçons, mais les aventures de ſes deux filles ne ſuppoſent pas qu'elles euſſent reçu une excellente éducation. N'admirez-vous pas les ſcoliaſtes qui, pour ſauver l'honneur de *Paſiphaé*, imaginèrent qu'elle avait été amoureuſe d'un gentilhomme crétois, nommé *Tauros*, que *Minos* fit mettre à la baſtille de Crète, ſous la garde de *Dédale* ?

Mais n'admirez-vous pas davantage les Grecs qui imaginèrent la fable de la vache d'airain ou de bois, dans laquelle *Paſiphaé* s'ajuſta ſi bien, que le vrai taureau dont elle était folle y fut trompé ?

Ce n'était pas aſſez de mouler cette vache ; il fallait qu'elle fût en chaleur, ce qui était difficile. Quelques commentateurs de cette fable abominable ont oſé dire que la reine fit entrer d'abord une géniſſe amoureuſe dans le creux de cette ſtatue, et ſe mit enſuite à ſa place. L'amour eſt ingénieux, mais voilà un bien exécrable emploi du génie. Il eſt vrai qu'à la honte, non pas de l'humanité, mais d'une vile eſpèce d'hommes brute et dépravée, ces horreurs ont été trop communes, témoin le fameux *novimus et qui te* de *Virgile* ; témoin le bouc qui eut les faveurs d'une belle égyptienne de Mendès, lorſque *Hérodote* était en Egypte ; témoin les lois juives portées contre les hommes et les femmes qui s'accouplent avec les animaux, et qui ordonnent qu'on brûle l'homme et la bête ; témoin la notoriété publique de ce qui ſe paſſe encore en Calabre ; témoin l'avis nouvellement imprimé d'un bon prêtre luthérien de Livonie, qui exhorte les jeunes garçons de Livonie et d'Eſtonie à ne plus tant fréquenter les géniſſes, les âneſſes, les brebis et les chèvres.

La grande difficulté est de savoir au juste si ces conjonctions affreuses ont jamais pu produire quelques monstres. Le grand nombre des amateurs du merveilleux, qui prétendent avoir vu des fruits de ces accouplemens, et surtout des singes avec les filles, n'est pas une raison invincible pour qu'on les admette ; ce n'est pas non plus une raison absolue de les rejeter. Nous ne connaissons pas assez tout ce que peut la nature. Saint *Jérôme* rapporte des histoires de centaures et de satyres, dans son livre des *Pères du désert*. Saint *Augustin*, dans son trente-troisième sermon à ses frères du désert, a vu des hommes sans tête, qui avaient deux gros yeux sur leur poitrine, et d'autres qui n'avaient qu'un œil au milieu du front ; mais il faudrait avoir une bonne attestation pour toute l'histoire de *Minos*, de *Pasiphaé*, de *Thésée*, d'*Ariane*, de *Dédale* et d'*Icare*. On appelait autrefois *esprits forts* ceux qui avaient quelque doute sur cette tradition.

On prétend qu'*Euripide* composa une tragédie de Pasiphaé ; elle est du moins comptée parmi celles qui lui sont attribuées, et qui sont perdues. Le sujet était un peu scabreux ; mais quand on a lu Polyphème, on peut croire que Pasiphaé fut mise sur le théâtre.

(11) *Tout noble dans notre île a le droit respecté, &c.*

C'est le *liberum veto* des Polonais ; droit cher et fatal, qui a causé beaucoup plus de malheurs qu'il n'en a prévenu. C'était le droit des tribuns de Rome ; c'était le bouclier du peuple entre les mains de ses magistrats. Mais quand cette arme est entre les mains de quiconque entre dans une assemblée, elle peut devenir une arme offensive trop dangereuse, et faire périr toute une république. Comment a-t-on pu convenir qu'il suffirait d'un ivrogne pour arrêter les délibérations de cinq ou six mille sages, supposé qu'un pareil nombre de sages puisse exister ? Le feu roi de Pologne, *Stanislas Lekzinski*, dans son loisir en Lorraine, écrivit souvent contre ce *liberum veto*, et contre cette anarchie dont il prévit les suites. Voici les paroles mémorables qu'on trouve dans son livre intitulé *la voix du citoyen*, imprimé en 1749 : » Notre » tour viendra sans doute, où nous serons la proie de quelque fameux » conquérant ; peut-être même les puissances voisines s'accorderont-elles » à partager nos États : » (page 19). La prédiction vient de s'accomplir. Le démembrement de la Pologne est le châtiment de l'anarchie affreuse dans laquelle un roi sage, humain, éclairé, pacifique, a été assassiné dans sa capitale, et n'a échappé à la mort que par un prodige. Il lui reste un royaume plus grand que la France, et qui pourra devenir un jour florissant, si on peut y détruire l'anarchie, comme elle vient d'être détruite dans la Suède, et si la liberté peut y subsister avec la royauté.

(12) *N'est qu'un lieu de carnage.*

C'était à l'entrée du temple qu'on tuait les victimes. Le sanctuaire était réfervé pour les oracles, les confultations et les autres fimagrées. Les bœufs, les moutons, les chèvres étaient immolés dans le *periptère*.

Ces temples des anciens, excepté ceux de *Vénus* et de *Flore*, n'étaient au fond que des boucheries en colonnades. Les aromates qu'on y brûlait étaient abfolument néceffaires pour diffiper un peu la puanteur de ce carnage continuel. Mais quelque peine qu'on prit pour jeter au loin les reftes des cadavres, les boyaux, la fiente de tant d'animaux, pour laver le pavé couvert de fang, de-fiel, d'urine et de fange, il était bien difficile d'y parvenir.

L'hiftorien *Flavien Jofephe* dit qu'on immola deux cents cinquante mille victimes en deux heures de temps, à la pâque qui précéda la prife de Jérufalem. On fait combien ce *Jofephe* était exagérateur ; quelles ridicules hyperboles il employa pour faire valoir fa miférable nation ; quelle pro-fufion de prodiges impertinens il étala ; avec quel mépris ces menfonges furent reçus par les Romains ; comme il fut relancé par *Appion*, et comme il répondit par de nouvelles hyperboles à celles qu'on lui reprochait. On a remarqué qu'il aurait fallu plus de cinquante mille prêtres bouchers pour examiner, pour tuer en cérémonie, pour dépecer, pour partager tant d'animaux. Cette exagération eft inconcevable, mais enfin il eft certain que les victimes étaient nombreufes dans cette boucherie comme dans toutes les autres. L'ufage de réferver les meilleurs morceaux pour les prêtres était établi par toute la terre connue, excepté dans les Indes et dans les pays au-delà du Gange. C'eft ce qui a fait dire à un célèbre poëte anglais :

> *The priefts eat roft-beef, and the people ftare.*
> Les prêtres font à table, et le fot peuple admire.

On ne voyait dans les temples que des étaux, des broches, des grils, des couteaux de cuifine, des écumoires, de longues fourchettes de fer, des cuillers ou des cuillères à pot, de grandes jarres pour mettre la graiffe, et tout ce qui peut infpirer le dégoût et l'horreur. Rien ne contribuait plus à perpétuer cette dureté et cette atrocité de mœurs, qui porta enfin les hommes à facrifier d'autres hommes, et jufqu'à leurs propres enfans ; mais les facrifices de l'inquifition, dont nous avons tant parlé, ont été cent fois plus abominables. Nous avons fubftitué les bourreaux aux bouchers.

Au refte, de toutes les groffes maffes appelées *temples* en Egypte et à Babylone, et du fameux temple d'Ephèfe regardé comme la merveille des temples, aucun ne peut être comparé en rien à Saint-Pierre de Rome, pas même à Saint-Paul de Londres, pas même à Sainte-Géneviève de Paris, que bâtit aujourd'hui M. *Soufflot*, et auquel il deftine un dôme plus fvelte que celui de Saint-Pierre, et d'un artifice admirable. Si les anciennes nations revenaient au monde, elles préféreraient fans doute les belles mufiques de nos églifes à des boucheries, et les fermons de *Tillotfon* et de *Maffillon* à des augures.

(13) *Le monde avec lenteur marche vers la sagesse.*

A ne juger que par les apparences , et suivant les faibles conjectures humaines , par quelle multitude épouvantable de siècles et de révolutions n'a-t-il pas fallu passer avant que nous eussions un langage tolérable , une nourriture facile , des vêtemens et des logemens commodes ? nous sommes d'hier , et l'Amérique est de ce matin.

Notre occident n'a aucun monument antique ; et que sont ceux de la Syrie , de l'Egypte , des Indes , de la Chine ! toutes ces ruines se sont élevées sur d'autres ruines. Il est très-vraisemblable que l'île Atlantide (dont les îles Canaries sont des restes) étant engloutie dans l'Océan , fit refluer les eaux vers la Grèce , et que vingt déluges locaux détruisirent tout vingt fois avant que nous existassions. Nous sommes des fourmis qu'on écrase sans cesse , et qui se renouvellent ; et pour que ces fourmis rebâtissent leur habitation , et pour qu'elles inventent quelque chose qui ressemble à une police et à une morale , que de siècles de barbarie ! quelle province n'a pas ses sauvages!

Tout philosophe peut dire ;

In qua scribebam barbara terra fuit.

(14) *Nous n'avons point d'autels où le faible t'implore.*

Plusieurs peuples furent long-temps sans temples et sans autels , et surtout les peuples *Nomades*. Les petites hordes errantes , qui n'avaient point encore de ville forte , portaient de village en village leurs dieux dans des coffres , sur des charrettes traînées par des bœufs ou par des ânes , ou sur le dos des chameaux , ou sur les épaules des hommes. Quelquefois leur autel était une pierre , un arbre , une pique.

Les Iduméens , les peuples de l'Arabie pétrée , les Arabes du désert de Syrie , quelques Sabéens , portaient dans des cassettes les représentations grossières d'une étoile.

Les Juifs , très-long-temps avant de s'emparer de Jérusalem , eurent le malheur de porter sur une charrette l'idole du dieu *Moloc* , et d'autres idoles dans le désert : *portastis tabernaculum Moloc vestro* (a) , *et imaginem idolorum vestrorum sidus dei vestri , quæ fecistis vobis.*

Il est dit , dans l'histoire des *Juges* , qu'un *Jonathan* , fils de *Gersam* fils aîné de *Moïse* , fut le prêtre d'une idole portative que la tribu de Dan (b) avait dérobée à la tribu d'Ephraïm.

Les petits peuples n'avaient donc que des dieux de campagne (s'il est permis de se servir de ce mot) , tandis que les grandes nations s'étaient

(a) *Amos* , chap. V, v. 26,

(b) *Juges* , chap. XVIII.

signalées, depuis plusieurs siècles, par des temples magnifiques. *Hérodote* vit l'ancien temple de Tyr, qui était bâti douze cents ans avant celui de *Salomon*. Les temples d'Egypte étaient beaucoup plus anciens. *Platon*, qui voyagea long-temps dans ce pays, parle de leurs statues qui avaient dix mille ans d'antiquité, ainsi que nous l'avons déjà remarqué ailleurs, sans pouvoir trouver de raisons dans les livres profanes, ni pour le nier, ni pour le croire.

Voici les propres paroles de *Platon*, au second livre des lois : " Si on " veut y faire attention, on trouvera en Egypte des ouvrages de peinture " et de sculpture, faits depuis dix mille ans, qui ne sont pas moins beaux " que ceux d'aujourd'hui, et qui furent exécutés précisément suivant les " mêmes règles. Quand je dis dix mille ans, ce n'est pas une façon de " parler, c'est dans la vérité la plus exacte. "

Ce passage de *Platon*, qui ne surprit personne en Grèce, ne doit pas nous étonner aujourd'hui. On sait que l'Egypte a des monumens de sculpture et de peinture qui durent depuis plus de quatre mille ans au moins. Et dans un climat si sec et si égal, ce qui a subsisté quarante siècles en peut subsister cent, humainement parlant.

Les chrétiens qui, dans les premiers temps, étaient des hommes simples retirés de la foule, ennemis des richesses et du tumulte, des espèces de thérapeutes, d'esséniens, de caraïtes, de brachmanes (si on peut comparer le saint au profane); les chrétiens, dis-je, n'eurent ni temples, ni autels pendant plus de cent quatre-vingts ans. Ils avaient en horreur l'eau lustrale, l'encens, les cierges, les processions, les habits pontificaux. Ils n'adoptèrent ces rites des nations, ne les épurèrent et ne les sanctifièrent qu'avec le temps. *Nous sommes par-tout, excepté dans les temples,* dit *Tertullien. Athénagore, Origène, Tatien, Théophile,* déclarent qu'il ne faut point de temple aux chrétiens. Mais celui de tous qui en rend raison avec le plus d'énergie est *Minutius Felix,* écrivain du troisième siècle de notre ère vulgaire.

Putatis autem nos occultare quod colimus, si delubra et aras non habemus ? Quod enim simulacrum Deo fingam, cùm si rectè existimes sit Dei homo ipsi simulacrum ? Templum quod extruam, cùm totus hic mundus, ejus opere fabricatus, eum capere non possit; et cùm homo latius maneam, intra unam œdiculam vim tantæ majestatis includam ? Nonne meliùs in nostra dedicandus est mente, in nostro imo consecrandus est pectore.

" Pensez-vous que nous cachions l'objet de notre culte, pour n'avoir ni " autel ni temple ? Quelle image pourrions-nous faire de DIEU, puisqu'aux " yeux de la raison l'homme est l'image de DIEU même ? Quel temple " lui élèverai-je, lorsque le monde qu'il a construit ne peut le contenir ? " Comment enfermerai-je la majesté de DIEU dans une maison, quand, " moi qui ne suis qu'un homme, je m'y trouverais trop serré ? Ne vaut-il " pas mieux lui dédier un temple dans notre esprit, et le consacrer dans " le fond de notre cœur ? "

F 4

Cela prouve que non-feulement nous n'avions alors aucun temple, mais que nous n'en voulions point ; et qu'en cachant aux Gentils nos céré-monies et nos prières, nous n'avions aucun objet de nos adorations à dérober à leurs yeux.

Les chrétiens n'eurent donc des temples que vers le commencement du règne de *Dioclétien*, ce héros guerrier et philofophe qui les protégea dix-huit années entières, mais féduit enfin et devenu perfécuteur. Il eft probable qu'ils auraient pu obtenir long-temps auparavant, du fénat et des empereurs, la permiffion d'ériger des temples, comme les Juifs avaient celle de bâtir des fynagogues à Rome ; mais il eft encore plus probable que les Juifs, qui payaient très-chèrement ce droit, empêchèrent les chrétiens d'en jouir. Ils les regardaient comme des diffidens, comme des frères déna-turés, comme des branches pourries de l'ancien tronc. Ils les perfécutaient, les calomniaient avec une fureur implacable.

Aujourd'hui plufieurs fociétés chrétiennes n'ont point de temples ; tels font les primitifs, nommés *Quakers*, les anabaptiftes, les dunkards, les piétiftes, les moraves, et d'autres. Les primitifs même de Penfilvanie n'y ont point érigé de ces temples fuperbes qui ont fait dire à *Juvénal* :

> *Dicite pontifices in fancto quid facit aurum ?*

et qui ont fait dire à *Boileau*, avec plus de hardieffe et de févérité :

> Le prélat, par la brigue aux honneurs parvenu,
> Ne fut plus qu'abufer d'un ample revenu ;
> Et pour toute vertu, fit au dos d'un carroffe,
> A côté d'une mitre armorier fa croffe.

Mais *Boileau*, en parlant ainfi, ne penfait qu'à quelques prélats de fon temps, ambitieux ou avares, ou perfécuteurs : il oubliait tant d'évêques généreux, doux, modeftes, indulgens, qui ont été les exemples de la terre.

Nous ne prétendons pas inférer de là que l'Egypte, la Chaldée, la Perfe, les Indes, aient cultivé les arts depuis les milliers de fiècles que tous ces peuples s'attribuent. Nous nous en rapportons à ces livres facrés, fur lefquels il ne nous eft pas permis de former le moindre doute.

(15) *Un fuprême pouvoir.*

On n'entend pas ici par fuprême pouvoir cette autorité arbitraire, cette tyrannie que le jeune *Guftave troifième*, fi digne de ce grand nom de *Guftave*, vient d'abjurer et de profcrire folennellement en rétabliffant la concorde, et en fefant régner les lois avec lui. On entend par fuprême pouvoir cette autorité raisonnable fondée fur les lois mêmes , et tempérée par elles ; cette autorité jufte et modérée , qui ne peut facrifier la liberté et la vie d'un citoyen à la méchanceté d'un flatteur , qui fe foumet elle-même à la juftice , qui lie inféparablement l'intérêt de l'Etat à celui du trône , qui fait d'un royaume une grande famille gouvernée par un père. Celui qui donnerait une autre idée de la monarchie ferait coupable envers le genre-humain.

Fin des Notes.

VARIANTES

DES LOIS DE MINOS.

MÉRIONE.

(a) Tout pouvoir a son terme et cède au préjugé.

TEUCER.

Il le faut abolir, quand il est trop barbare.

MÉRIONE.

Mais la loi de Minos contre vous se déclare.

(b)   TEUCER, DICTIME.

TEUCER.

Ainsi le fanatisme et la sédition
Animeront toujours ma triste nation ;
Ce conseil de guerriers contre moi se déclare.
On affecte, &c.

(c) Savez-vous que Datame, envoyé par un père
Pour venir proposer une paix salutaire,
Est encore en ces lieux aux meurtres destinés ?

ASTERIE.

Quel trouble a pénétré dans mes sens étonnés !
Datame ! . . . Il est connu du grand roi de la Crète !
Datame est parmi vous. . . .

TEUCER.

Dans votre ame inquiète, &c.

(d) . . . .
Parlez, son amitié m'en deviendra plus chère.

ASTERIE.

Seigneur, l'hymen encor ne nous a point unis ;
Mais Datame a ma foi ; ce guerrier m'est promis :
Nos sermens sont communs, &c.

(e) Délivrer Astérie, et partir avec elle.
Son père et son amant viennent la demander.
Sans elle point de paix ; rien ne peut s'accorder.

Sans elle , en ce féjour , on ne m'eût vu defcendre
Que pour l'enfanglanter et le réduire en cendre.

Ces vers terminaient la fcène.

(f)   T E U C E R.
Exige un bras d'airain toujours levé fur eux.
Je fauvais Aftérie , et je voulais encore
Détruire pour jamais un temple que j'abhorre.
Il n'y faut plus penfer , nos amis incertains
Sont loin de feconder nos généreux deffeins.
Ils n'entreprendront point un combat téméraire ,
Pour les jours d'un foldat et ceux d'une étrangère.

(g) L'auteur a fupprimé les quatre vers fuivans :

Les dieux me font témoins que fi j'avais voulu
Exercer fur la Crète un pouvoir abfolu ,
C'eût été pour fauver ma trifte république
D'une loi déteftable et d'un joug tyrannique.
Que je vous porte envie , &c.

(h)   D A T A M E.
         Ah ! prévenez ce crime épouvantable.
                   T E U C E R.
Je fais que le faux zèle eft toujours implacable ;
Mais je ne craindrai plus de pareils attentats.

(i) . . . .
Je fuis roi , je fuis père , et veux agir en maître.

(k) Sachez qu'un peuple entier l'emporte fur un homme.

(l)   A S T E R I E.
                   Ne puis-je pas mourir ?
La mort avec Datame eft du moins glorieufe.
La gloire adoucira ma deftinée affreufe.
J'irai , j'imiterai ces compagnes de Mars
Qu'Ilion vit combattre aux pieds de fes remparts,
Que Teucer admira , qui vivront d'âge en âge.
Pour de plus chers objets je ferai davantage.

Dois-je ici des tyrans attendre en paix les coups
Levés fur mon amant, fur mon père et fur vous ?
Ceffez de me contraindre et d'avilir mon ame :
J'ai honte de pleurer fans fecourir Datame.

(*m*) Quand ton cœur fut à moi, la fille d'Azémon
Pouvait avec plaifir s'honorer de fon nom.
Le flambeau de l'hymen porté par la victoire
Eût de nos deux maifons éternifé la gloire.
Les lauriers de ton père allaient s'unir aux miens,
Refpectés et chéris de nos concitoyens.
Tu le fais, Azémon : ta bonté paternelle
Approuva cet amour qui m'enflamma pour elle.

(*n*)   D A T A M E.
Après avoir détruit de funeftes erreurs,
Ta préfence, grand prince, a fubjugué nos cœurs.
Je ne méritais pas le trône où tu m'appelle ;
Mais j'adore Aftérie : il me rend digne d'elle.
Demi-dieu fur la terre ! ô grand homme ! ô grand roi !
Règne, règne à jamais fur mon peuple et fur moi.
Aux fermens que je fais également fidelle,
Brûlant d'amour pour toi, pour mon roi plein de zèle,
Puiffé-je, en l'imitant, juftifier fon choix !
Mais toujours fon fujet, fuivre toujours fes lois.

Fin des Variantes.

. . . . .Exécrable journée !
Tu n'eſt pas à ton comble ?

Dom Pedre act. 5. Sc. 2.

J. M. Moreau le j.ne *inv.*   1786.   Trière *Sculp.*

DON PEDRE,

TRAGEDIE.

Non repréſentée.

EPITRE

DEDICATOIRE

A M. D'ALEMBERT,

SECRETAIRE PERPETUEL DE L'ACADEMIE
FRANÇAISE, MEMBRE DE L'ACADEMIE DES
SCIENCES; &c.

Par l'éditeur de la tragédie de Don Pèdre.

MONSIEUR,

Vous êtes assurément une de ces ames privilégiées dont l'auteur de Don Pèdre parle dans son discours (1). Vous êtes de ce petit nombre d'hommes qui savent embellir l'esprit géométrique par l'esprit de la littérature. L'académie française a bien senti en vous choisissant pour son secrétaire perpétuel, et en rendant cet hommage à la profondeur des mathématiques, qu'elle en rendait un autre au bon goût et à la vraie éloquence. Elle vous a jugé comme l'académie des sciences a jugé M. le marquis de *Condorcet ;* et tout le public a pensé comme ces deux compagnies respectables. Vous faites tous deux revivre ces anciens

(1) Voyez le discours historique et critique qui suit.

temps où les plus grands philofophes de la Gréce enfeignaient les principes de l'éloquence et de l'art dramatique.

Permettez, Monfieur, que je vous dédie la tragédie de mon ami, qui, étant actuellement trop éloigné de la France, ne peut avoir l'honneur de vous la préfenter lui-même. Si je mets votre nom à la tête de cette pièce, c'eft parce que j'ai cru voir en elle un air de vérité affez éloigné des lieux communs et de l'emphafe que vous réprouvez.

Le jeune auteur en y travaillant fous mes yeux, il y a un mois, dans une petite ville, loin de tout fecours, n'était foutenu que par l'idée qu'il travaillait pour vous plaire.

Ut caneret paucis ignoto in pulvere verum.

Il n'a point ambitionné de donner cette pièce au théâtre. Il fait très-bien qu'elle n'eft qu'une efquiffe; mais les portraits reffemblent: c'eft pourquoi il ne la préfente qu'aux hommes inftruits. Il me difait d'ailleurs que le fuccès au théâtre dépend entièrement d'un acteur ou d'une actrice; mais qu'à la lecture il ne dépend que de l'arrêt équitable et févère d'un juge et d'un écrivain tel que vous. Il fait qu'un homme de goût ne tolère aujourd'hui ni déclamation ampoulée de rhétorique, ni fade déclaration d'amour à ma princeffe, encore moins ces infipides barbaries en ftyle vifigoth, qui déchirent l'oreille fans jamais parler à la raifon et au fentiment, deux chofes qu'il ne faut jamais féparer.

Il défefpérait de parvenir à être auffi correct que l'académie l'exige, et auffi intéreffant que les loges

le

le défirent. Il ne fe diffimulait pas la difficulté de conftruire une pièce d'intrigue et de caractère, et la difficulté encore plus grande de l'écrire en vers. Car enfin, Monfieur, les vers dans les langues modernes étant privés de cette mefure harmonieufe des deux feules belles langues de l'antiquité, il faut avouer que notre poëfie ne peut fe foutenir que par la pureté continue du ftyle.

Nous répétions fouvent enfemble ces deux vers de *Boileau*, qui doivent être la règle de tout homme qui parle ou qui écrit :

Sans la langue, en un mot, l'auteur le plus divin
Eft toujours, quoi qu'il faffe, un méchant écrivain ;

et nous entendions par les défauts du langage non-feulement les folécifmes et les barbarifmes dont le théâtre a été infecté, mais l'obfcurité, l'impropriété, l'infuffifance, l'exagération, la fécherefe, la dureté, la baffefe, l'enflure, l'incohérence des expreffions. Quiconque n'a pas évité continuellement tous ces écueils ne fera jamais compté parmi nos poëtes.

Ce n'eft que pour apprendre à écrire tolérablement en vers français que nous nous fommes enhardis à offrir cet ouvrage à l'académie en vous le dédiant. J'en ai fait imprimer très-peu d'exemplaires, comme dans un procès par écrit on préfente à fes juges quelques mémoires imprimés que le public lit rarement.

Je demande pour le jeune auteur l'arrêt de tous les académiciens qui ont cultivé affidument notre langue. Je commence par le philofophe inventeur, qui, ayant fait une defcription fi vraie et fi éloquente

Théâtre. Tome VI. G

du corps humain, connaît l'homme moral auffi bien qu'il obferve l'homme phyfique. (*)

Je veux pour juge le philofophe profond qui a percé jufque dans l'origine de nos idées, fans rien perdre de fa fenfibilité. (**)

Je veux pour juge l'auteur du fiége de Calais, qui a communiqué fon enthoufiafme à la nation, et qui, ayant lui-même compofé une tragédie de Don Pèdre, doit regarder mon ami comme le fien, et non comme un rival.

Je veux pour juge l'auteur de Spartacus, qui a vengé l'humanité dans cette pièce remplie de traits dignes du grand *Corneille :* car la véritable gloire eft dans l'approbation des maîtres de l'art. Vous avez dit que rarement un amateur raifonnera de l'art avec autant de lumière (*b*) qu'un habile artifte : pour moi, j'ai toujours vu que les artiftes feuls rendaient une exacte juftice . . . . quand ils n'étaient pas jaloux,

. . . . . . C'eft aux efprits bien faits

A voir la vertu pleine en fes moindres effets ;

C'eft d'eux feuls qu'on reçoit la véritable gloire. (*c*)

Et je vous avouerai que j'aimerais mieux le feul fuffrage de celui qui a reffufcité le ftyle de *Racine* dans Mélanie, que de me voir applaudi un mois de fuite au théâtre. (*d*)

(*) M. de *Buffon.*

(**) M. l'abbé de *Condillac.*

(*b*) Effai fur les gens de lettres.

(*c*) Acte V des Horaces.

(*d*) J'ofe dire hardiment que je n'ai point vu de pièce mieux écrite que Mélanie. Ce mérite fi rare a été fenti par les étrangers qui apprennent notre langue par principes et par l'ufage. L'héritier de la plus vafte monarchie de notre hémifphère, étonné de n'entendre que très-difficilement le

Je préfente la tragédie de Don Pèdre à l'académicien qui a fait parler fi dignement *Bélifaire* dans fon admirable quinzième chapitre dicté par la vertu la plus pure, comme par l'éloquence la plus vraie; et que tous les princes doivent lire pour leur inftruction et pour notre bonheur. Je la foumets à la faine critique de ceux qui, dans des difcours couronnés par l'académie, ont apprécié avec tant de goût les grands hommes du fiècle de *Louis XIV.* Je m'en remets entièrement à la décifion de l'auteur éclairé du poëme de la peinture, qui feul a donné les vraies règles de l'art qu'il chante, et qui le connaît à fond, ainfi que celui de la poëfie.

Je m'en rapporte au traducteur de *Virgile*, feul digne de le traduire parmi tous ceux qui l'ont tenté ; à l'illuftre auteur des faifons, fi fupérieur à *Thomfon* et à fon fujet; tous juges irréfragables dans l'art des vers très-peu connu, et qui ont été proclamés pour jamais dans le temple de la gloire par les cris même de l'envie.

Je fuis bien perfuadé que le jeune homme qui met fur la fcène Don Pèdre et Guefclin préférerait aux applaudiffemens paffagers du parterre l'approbation réfléchie de l'officier auffi inftruit de cet art que de celui de la guerre, qui, ayant fait parler fi noblement le célèbre connétable de *Bourbon*, et le plus célèbre chevalier *Bayard*, a donné l'exemple à notre auteur de ne point prodiguer fa pièce fur le théâtre. (*)

jargon de quelques-uns de nos auteurs nouveaux, et d'entendre avec autant de plaifir que de facilité cette pièce de Mélanie, et l'éloge de *Fénélon*, a répandu fur l'auteur les bienfaits les plus honorables : il a fait par goût ce que *Louis XIV* fit autrefois par un noble amour de la gloire.

(*) M. de *Guibert.*

G 2

Il fouhâite, fans doute, d'être jugé par le peintre de *François I*, d'autant plus que ce favant et profond hiftorien fait mieux que perfonne que fi on dut appeler le roi *Charles V* habile, ce fut *Henri de Tranflamare* qu'on dut nommer *cruel*.

J'attends l'opinion des deux académiciens philo-fophes, vos dignes confrères (*e*), qui ont confondu de lâches et fots délateurs, par une réponfe aufli énergique que fage et délicate, et qui favent juger comme écrire.

Voilà, Monfieur, l'aréopage dont vous êtes l'organe, et par qui je voudrais être condamné ou abfous, fi jamais j'ofais faire à mon tour une tragédie, dans un temps où les fujets des pièces de théâtre femblent épuifés, dans un temps où le public eft dégoûté de tous fes plaifirs, qui paffent comme fes affections; dans un temps où l'art dramatique eft prêt à tomber en France après le grand fiècle de *Louis XIV*, et à être entièrement facrifié aux ariettes, comme il l'a été en Italie après le fiècle des *Médicis*.

Je vous dis à peu-près ce que difait *Horace*:

> *Plotius et Varius, Mœcenas Virgiliufque,*
> *Valgius, et probet hæc Octavius optimus, atque*
> *Fufcus; et hæc utinam Vifcorum laudet uterque! &c.*

Et voyez, s'il vous plaît, comme *Horace* met *Virgile*

(*e*) MM. *Suard* et l'abbé *Arnaud*. *N. B.* Il nous eft tombé entre les mains, depuis peu, une réponfe de M. l'abbé *Arnaud* à je ne fais quelle prétendue dénonciation de je ne fais quel prétendu théologien, devant je ne fais quel prétendu tribunal. Cette réponfe m'a paru très-fupérieure à tous les ouvrages polémiques de l'autre *Arnauld*.

à côté de *Mécène*. Ce même fentiment échauffait *Ovide* dans les glaces qui couvraient les bords du Pont-Euxin, lorfque, dans fa dernière élégie *de ponto*, il daigna effayer de faire rougir un de ces miférables folliculaires qui infultent à ceux qu'ils croient infortunés ; et qui font affez lâches pour calomnier un citoyen au bord de fon tombeau.

Combien de bons écrivains dans tous les genres font-ils cités par *Ovide* dans cette élégie ! Comme il fe confole par le fuffrage des *Cotta*, des *Meffala*, des *Tufcus*, des *Marius*, des *Gracchus*, des *Varus* et de tant d'autres dont il confacre les noms à l'immortalité ! Comme il infpire pour lui la bienveillance de tout honnête homme, et l'horreur pour un regratier qui ne fait être que détracteur !

Le premier des poëtes italiens, et peut-être du monde entier, l'*Ariofte* (f), nomme dans fon quarante-fixième chant tous les gens de lettres de fon temps, pour lefquels il travaillait, fans avoir pour objet la multitude. Il en nomme dix fois plus que je n'en défigne ; et l'Italie n'en trouva pas la lifte trop longue. Il n'oublie point les dames illuftres dont le fuffrage lui était fi cher.

Boileau, ce premier maître dans l'art difficile des vers français, *Boileau*, moins galant que l'*Ariofte*, dit dans fa belle épître à fon ami l'inimitable *Racine* :

> Et qu'importe à nos vers que Perrin les admire,
> Que l'auteur de Jonas s'empreffe pour les lire ?
> Pourvu qu'ils fachent plaire au plus puiffant des rois,
> Qu'à Chantilli Condé les life quelquefois,

(f) On ne le connaît guère en France que par des traductions très-infipides en profe. C'eft le maître du *Taffe* et de *la Fontaine*.

G 3

Qu'Enguien en foit touché, que Colbert et Vivone,
Que la Rochefoucauld, Marfillac et Pompone,
Et cent autres qu'ici je ne puis faire entrer,
A leurs traits délicats fe laiffent pénétrer.

J'avoue que j'aime mieux le *Mœcenas Virgiliufque*, dans *Horace*, que le *plus puiffant des rois* dans *Boileau;* parce qu'il eft plus beau, ce me femble, et plus honnête de mettre *Virgile* et le premier miniftre de l'empire fur la même ligne, quand il s'agit du goût, que de préférer le fuffrage de *Louis XIV* et du grand *Condé* à celui des *Coras* et des *Perrins;* ce qui n'était pas un grand effort. Mais enfin, Monfieur, vous voyez que depuis *Horace* jufqu'à *Boileau*, la plupart des grands poëtes ne cherchent à plaire qu'aux efprits bien faits.

Puifque *Boileau* défirait avec tant d'ardeur l'approbation de l'immortel *Colbert*, pourquoi ne travaillerions-nous pas à mériter celle d'un homme qui a commencé fon miniftère mieux que lui, qui eft beaucoup plus inftruit que lui dans tous les arts que nous cultivons, et dont l'amitié vous a été fi précieufe depuis long-temps, ainfi qu'à tous ceux qui ont eu le bonheur de le connaître (*)? Pourquoi n'ambitionnerions-nous pas les fuffrages de ceux qui ont rendu des fervices effentiels à la patrie, foit par une paix néceffaire, foit par de très-belles actions à la guerre, ou par un mérite moins brillant et non moins utile dans les ambaffades, ou dans des parties effentielles du miniftère?

Si ce même *Boileau* travaillait pour plaire aux

(*) M. *Turgot.*

la Rochefoucaulds de fon fiècle, nous blâmerait-on de fouhaiter le fuffrage des perfonnes qui font aujourd'hui tant d'honneur à ce nom ? à moins que nous ne fuffions tout-à-fait indignes d'occuper un moment leurs loifirs !

Y a-t-il un feul homme de lettres en France qui ne fe fentît très-encouragé par le fuffrage de deux de vos confrères, dont l'un a femblé rappeler le fiècle des *Médicis* en cueillant les fleurs du Parnaffe avant de fiéger dans le Vatican (*), et l'autre, dans un rang non moins illuftre, eft toujours favorifé des mufes et des grâces, lorfqu'il parle dans vos affemblées, et qu'il y lit fes ouvrages? (**) C'eft en ce fens qu'*Horace* a dit:

Principibus placuiffe viris non ultima laus eft.

Je dis dans le même fens à un homme d'un grand nom, auteur d'un livre profond de la félicité publique : Mon ami doit être trop heureux fi vous ne défapprouvez pas Don Pèdre; c'eft à vous de juger les rois et les connétables : j'en dis autant au magiftrat qui entre aujourd'hui dans l'académie. Puiffe-t-il être chargé un jour du foin de cette félicité publique ! (***)

J'ajouterai encore que le divin *Ariofte* ne fe borne pas à nommer les hommes de fon temps qui fefaient honneur à l'Italie, et pour lefquels il écrivait ; il nomme l'illuftre *Julie de Gonzague* et la veuve immortelle du marquis de *Pefcara*, et des princeffes de la maifon d'*Eft* et de *Malatefta*, et des *Borgia*, des

(*) M. le cardinal de *Bernis*.
(**) M. le duc de *Nivernois*.
(***) M. de *Malesherbes*.

G 4

Sforzes, des *Trivulces*, et surtout des dames célèbres seulement par leur esprit, leur goût et leurs talens. On en pourrait faire autant en France, si on avait un *Ariosle*. Je vous nommerais plus d'une dame dont le suffrage doit décider avec vous du fort d'un ouvrage, si je ne craignais d'exposer leur mérite et leur modestie aux sarcasmes de quelques pédans grossiers, qui n'ont ni l'un ni l'autre, ou de quelques futiles petits-maîtres qui pensent ridiculiser toute vertu par une plaisanterie.

Si un folliculaire dit que je n'ai donné de si justes éloges à ceux que je prends pour juges de mon ami qu'afin de les lui rendre favorables, je réponds d'avance que je confirme ces éloges si mon ami est condamné. J'ai demandé pour lui une décision, et non des louanges.

Les folliculaires me diront encore que mon ami n'est pas si jeune; mais je ne leur montrerai pas son extrait baptistère. Ils voudront deviner son nom; car c'est un très-grand plaisir de satiriser les gens en personne; mais son nom ne rendrait la pièce ni meilleure ni plus mauvaise.

Le vôtre, Monsieur, nous est aussi cher que vous l'avez rendu illustre; et après votre amitié, vos ouvrages font la plus grande consolation de ma vie. Agréez ou pardonnez cet hommage.

DISCOURS

HISTORIQUE ET CRITIQUE

Sur la tragédie de Don Pédre.

Il eft très-inutile de favoir quel eft le jeune auteur
de cette tragédie nouvelle qui, dans la foule des
pièces de théâtre dont l'Europe eft accablée, ne pourra
être lue que d'un très-petit nombre d'amateurs qui
en parcourront quelques pages. Lorfque l'art dramatique eft parvenu à fa perfection chez une nation
éclairée, on le néglige. On fe tourne avec raifon vers
d'autres études. Les *Ariflotes* et les *Platons* fuccèdent
aux *Sophocles* et aux *Euripides*. Il eft vrai que la philofophie devrait former le goût, mais fouvent elle
l'émouffe ; et fi vous exceptez quelques ames privilégiées, quiconque eft profondément occupé d'un
art eft d'ordinaire infenfible à tout le refte.

S'il eft encore quelques efprits qui confentent à
perdre une demi-heure dans la lecture d'une tragédie
nouvelle, on doit leur dire d'abord que ce n'eft point
celle de M. *du Belloy* qu'on leur préfente. L'illuftre
auteur du Siége de Calais a donné au théâtre de Paris
une tragédie de Pierre le cruel, mais ne l'a point
imprimée. Il y a long-temps que l'auteur de Don
Pèdre avait efquiffé quelque chofe d'un plan de ce
fujet. M. *du Belloy*, qui le fut, eut la condefcendance
de lui écrire qu'il renonçait en ce cas à le traiter. Dès
ce moment l'auteur de Don Pèdre n'y penfa plus,
et il n'y a travaillé fur un plan nouveau que fur la

fin de 1774, lorſque M. *du Belloy* a paru perſiſter à
ne point publier ſon ouvrage.

Après ce petit éclairciſſement, dont le ſeul but eſt
de montrer les égards que de véritables gens de lettres
ſe doivent, nous donnons ce diſcours hiſtorique et
critique tel que nous l'avons de la main même de
l'auteur de Don Pèdre.

Henri de Tranſtamare, l'un des nombreux bâtards
du roi de Caſtille *Alfonſe*, onzième du nom, fit à
ſon frère et à ſon roi Don *Pèdre* une guerre qui n'était
qu'une révolte, en ſe feſant déclarer roi légitime de
Caſtille par ſa faction. *Gueſclin*, depuis connétable de
France, l'aida dans cette entrepriſe.

Cet illuſtre *Gueſclin* était alors préciſément ce
qu'on appelait en Italie et en Eſpagne un *Condottière*.
Il raſſembla une troupe de bandits et de brigands, avec
leſquels il rançonna d'abord le pape *Urbain IV* dans
Avignon. Il fut entièrement défait à Navarette par
le roi Don *Pèdre* et par le grand *Prince noir*, ſouverain de Guienne, dont le nom eſt immortel. C'était
ce même prince qui avait pris le roi *Jean* à Poitiers,
et qui prit *du Gueſclin* à Navarette. *Henri de Tranſtamare*
s'enfuit en France. Cependant le parti des bâtards
ſubſiſta toujours en Eſpagne. *Tranſtamare*, protégé par
la France, eut le crédit de faire excommunier le roi ſon
frère par le pape qui ſiégeait encore dans Avignon, et
qui depuis peu était lié d'intérêt avec *Charles V* et avec
le bâtard de Caſtille. Le roi don *Pèdre* fut ſolennel-
lement déclaré *Bulgare et incrédule ;* ce ſont les termes
de la ſentence ; et ce qui eſt encore plus étrange, c'eſt
que le prétexte était que le roi avait des maîtreſſes.

Ces anathèmes étaient alors aussi communs que les intrigues d'amour chez les excommuniés, et chez les excommunians ; et ces amours se mêlaient aux guerres les plus cruelles. Les armes des papes étaient plus dangereuses qu'aujourd'hui. Les princes les plus adroits disposaient de ces armes. Tantôt des souverains en étaient frappés, et tantôt ils en frappaient. Les seigneurs féodaux les achetaient à grand prix.

La détestable éducation qu'on donnait alors aux hommes de tout rang et sans rang, et qu'on leur donna si long-temps, en fit des brutes féroces, que le fanatisme déchaînait contre tous les gouvernemens. Les princes se fesaient un devoir sacré de l'usurpation. Un rescrit donné dans une ville d'Italie en une langue ignorée de la multitude conférait un royaume en Espagne et en Norwège ; et les ravisseurs des Etats, les déprédateurs les plus inhumains, plongés dans tous les crimes, étaient réputés saints, et souvent invoqués, quand ils s'étaient fait revêtir en mourant d'une robe de frère prêcheur, ou de frère mineur.

M. *Thomas*, dans son discours à l'académie, a dit *que les temps d'ignorance furent toujours les temps des férocités*. J'aime à répéter des paroles si vraies, dont il vaut mieux être l'écho que le plagiaire.

Transtamare revint en Espagne une bulle dans une main, et l'épée dans l'autre. Il y ranima son parti. Le grand *Prince noir* était malade à la mort dans Bordeaux ; il ne pouvait plus secourir Don *Pèdre*.

Guesclin fut envoyé une seconde fois en Espagne par le roi *Charles V*, qui profitait du triste état où le *Prince noir* était réduit. *Guesclin* prit Don *Pèdre* prisonnier dans la bataille de Montiel, entre Tolède et

Séville. Ce fut immédiatement après cette journée
que *Henri de Tranſtamare*, entrant dans la tente de
Gueſclin, où l'on gardait le roi ſon frère déſarmé,
s'écria : *Où eſt ce juif, fils de P*.... *qui ſe diſait roi de
Caſtille ;* et il l'aſſaſſina à coups de poignard.

L'aſſaſſin qui n'avait d'autre droit à la couronne
que d'être lui-même ce juif bâtard, titre qu'il oſait
donner au roi légitime, fut cependant reconnu roi
de Caſtille ; et ſa maiſon a régné toujours en Eſpagne,
ſoit dans la ligne maſculine, ſoit par les femmes.

Il ne faut pas s'étonner après cela ſi les hiſtoriens
ont pris le parti du vainqueur contre le vaincu. Ceux
qui ont écrit l'hiſtoire en Eſpagne et en France n'ont
pas été des *Tacites ;* et M. *Horace Walpole*, envoyé
d'Angleterre en Eſpagne, a eu bien raiſon de dire,
dans ſes doutes ſur *Richard III*, comme nous l'avons
remarqué ailleurs : *Quand un roi heureux accuſe ſes
ennemis, tous les hiſtoriens s'empreſſent de lui ſervir de
témoins.* Telle eſt la faibleſſe de trop de gens de lettres ;
non qu'ils ſoient plus lâches et plus bas que les courtiſans d'un prince criminel et heureux, mais leurs
lâchetés ſont durables.

Si quelque vieux leude de *Charlemagne* s'aviſait
autrefois de lire un manuſcrit de *Frédegaire*, ou du
moine de *Saint-Gall*, il pouvait s'écrier : Ah, le menteur !
mais il s'en tenait là ; perſonne ne relevait l'ignorance et l'abſurdité du moine : il était cité dans les
ſiècles ſuivans ; il devenait une autorité, et dom
Ruinart rapportait ſon témoignage dans ſes actes
ſincères. C'eſt ainſi que toutes les légendes du moyen
âge ſont remplies des plus ridicules fables ; et l'hiſtoire ancienne aſſurément n'en eſt pas exempte.

Ceux qui mentent ainſi au genre-humain ſont encore animés ſouvent par la ſottiſe de la rivalité nationale. Il n'y a guère d'hiſtorien anglais qui ait manqué l'occaſion de faire la ſatire des Français, et quelquefois avec un peu de groſſièreté. *Velli* et *Villaret* dénigrent les Anglais autant qu'ils le peuvent. *Mézeray* n'épargna jamais les Eſpagnols : un *Tite-Live* ne pouvait connaître cette partialité ; il vivait dans un temps où ſa nation exiſtait ſeule dans le monde connu, *Romanos rerum dominos*, toutes les autres étaient à ſes pieds. Mais aujourd'hui que notre Europe eſt partagée entre tant de dominations qui ſe balancent toutes ; aujourd'hui que tant de peuples ont leurs grands hommes en tout genre, quiconque veut trop flatter ſon pays court riſque de déplaire aux autres, ſi par haſard il en eſt lu, et doit peu s'attendre à la reconnaiſſance du ſien. On n'a jamais tant aimé la vérité que dans ce temps-ci : il ne reſte plus qu'à la trouver.

Dans les querelles qui ſe ſont élevées ſi ſouvent entre toutes les cours de l'Europe, il eſt bien difficile de découvrir de quel côté eſt le droit ; et quand on l'a reconnu, il eſt dangereux de le dire. La critique qui aurait dû, depuis près d'un ſiècle, détruire les préjugés ſous leſquels l'hiſtoire eſt défigurée, a ſervi plus d'une fois à ſubſtituer de nouvelles erreurs aux anciennes. On a tant fait que tout eſt devenu problématique, depuis la loi ſalique juſqu'au ſyſtême de *Laſs ;* et à force de creuſer, nous ne ſavons plus où nous en ſommes.

Nous ne connaiſſons pas ſeulement l'époque de la création des ſept électeurs en Allemagne, du parlement en Angleterre, de la pairie en France. Il n'y a pas une feule maifon fouveraine dont on puiffe fixer l'origine. C'eft dans l'hiftoire que le chaos eft le commencement de tout. Qui pourra remonter à la fource de nos ufages et de nos opinions populaires ?

Pourquoi donna-t-on le furnom de *bon* à ce roi *Jean* qui commença fon règne par faire mourir en fa préfence fon connétable fans forme de procès ; qui affaffina quatre principaux chevaliers dans Rouen ; qui fut vaincu par fa faute ; qui céda la moitié de la France, et ruina l'autre ?

Pourquoi donna-t-on à ce Don *Pèdre*, roi légitime de Caftille, le nom de *cruel*, qu'il fallait donner au bâtard *Henri de Tranflamare*, affaffin de Don *Pèdre* et ufurpateur ?

Pourquoi appelle-t-on encore *bien-aimé* ce mal-heureux *Charles VI* qui déshérita fon fils en faveur d'un étranger, ennemi et oppreffeur de fa nation, et qui plongea tout l'Etat dans la fubverfion la plus horrible dont on ait confervé la mémoire ? Tous ces furnoms, ou plutôt tous ces fobriquets, que les hiftoriens répètent fans y attacher de fens, ne viennent-ils pas de la même caufe qui fait qu'un marguillier qui ne fait pas lire répète les noms d'*Albert le grand*, de *Grégoire thaumaturge*, de *Julien l'apoflat*, fans favoir ce que ces noms fignifient ? Telle ville fut appelée la *fainte* ou la *fuperbe*, dans laquelle il n'y eut ni fainteté ni grandeur ; tel vaiffeau fut nommé le *foudroyant*, l'*invincible*, qui fut pris en fortant du port.

L'hiftoire n'ayant donc été trop fouvent que le

récit des fables et des préjugés, quand on entreprend
une tragédie tirée de l'histoire, que fait-on ? l'auteur
choisit la fable ou le préjugé qui lui plaît davantage ;
celui-ci dans sa pièce pourra regarder *Scevola* comme
le respectable vengeur de la liberté publique, comme
un héros qui punit sa main de s'être méprise en
tuant un autre que le fatal ennemi de Rome ; celui-là
pourra ne se représenter *Scevola* que comme un vil
espion, un assassin fanatique, un *Poltrot*, un *Balthazar
Gerard*, un *Jacques Clément*. Des critiques penseront
qu'il n'y a point eu de *Scevola*, et que c'est une fable,
ainsi que toutes les histoires des premiers temps de
tout peuple sont des fables, et ces critiques pourront
bien avoir raison. Tel espagnol ne verra dans
François I qu'un capitaine très-courageux et très-
imprudent, mauvais politique, et manquant à sa
parole. Un professeur du collége royal le mettra dans
le ciel pour avoir protégé les lettres. Un luthérien
d'Allemagne le plongera en enfer pour avoir fait
brûler des luthériens dans Paris, tandis qu'il les
foudoyait dans l'Empire ; et si les ex-jésuites font
encore des pièces de théâtre, ils ne manqueront pas
de dire avec *Daniel : qu'il aurait fait aussi brûler le
dauphin, si ce dauphin n'avait pas cru aux indulgences,
tant ce grand roi avait de piété.*

Nous avons une tragi-comédie espagnole, où
Pierre, que nous appelons le *cruel*, n'est jamais
appelé que le *justicier*, titre que lui donna toujours
Philippe II. J'ai connu un jeune homme qui avait
fait une tragédie d'Adonias et de Salomon. Il y repré-
sentait *Salomon* comme le plus barbare et le plus
lâche de tous les parricides ou fratricides. Savez-vous

bien, lui dit-on, que le Seigneur dans un songe lui donna la sagesse? cela peut être, dit-il, mais il ne lui donna pas l'humanité à son réveil.

Il y a des déclamations de collége sous le nom d'histoires ou de drames, ou sous d'autres noms, dans lesquelles la nation qu'on célèbre est toujours la première du monde; ses soldats mal payés les premiers héros du monde, quoiqu'ils se soient enfuis; la ville capitale, qui n'avait guère que des maisons de bois, la première ville du monde; le fauteuil à clous dorés, sur lequel un roi goth ou alain s'asseyait, le premier trône du monde; et l'auteur qui se croit le premier dans sa sphère serait alors peut-être le plus sot homme du monde, s'il ne se trouvait des gens encore plus sots, qui font pour vingt sous la critique raisonnée de la pièce nouvelle; critique qui s'en va le lendemain avec la pièce dans l'abyme de l'éternel oubli.

On élève aussi quelquefois au ciel d'anciens che-valiers défenseurs ou oppresseurs des femmes et des églises, superstitieux et débauchés, tantôt voleurs, tantôt prodigues, combattant à outrance les uns contre les autres pour l'honneur de quelques prin-cesses qui avaient très-peu d'honneur. Tout ce qu'on peut faire de mieux (ce me semble) quand on s'amuse à les mettre sur la scène, c'est de dire avec *Horace :*

Seditione, dolis, scelere, atque libidine, et irâ,
Iliacos intra muros peccatur et extra.

FRAGMENT

FRAGMENT (*)

D'UN DISCOURS

HISTORIQUE ET CRITIQUE

SUR DON PEDRE.

. . . .

. . . .

Les raisonneurs, qui font comme moi fans génie, et qui differtent aujourd'hui fur le fiècle du génie, répètent fouvent cette antithèfe de *la Bruyère*, que *Racine* a peint les hommes tels qu'ils font, et *Corneille* tels qu'ils devaient être. Ils répètent une infigne faufleté, car jamais ni *Bajazet*, ni *Xipharès*, ni *Britannicus*, ni *Hippolyte* n'ont fait l'amour comme ils le font galamment dans les tragédies de *Racine;* et jamais *Céfar* n'a dû dire, dans le Pompée de *Corneille*, à *Cléopâtre*, qu'il n'avait combattu à Pharfale que pour mériter fon amour avant de l'avoir vue ; il n'a jamais dû lui dire que fon *glorieux titre de premier du monde, à préfent effectif, eft ennobli par celui de captif* de la petite *Cléopâtre*, âgée de quinze ans, qu'on lui amena dans un paquet de linge. Ni *Cinna* ni *Maxime* n'ont dû être tels que *Corneille* les a peints. Le devoir de *Cinna* ne pouvait être d'affaffiner *Augufte* pour plaire à une fille qui n'exiftait point. Le devoir de *Maxime* n'était pas d'être amoureux de cette même fille, et de trahir à la fois *Augufte*, *Cinna* et fa maîtrefle. Ce n'était pas là ce *Maxime* à qui *Ovide* écrivait qu'il était digne de fon nom. *Maxime, qui tanti menfuram nominis imples.* Le devoir de *Félix* dans Polyeucte n'était

(*) Ce fragment fe trouvait imprimé à la fuite de la tragédie de Don Pèdre, dans les éditions précédentes.

pas d'être un lâche barbare qui sefait couper le cou
à son gendre ,

> Pour acquérir par là de plus puissans appuis,
> Qui me mettraient plus haut cent fois que je ne suis.

On a beaucoup et trop écrit depuis *Aristote* sur la
tragédie. Les deux grandes règles sont que les personnages intéressent, et que les vers soient bons ;
j'entends d'une bonté propre au sujet. Ecrire en vers
pour les faire mauvais est la plus haute de toutes les
sottises.

On m'a vingt fois rebattu les oreilles de ce prétendu discours de *Pierre Corneille* : *Ma pièce est finie ;
je n'ai plus que les vers à faire.* Ce propos fut tenu par
Ménandre plus de deux mille ans avant *Corneille*, si
nous en croyons *Plutarque* dans sa question, *si les
Athéniens ont plus excellé dans les armes que dans les lettres ?*
Ménandre pouvait à toute force s'exprimer ainsi, parce
que des vers de comédie ne sont pas les plus difficiles ;
mais dans l'art tragique, la difficulté est presque
insurmontable, du moins chez nous.

Dans le siècle passé, il n'y eut que le seul *Racine*
qui écrivît des tragédies avec une pureté et une
élégance presque continues ; et le charme de cette
élégance a été si puissant, que les gens de lettres et
de goût lui ont pardonné la monotonie de ses décla-
rations d'amour et la faiblesse de quelques caractères ,
en faveur de sa diction enchanteresse.

Je vois dans l'homme illustre qui le précéda des
scènes sublimes, dont ni *Lopez de Véga*, ni *Calderon*, ni
Shakespeare, n'avaient même pu concevoir la moindre
idée, et qui sont très-supérieures à ce qu'on admira
dans *Sophocle* et dans *Euripide*; mais aussi j'y vois
des tas de barbarismes et de solécismes qui révoltent,
et de froids raisonnemens alambiqués qui glacent ;
j'y vois enfin vingt pièces entières, dans lesquelles à

peine y a-t-il un morceau qui demande grâce pour le reste. La preuve incontestable de cette vérité est, par exemple, dans les deux Bérénices de *Racine* et de *Corneille*. Le plan de ces deux pièces est également mauvais, également indigne du théâtre tragique. Ce défaut même va jusqu'au ridicule. Mais par quelle raison est-il impossible de lire la Bérénice de *Corneille*? par quelle raison est-elle au-dessous des pièces de *Pradon*, de *Rioupérous*, de *Danchet*, de *Péchantré*, de *Pellegrin*? et d'où vient que celle de *Racine* se fait lire avec tant de plaisir, à quelques fadeurs près? d'où vient qu'elle arrache des larmes?... c'est que les vers font bons : ce mot comprend tout, sentiment, vérité, décence, naturel, pureté de diction, nobleffe, force, harmonie, élégance, idées profondes, idées fines, furtout idées claires, images touchantes, images terribles, et toujours placées à propos. Otez ce mérite à la divine tragédie d'Athalie, il ne lui restera rien ; ôtez ce mérite au quatrième livre de l'Enéide, et au discours de *Priam* à *Achille* dans Homère, ils feront insipides. L'abbé *du Bos* a très-grande raison : la poëfie ne charme que par les beaux détails.

Si tant d'amateurs favent par cœur des morceaux admirables des Horaces, de Cinna, de Pompée, de Polyeucte et quatre vers d'Héraclius, c'est que ces vers font très-bien faits ; et fi on ne peut lire ni Théodore, ni Pertharite, ni Don Sanche d'Arragon, ni Attila, ni Agéfilas, ni Pulchérie, ni la Toifon d'or, ni Suréna, &c. &c. &c. c'est que prefque tous les vers en font déteftables. Il faut être de bien mauvaife foi pour s'efforcer de les excufer contre fa confcience. Quelquefois même de miférables écrivains ont ofé donner des éloges à cette foule de pièces auffi plates que barbares, parce qu'ils fentaient bien que les leurs étaient écrites dans ce goût : ils demandaient grâce pour eux-mêmes.

PERSONNAGES.

DON PEDRE, roi de Castille.

TRANSTAMARE, frère du roi, bâtard légitimé.

DU GUESCLIN, général de l'armée française.

LEONORE DE LA CERDA, princesse du sang.

ELVIRE, confidente de *Léonore*.

ALMEDE,

MENDOSE,

ALVARE,

MONCADE,

Suite.

} officiers espagnols.

La scène est dans le palais de Tolède.

DON PEDRE,

ROI DE CASTILLE,

TRAGEDIE.

ACTE PREMIER.

SCENE PREMIERE.

TRANSTAMARE, ALMEDE.

TRANSTAMARE.

De la cour de Vincenne aux remparts de Tolède
Tu m'es enfin rendu, cher et prudent Almède.
Reverrai-je en ces lieux ce brave du Guefclin?

ALMEDE.

Il vient vous feconder.

TRANSTAMARE.

Ce mot fait mon deftin.
Pour foutenir ma caufe et me venger d'un frère,
Le fecours des Français m'eft encor néceffaire.
Des révolutions voici le temps fatal.
J'attends tout du roi Charle et de fon général.
Qu'as-tu vu, qu'a-t-on fait? Dis-moi ce qu'on prépare
Dans la cour de Vincenne au prince Tranftamare?

ALMEDE.

Charle était incertain. J'ai long-temps attendu
L'effet d'un grand projet qu'on tenait fufpendu;

H 3

Le monarque éclairé, prudent avec courage,
(Chez les bouillans Français peut-être le feul fage)
A tous fes courtifans dérobant fes fecrets,
A pefé mes raifons avec fes intérêts.
Enfin il vous protége ; et fur le bord du Tage
Ce valeureux Guefclin, ce héros de notre âge,
Suivi de fon armée, arrive fur mes pas.

T R A N S T A M A R E.

Je dois tout à fon roi.

A L M E D E.

Ne vous y trompez pas.
Charle, en vous foutenant au bord du précipice,
Vous tend par politique une main protectrice ;
En divifant l'Efpagne, afin de l'affaiblir,
Il veut frapper don Pèdre autant que vous fervir :
Pour fon intérêt feul il entreprend la guerre.
Don Pèdre eut pour appui la fuperbe Angleterre ;
Le fameux Prince noir était fon protecteur ;
Mais ce guerrier terrible et de Guefclin vainqueur,
Au milieu de fa gloire achevant fa carrière,
Touche enfin dans Bordeaux à fon heure dernière.
Son génie accablait et la France et Guefclin ;
Et quand des jours fi beaux touchent à leur déclin,
Ce français, dont le bras aujourd'hui vous feconde,
Demeure avec éclat feul en fpectacle au monde.
Charle a choifi ce temps. L'Anglais tombe épuifé ;
L'Empire a trente rois, et languit divifé ;
L'Efpagnol eft en proie à la guerre civile ;
Charle eft le feul puiffant ; et d'un efprit tranquille
Ebranlant à fon gré tous les autres Etats,
Il triomphe à Paris fans employer fon bras.

TRANSTAMARE.

Qu'il exerce à loisir sa politique habile ,
Qu'il soit prudent, heureux ; mais qu'il me soit utile.

ALMEDE.

Il vous promet Valence et les vastes pays
Que vous laissait un père, et qu'on vous a ravis ;
Il vous promet surtout la main de Léonore ,
Dont l'hymen à vos droits va réunir encore
Ceux qui lui sont transmis par les rois ses aïeux.

TRANSTAMARE.

Léonore est le bien le plus cher à mes yeux.
Mon père, tu le sais, voulut que l'hymenée
Fît revivre par moi les rois dont elle est née.
Il avait gagné Rome, elle approuvait son choix ;
Et l'Espagne à genoux reconnaissait mes droits.
Dans un asile saint Léonore enfermée
Fuyait les factions de Tolède alarmée ;
Elle fuyait don Pèdre.... Il la fait enlever.
De mes biens, en tout temps , ardent à me priver,
Il la retient ici captive avec sa mère.
Voudrait-il seulement l'arracher à son frère ?
Croit-il , de tant d'objets trop heureux séducteur,
De ce cœur simple et vrai corrompre la candeur ?
Craindrait-il en secret les droits que Léonore
Au trône castillan peut conserver encore ?
Prétend-il l'épouser, ou d'un nouvel amour
Étaler le scandale à son indigne cour ?
Veut-il des La Cerda déshonorer la fille ,
La traîner en triomphe après Laure et Padille ;
Et d'un peuple opprimé , bravant les vains soupirs,
Insulter aux humains du sein de ses plaisirs ?

H 4

A L M E D E.

Les femmes, en tous lieux fouveraines fuprêmes,
Ont égaré des rois ; et les cours font les mêmes.
Mais peut-être Guefclin dédaignera d'entrer
Dans ces petits débats qu'il femblait ignorer.
Son efprit mâle et ferme, et même un peu fauvage,
Des faibleffes d'amour entend peu le langage.
Honoré par fon roi du nom d'ambaffadeur,
Il foutiendra vos droits avant que fa valeur
Se ferve ici pour vous, dignement occupée,
Des dernières raifons, les canons et l'épée.
Mais jufque-là don Pèdre eft le maître en ces lieux.

T R A N S T A M A R E.

Lui le maître ! ah ! bientôt tu nous connaîtras mieux.
Il veut l'être en effet ; mais un pouvoir fuprême
S'élève et s'affermit au-deffus du roi même.
Dans fon propre palais les états convoqués
Se font en ma faveur hautement expliqués ;
Le Sénat caftillan me promet fon fuffrage.
A don Pèdre égalé, je n'ai pas l'avantage
D'être né d'un hymen approuvé par la loi ;
Mais tu fais qu'en Europe on a vu plus d'un roi,
Par foi-même élevé, faire òublier l'injure
Qu'une loi trop injufte a faite à la nature.
Tout eft au plus heureux, et c'eft la loi du fort.
Un bâtard échappé des pirates du Nord
A foumis l'Angleterre ; et, malgré tous leurs crimes,
Ses heureux defcendans font des rois légitimes ;
J'ofe attendre en Efpagne un auffi grand deftin.

A L M E D E.

Guefclin vous le promet ; et je me flatte enfin

Que don Pèdre à vos pieds peut tomber de son trône,
Si le Français l'attaque, et l'Anglais l'abandonne.

TRANSTAMARE.

Tout annonce sa chute ; on a su soulever
Les esprits mécontens qu'il n'a pu captiver.
L'opinion publique est une arme puissante ;
J'en aiguise les traits. La ligue menaçante
Ne voit plus dans son roi qu'un tyran criminel ;
Il n'est plus désigné que du nom de cruel :
Ne me demande point si c'est avec justice ;
Il faut qu'on le déteste, afin qu'on le punisse.
La haine est sans scrupule : un peuple révolté
Ecoute les rumeurs, et non la vérité.
On avilit ses mœurs, on noircit sa conduite,
On le rend odieux à l'Europe séduite,
On le poursuit dans Rome à ce vieux tribunal,
Qui par un long abus, peut-être trop fatal,
Sur tant de souverains étend son vaste empire.
Je l'y fais condamner ; et je puis te prédire,
Que tu verras l'Espagne en sa crédulité
Exécuter l'arrêt dès qu'il sera porté :
Mais un soin plus pressant m'agite et me dévore.
A ses sacrés autels il ravit Léonore ;
De cette cour profane il faut bien la sauver.
Arrachons-la des mains qui m'en osent priver.
Sans doute il s'est flatté du grand art de séduire,
De sa vaine beauté, de ce frivole empire
Qu'il eut sur tant de cœurs aisés à conquérir ;
Tout cet éclat trompeur avec lui va périr.
Peut-être qu'aujourd'hui la guerre déclarée
Vers la princesse ici m'interdirait l'entrée.

Profitons du feul jour où je puis l'enlever.
Va m'attendre au Sénat ; je cours t'y retrouver :
Nous y concerterons tout ce que je dois faire
Pour ravir Léonore et le trône à mon frère.
La voici. Le deftin favorife mes vœux.

SCENE II.

TRANSTAMARE, LEONORE, ELVIRE.

LEONORE.

Prince, en ces temps de trouble, en ces jours malheureux,
Je n'ai que ce moment pour vous parler encore.
Bientôt vous connaîtrez ce qu'était Léonore,
Quelle était fa conduite et fon nouveau devoir ;
Mais au palais du roi gardez de me revoir.
Je veux, je dois fauver d'une guerre inteftine
Et vous, et tout l'Etat penchant vers fa ruine.
Le roi vient fur mes pas ; j'ignore fes projets ;
Il donne en frémiffant quelques ordres fecrets ;
Il vous nomme, il s'emporte ; et vous devez connaître
Quel fort on fe prépare en luttant contre un maître.
Je vous en avertis. Epargnez à fes yeux
D'un fuperbe ennemi l'afpect injurieux.
C'eft ma feule prière.

TRANSTAMARE.

Ah ! qu'ofez-vous me dire ?

LEONORE.

Ce que je dois penfer, ce que le ciel m'infpire.

TRANSTAMARE.

Quoi ! vous que ce ciel même a fait naître pour moi,
Dont mon père en mourant me deftina la foi,

Vous dont Rome et la France ont conclu l'hymenée,
Vous que l'Europe entière à moi feul a donnée,
Je ne vous reverrais que pour vous éviter?
Vous ne me parleriez que pour mieux m'écarter!

LEONORE.

Le devoir, la raifon, votre intérêt l'exige.
Tout ce que j'aperçois m'épouvante et m'afflige.
Seigneur, d'affez de fang nos champs font inondés,
Et vous devez fentir ce que vous hafardez.

TRANSTAMARE.

Je fais bien que don Pèdre eft injufte, intraitable,
Qu'il peut m'affaffiner.

LEONORE.

Il en eft incapable.
A l'infulter ainfi c'eft trop vous appliquer.
Puiffe enfin la nature à tous deux s'expliquer!
Elle parle par moi; Seigneur, je vous conjure
De ne point faire au roi cette nouvelle injure.
Ménagez, évitez votre frère offenfé,
Violent comme vous, profondément bleffé.
Ne vous efforcez point de le rendre implacable;
Laiffez-moi l'apaifer.

TRANSTAMARE.

Non, chaque mot m'accable.
Je vous parle des nœuds qui nous ont engagés;
Et vous me répondez que vous me protégez!
Je ne vous connais plus. Que cette cour altère
Vos premiers fentimens et votre caractère!

LEONORE.

Mes juftes fentimens ne font point démentis;
Je chérirai le fang dont nous fommes fortis,

Et les rois nos aïeux vivront dans ma mémoire.
Pour la dernière fois si vous daignez m'en croire,
Dans son propre palais gardez-vous d'outrager
Celui qui règne encore, et qui peut se venger.

TRANSTAMARE.

Que vous importe à vous que mon aspect l'offense ?

LEONORE.

Je veux qu'envers un frère il use de clémence.

TRANSTAMARE.

La clémence en don Pèdre ! épargnez-vous ce soin :
De la mienne bientôt il peut avoir besoin ;
Je n'en dirai pas plus ; mais, quoi que j'exécute,
Léonore est un bien qu'un tyran me dispute :
Je n'ai rien entrepris que pour vous posséder ;
Vous me verrez mourir plutôt que vous céder.
Vous me verrez, Madame.

(*il sort.*)

SCENE III.

LEONORE, ELVIRE.

LEONORE.

Où me suis-je engagée !

ELVIRE.

Je frémis des périls où vous êtes plongée,
Entre deux ennemis qui, s'égorgeant pour vous,
Pourront dans le combat vous percer de leurs coups.
Promise à Transtamare, à son frère donnée,
Prête à former ces nœuds d'un secret hymenée,
Dans l'orage qui gronde en ce triste séjour,
Quelle cruelle fête, et quel temps pour l'amour !

LEONORE.

Elvire, il faut t'ouvrir mon ame toute entière.
Je voulais confacrer ma pénible carrière
Au vénérable afile où dans mes premiers jours
J'avais goûté la paix loin des perfides cours.
Le fombre Tranftamare, en cherchant à me plaire,
M'attachait encor plus à ma retraite auftère.
D'une mère fur moi tu connais le pouvoir ;
Elle a détruit ma paix et changé mon devoir.
Dans les diffentions de l'Efpagne affligée,
Au parti de don Pèdre en fecret engagée,
Pleine de cet orgueil qu'elle tient de fon fang,
Elle me précipite en ce fuprême rang :
Elle me donne au roi. Le puiffant Tranftamare
Ne pardonnera point le coup qu'on lui prépare.
Je replonge l'Efpagne en un trouble nouveau ;
De la guerre en tremblant j'allume le flambeau,
Moi, qui de tout mon fang aurais voulu l'éteindre.
Plus on croit m'élever, plus ma chute eft à craindre.
Le roi, qui voit l'Etat contre lui conjuré,
Cache encor mon fecret dans Tolède ignoré :
Notre cour le foupçonne, et paraît incertaine.
Je me vois expofée à la publique haine,
Aux fureurs des partis, aux bruits calomnieux ;
Et de quelques côtés que je tourne les yeux,
Ce trône m'épouvante.

ELVIRE.

Ou je fuis abufée,
Ou votre ame à ce choix ne s'eft point oppofée.
Si les périls font grands, fi dans tous les Etats
Les cours ont leurs dangers, le trône a fes appas.

LEONORE.

Jamais le rang du roi n'éblouit ma jeuneſſe.
Peut-être que mon cœur avec trop de faibleſſe
Admira ſa valeur et ſes grands ſentimcns.
Je ſais quel fut l'excès de ſes égaremens,
J'en frémis; mais ſon ame eſt noble et généreuſe.
Elvire, elle eſt ſenſible autant qu'impétueuſe :
Et s'il m'aime en effet, j'oſe encore eſpérer
Que des jours moins affreux pourront nous éclairer.
L'auguſte La Cerda, dont le ciel me fit naître,
M'inſpira ce projet en me donnant un maître.
Ah! ſi le roi voulait, ſi je pouvais un jour
Voir ce trône ébranlé raffermi par l'amour!
Si, comme je l'ai cru, les femmes étaient nées
Pour calmer des eſprits les fougues effrénées,
Pour faire aimer la paix aux féroces humains,
Pour émouſſer le fer en leurs ſanglantes mains!
Voilà ma paſſion, mon eſpoir et ma gloire.

ELVIRE.

Puiſſiez-vous remporter cette illuſtre victoire!
Mais elle eſt bien douteuſe; et je vous vois marcher
Sur des feux que la cendre à peine a pu cacher.

LEONORE.

J'ai peu vu cette cour, Elvire, et je l'abhorre.
Quel ſéjour orageux! mais il ſe peut encore
Que dans le cœur du roi je réveille aujourd'hui
Les premières vertus qu'on admirait en lui.
Ses maîtreſſes peut-être ont corrompu ſon ame;
Le fond en était pur.

ELVIRE.

       Il vient à vous, Madame :
Oſez donc parler.

SCENE IV.

DON PEDRE, LEONORE, ELVIRE.

LEONORE.

Sire, ou plutôt cher époux,
Souffrez que Léonore embraffe vos genoux.
(*il la retient.*)
Ma mère eft votre fang, et fa main m'a donnée
Au maître généreux qui fait ma deftinée.
Vous avez exigé qu'aux yeux de votre cour
Ce grand événement fe cache encore un jour;
Mais vous m'avez promis de m'accorder la grace
Qu'implorerait de vous mon excufable audace.
Puis-je la demander?

DON PEDRE.

N'ayez point la rigueur
De douter d'un empire établi fur mon cœur.
Votre couronnement d'un feul jour fe diffère;
Il me faut ménager un Sénat téméraire,
Un peuple effarouché : mais ne redoutez rien.
Parlez, qu'exigez-vous?

LEONORE.

Votre bonheur, le mien,
Celui de la Caftille, une paix néceffaire :
Seigneur, vous le favez, la princeffe ma mère
M'a remife en vos mains dans un efpoir fi beau.
Les ans et les chagrins l'approchent du tombeau.
Je joins ici ma voix à fa voix expirante;
Comme elle en ces momens la patrie eft mourante.

La difcorde en fureur en ces lieux alarmés
Peut fe calmer encor, Seigneur, fi vous m'aimez.
Ne m'ouvrez point au trône un horrible paffage
Parmi des flots de fang, au milieu du carnage;
Et puiffent vos fujets, béniffant votre loi,
Par vous rendus heureux vous aimer comme moi!

DON PEDRE.

Plus que vous ne penfez, votre difcours me touche.
La raifon, la vertu parlent par votre bouche.
Hélas! vous êtes jeune; et vous ne favez pas
Qu'un roi qui fait le bien ne fait que des ingrats.
Allez, des factieux n'aiment jamais leur maître.
Quoi qu'il puiffe arriver, je le fuis, je veux l'être.
Ils fubiront mes lois; mais daignez m'en donner;
Vous pouvez tout fur moi, que faut-il?

LEONORE.

Pardonner.

DON PEDRE.

A qui?

LEONORE.

Puis-je le dire?

DON PEDRE.

Eh bien?

LEONORE.

A Tranftamare.

DON PEDRE.

Quoi! vous me prononcez le nom de ce barbare!
Du criminel objet de mon jufte courroux!

LEONORE.

Peut-être il eft puni puifque je fuis à vous.

Alfonfe

Alfonse votre père à sa main m'a promise,
Il lui donna Valence, et vous l'avez conquise.
Je lui portais pour dot d'assez vastes Etats :
Il les espère encore, et n'en jouira pas.
Sire, je ne veux point que la France jalouse,
Votre Sénat, les grands, accusent votre épouse
D'avoir immolé tout à son ambition,
Et de n'être en vos bras que par la trahison.
De ces soupçons affreux la triste ignominie
Empoisonnerait trop ma malheureuse vie.

DON PEDRE.

Ecoutez, je vous aime : et ce sacré lien,
En vous donnant à moi, joint votre honneur au mien.
Sachez qu'il n'est ici de perfide et de traître
Que ce prince rebelle, et qui s'obstine à l'être.
Trompé par une femme, et par l'âge affaibli,
Mettant près du tombeau tous mes droits en oubli,
Alfonse mauvais roi, non moins que mauvais père,
(Car je parle sans feinte, et ma bouche est sincère)
Alfonse, en égalant son bâtard à son fils,
Nous fit imprudemment pour jamais ennemis.
D'une province entière on fesait son partage ;
La moitié de mon trône était son héritage.
Que dis-je ! on vous donnait !... plus juste possesseur,
J'ai repris tous mes biens des mains du ravisseur.
Le traître avec Guesclin vaincu dans Navarette,
Par une fausse paix réparant sa défaite,
Attire à son parti nos peuples aveuglés.
Il impose au Sénat, aux Etats assemblés ;
Faible dans les combats, puissant dans les intrigues,
Artisan ténébreux de fraudes et de brigues,

Théâtre. Tome VI.   I

Il domine en secret dans mon propre palais.
Il croit déjà régner.... Ne me parlez jamais
De ce dangereux fourbe et de ce téméraire :
Cessez.

LEONORE.

Je vous parlais, Seigneur, de votre frère.

DON PEDRE.

Mon frère ! Transtamare !... Il doit n'être à vos yeux
Qu'un opprobre nouveau du sang de nos aïeux,
Un enfant d'adultère, un rejeton du crime ;
Et l'étrange intérêt qui pour lui vous anime
Est un coup plus cruel à mon esprit blessé
Que tous ses attentats qui m'ont trop offensé.

LEONORE.

De quoi vous plaignez-vous, quand je le sacrifie,
Quand vous donnant mon cœur, et hasardant ma vie,
Mon sort à vos destins s'abandonne aujourd'hui ?
Ma tendresse pour vous et ma pitié pour lui
A vos yeux irrités font-elles une offense ?
Je vous vois menacé des armes de la France :
Les Etats, le Sénat, unis contre vos droits,
Ont élevé déjà leur redoutable voix.
M'est-il donc défendu de craindre un tel orage ?

DON PEDRE.

Non, mais rassurez-vous, du moins sur mon courage.

LEONORE.

Vous n'en avez que trop, et dans ces jours affreux,
Ce courage, peut-être, est funeste à tous deux.

DON PEDRE.

Rien n'est funeste aux rois que leur propre faiblesse.

LEONORE.

Ainfi votre refus rebute ma tendreffe !
A peine l'hymenée eft prêt de nous unir ;
Je vous déplais, Seigneur, en voulant vous fervir.

DON PEDRE.

Allez plaindre don Pèdre, et flatter Tranftamare.

LEONORE.

Ah ! vous ne craignez point que mon efprit s'égare
Jufqu'à le comparer à don Pèdre, à mon roi.
Je vous parlais pour vous, pour l'Efpagne et pour moi :
Je vois qu'il faut fufpendre une plainte indifcrète ;
Qu'une femme eft efclave, et qu'elle n'eft point faite
Pour fe jeter, Seigneur, entre le peuple et vous.
J'ai cru que la prière apaifait le courroux ;
Qu'on pouvait oppofer à vos armes fanglantes
De la compaffion les armes innocentes. . . .
Mais je dois refpecter de fi grands intérêts. . . .
J'avais trop préfumé. . . . Je fors, et je me tais.

(elle fort.)

SCENE V.

DON PEDRE feul.

Qu'une telle démarche et m'étonne et m'offenfe !
Tranftamare avec elle eft-il d'intelligence ?
M'aurait-elle trompé fous le voile impofteur
Qui fafcinait mes yeux par fa fauffe candeur ?
Croit-elle, en abufant du pouvoir de fes charmes,
Vaincre par fa faibleffe, et m'arracher mes armes ?
Eft-ce amour ? eft-ce crainte ? eft-ce une trahifon ?
Quels nouveaux attentats confondent ma raifon !

I 2

Régné-je, jufte Ciel! et refpiré-je encore?
Tout m'abandonnerait!... et jufqu'à Léonore!...
Non.... je ne le crois point.... mais mon cœur eft percé.
  Monarque malheureux, amant trop offenfé,
Oppofe à tant d'affauts un cœur inébranlable;
Mais furtout garde-toi de la trouver coupable.

Fin du premier acte.

ACTE II.

SCENE PREMIERE.

LEONORE, ELVIRE.

LEONORE.

JE n'avais pas connu jufqu'à ce trifte jour
Le danger d'être fimple, et d'ignorer la cour.
Je vois trop qu'en effet il eft des conjonctures
Où les cœurs les plus droits, les vertus les plus pures,
Ne fervent qu'à produire un indigne foupçon.
Dans ces temps malheureux tout fe tourne en poifon.
Au fond de mes déferts pourquoi m'a-t-on cherchée?
Au féjour de la paix pourquoi fuis-je arrachée?
Ah! fi l'on connaiffait le néant des grandeurs,
Leurs triftes vanités, leurs fantômes trompeurs,
Qu'on en détefterait le brillant efclavage!

ELVIRE.

Ne penfez qu'à don Pèdre, au nœud qui vous engage;
Songez que, dans ces temps de trouble et de terreur,
De lui feul après tout dépend votre bonheur.

LEONORE.

Le bonheur! ah, quel mot ta bouche me prononce!
Le bonheur! à nos yeux l'illufion l'annonce,
L'illufion l'emporte et s'enfuit loin de nous.
Mon malheur, chère Elvire, eft d'aimer mon époux;
Il m'entraîne en tombant, il me rend la victime
D'un peuple qui le hait, d'un Sénat qui l'opprime,

I 3

De Tranftamare enfin, dont la témérité
Ofe me reprocher une infidélité ;
Comme fi de mon cœur s'étant rendu le maître,
Par ma lâche inconflance il eût ceffé de l'être,
Et fi déjà formée aux vices de la cour,
Je trahiffais ma foi par un nouvel amour !
C'eft-là furtout, c'eft-là l'infupportable injure
Dont j'ai le plus fenti la profonde bleffure.

S C E N E I I.

LEONORE, ELVIRE, TRANSTAMARE, Suite.

T R A N S T A M A R E.

Oui, je vous pourfuivrai dans ces murs odieux,
Souillés par mes tyrans, et pleins de nos aïeux ;
Ces lieux où des Etats l'autorité facrée
A toute heure à mes pas donne une libre entrée ;
Où ce roi croit dicter fes ordres abfolus,
Que déjà dans Tolède on ne reconnaît plus.
C'eft dans le Sénat même affis pour le détruire,
C'eft au temple, en un mot, que je veux vous conduire ;
C'eft là qu'eft votre honneur et votre fureté,
C'eft là que votre amant vous rend la liberté.

L E O N O R E.

De tant de violence indignée et furprife,
Fidelle à mes devoirs, à mon maître foumife,
Mais écoutant encore un refte de pitié,
Que cet excès d'audace a mal juftifié,
Je voulais vous fervir, vous rapprocher d'un frère,
Rappeler de la paix quelque ombre paffagère.

De ces vœux mal conçus mon cœur fut occupé ;
Mais tous deux à l'envi vous l'avez détrompé.
Dans ces triftes momens, tout ce que je puis dire,
C'eft-que mon fang, mon Dieu, ce jour que je refpire,
Ce palais où je fuis, tout m'impofe la loi
De chérir ma patrie, et d'obéir au roi.

TRANSTAMARE.

Il n'eft point votre roi ; vous êtes mon époufe ;
Vous n'échapperez point à ma fureur jaloufe ;
Oui, vous m'appartenez : la pompe des autels,
L'appareil des flambeaux, les fermens folennels,
N'ajoutent qu'un vaín fafte aux promeffes facrées,
Par un père et par vous dès l'enfance jurées.
Ces nœuds, ces premiers nœuds dont nous fommes liés,
N'ont point été par vous encor défavoués :
Rome les confacra ; rien ne peut les diffoudre.
N'attirez point fur vous les éclats de fa foudre.
Quoi ! l'air empoifonné que nous refpirons tous
A-t-il dans ce palais pénétré jufqu'à vous ?
Pourriez-vous préférer à ce nœud refpectable
La vanité trompeufe et l'orgueil méprifable
De captiver un roi dont tant d'autres beautés
Partageaient follement les infidélités ?
Vous n'avilirez point le fang qui vous fit naître
Jufqu'à leur difputer la conquête d'un traître,
D'un monarque flétri par d'indignes amours ;
Et qui, fi l'on en croit de fidelles difcours,
Jaloux fans être tendre, a dans fa frénéfie
De fa femme au tombeau précipité la vie.

LEONORE.

Quoi ! vous cherchez fans ceffe à le calomnier ?

I 4

TRANSTAMARE.

Et vous vous abaillez à le justifier !
Tremblez de partager le poids insupportable
Dont la haine publique a chargé ce coupable.
Il faut me suivre, il faut dans les bras du Sénat....

LEONORE.

Si vous entrepreniez cet horrible attentat,
Si vous osiez jamais....

SCENE III.

LEONORE, TRANSTAMARE *sur le devant avec sa suite*, DON PEDRE *dans le fond avec la sienne*, MENDOSE.

DON PEDRE *à Mendose, dans l'enfoncement.*

Tu vois ce téméraire,
Qui jusqu'en ma maison vient braver ma colère ;
Ce protégé de Charle. Il vient à ses vainqueurs
Apporter des Français les insolentes mœurs....
Aux yeux de la princesse il ose ici paraître !
Sans frein, sans retenue, il marche, il parle en maître....
(*à Transtamare.*)
Comte, un tel entretien ne vous est point permis.
Dans la foule des grands, à votre rang admis,
Vous pourrez dans les jours de pompe solennelle
Vous présenter de loin prosterné devant elle.
Entrez dans le Sénat, prenez place aux Etats ;
La loi vous le permet ; je ne vous y crains pas.
Vous y pouvez tramer vos cabales secrètes ;
Mais respectez ces lieux, et songez qui vous êtes.

TRANSTAMARE.

Le fils du dernier roi prend plus de liberté ;
Il s'explique en tous lieux ; il peut être écouté ;
Il peut offrir fans crainte un pur et noble hommage.
Rome, le roi de France, et des grands le fuffrage,
Ont quelque poids encore, et pourront balancer
Tout ce qu'à ma pourfuite on voudrait oppofer.
Léonore eft à moi, fa main fut mon partage.

DON PEDRE.

Et moi je vous défends d'y penfer davantage.

TRANSTAMARE.

Vous me le défendez ?

DON PEDRE.
Oui.

TRANSTAMARE.
De mes ennemis
Les ordres quelquefois m'ont trouvé peu foumis.

DON PEDRE.

Mais quelquefois auffi, malgré Rome et la France,
En Caftille on punit la défobéiffance.

TRANSTAMARE.

Le Sénat et mon bras m'affranchiffent affez
De ce grand châtiment dont vous me menacez.

DON PEDRE.

Ils vous ont mal fervi dans les champs de la gloire.
Vous devriez du moins en garder la mémoire.

TRANSTAMARE.

Les temps font bien changés. Vos maîtres et les miens,
Les Etats, le Sénat, tous les vrais citoyens,
Ont enfin rappelé la liberté publique :
On ne redoute plus ce pouvoir tyrannique,

Ce monstre, votre idole, horreur du genre-humain,
Que votre orgueil trompé veut rétablir en vain.
Vous n'êtes plus qu'un homme avec un titre auguste,
Premier sujet des lois, et forcé d'être juste.

D O N   P E D R E.

Eh bien! crains ma justice, et tremblé en tes desseins.

T R A N S T A M A R E.

S'il en est une au ciel, c'est pour vous que je crains :
Gardez-vous de lasser sa longue patience.

D O N   P E D R E, tirant à moitié son épée.

Tu mets à bout la mienne avec tant d'insolence.
Perfide! défends-toi contre ce fer vengeur.

T R A N S T A M A R E, mettant aussi la main à l'épée.

Sire, oseriez-vous bien me faire cét honneur ?

L E O N O R E se jetant entre eux, tandis que Mendose et Almède
les séparent.

Arrêtez, inhumains! Cessez, barbares frères....
Cieux toujours offensés! destins toujours contraires!
Verrai-je en tous les temps ces deux infortunés
Prêts à souiller leurs mains du sang dont ils sont nés?
N'entendront-ils jamais la voix de la nature ?

D O N   P E D R E.

Ah! je n'attendais pas cette nouvelle injure,
Et que pour dernier trait Léonore aujourd'hui
Pût en nous égalant me confondre avec lui.
C'en est trop.

L E O N O R E.

Quoi! c'est vous qui m'accusez encore!

D O N   P E D R E.

Et vous me trahiriez, vous, dis-je, Léonore!

LEONORE.

Et vous me reprochez dans ce défordre affreux
De vouloir épargner un crime à tous les deux !
Vous me connaiffez mal : apprenez l'un et l'autre
Quels font mes fentimens, et mon fort et le vôtre.
Tranftamare, fachez que vous n'aurez enfin,
Quand vous feriez mon roi, ni mon cœur ni ma main.
Sire, tombe fur moi la juftice éternelle
Si jufqu'à mon trépas je ne vous fuis fidelle.
Mais la guerre civile eft horrible à mes yeux ;
Et je ne puis me voir entre deux furieux,
Miférable fujet de difcorde et de haine,
Toujours dans la terreur, et toujours incertaine
Si le feul de vous deux qui doit régner fur moi
Ne me fait pas l'affront de douter de ma foi.
Vous m'arrachiez, Seigneur, au folitaire afile
Où mon cœur loin de vous était du moins tranquille.
Je me vois exilée en ce cruel féjour,
Dans cet antre fanglant que vous nommez la cour.
Je la fuis ; je retourne à la tombe facrée
Où j'étais morte au monde, et du monde ignorée.
Qu'une autre fe complaife à nourrir dans les cœurs
Les tourmens de l'amour et toutes fes fureurs,
A mêler fans effroi fes langueurs tyranniques
Aux tumultes fanglans des difcordes publiques ;
Qu'elle fe faffe un jeu du malheur des humains,
Et des feux de la guerre attifés par fes mains ;
Qu'elle y mette à fon gré fa gloire et fon mérite :
Cette gloire exécrable eft tout ce que j'évite.
Mon cœur qui la détefte eft encore étonné
D'avoir fui cette paix pour qui feule il eft né ;

Cette paix qu'on regrette au milieu des orages.
Je vais loin de Tolède, et de ces grands naufrages,
M'ensevelir, vous plaindre, et servir à genoux
Un maître plus puissant et plus clément que vous.

(elle sort.)

SCENE IV.

DON PEDRE, TRANSTAMARE, Suite.

DON PEDRE.

ELLE échappe à ma vue, elle fuit, et sans peine!
J'ai soupçonné son cœur, j'ai mérité sa haine.

(à sa suite.)

Léonore!... Courez, qu'on vole sur ses pas;
Mes amis, suivez-la, qu'on ne la quitte pas;
Veillez avec les miens sur elle et sur sa mère....
    Toi, qui t'oses parer du saint nom de mon frère,
Va, rends grâce à ce sang par toi déshonoré,
Rends grâce à mes sermens: j'ai promis, j'ai juré
De respecter ici la liberté publique.
Tu m'osais reprocher un pouvoir tyrannique!
Tu vis, c'en est assez pour me justifier;
Tu vis, et je suis roi!... Garde-toi d'oublier
Qu'il me reste en Espagne encor quelque puissance.
Cabale avec les tiens dans Rome et dans la France,
Intrigue en ton Sénat, soulève les Etats,
Va, mais attends le prix de tes noirs attentats.

TRANSTAMARE, en sortant avec sa suite.

Sire, j'attends beaucoup de la clémence auguste
Du frère le plus tendre, et du roi le plus juste.

SCENE V.

DON PEDRE, MENDOSE.

DON PEDRE.

TREMBLEZ, tyrans des rois ; le châtiment vous fuit.
Que dis-je ! malheureux ! à quoi suis-je réduit !
J'ai laiſſé de ſes pleurs Léonore abreuvée,
Ainſi que mes ſujets contre moi ſoulevée.
Quoi ! toujours de mes mains j'ourdirai mes malheurs !
C'était donc mon deſtin d'éloigner tous les cœurs !
J'ai d'une tendre épouſe affligé l'innocence.
Mon peuple m'abandonne, et le Français s'avance.
Prêt de faire une reine et d'aller aux combats,
A tant de ſoins preſſans mon cœur ne ſuffit pas.
Allons.... il faut porter le fardeau qui m'accable.

MENDOSE.

Sire, vous permettez qu'un ami véritable,
(Je haſarde ce nom ſi rare auprès des rois)
Libre en ſes ſentimens, s'ouvre à vous quelquefois.
Vos ſoldats, il eſt vrai, s'approchent de Tolède ;
Mais les grands, le Sénat, que Tranſtamare obſède,
Les organes des lois du peuple révérés,
De la religion les miniſtres ſacrés,
Tout s'unit, tout menace, un dernier coup s'apprête.
Déjà même Gueſclin, dirigeant la tempête,
Marche aux rives du Tage, et vient y rallumer
La foudre qui s'y forme et va tout conſumer.
Peut-être il ſerait temps qu'un peu de politique
Tempérât prudemment ce courage héroïque ;

Que vous attendiffiez, chaque jour offenfé,
Le moment de punir fans avoir menacé.
De vos fiers ennemis nourriffant l'infolence,
Vous les avertiffez de fe mettre en défenfe.
De Léonore ici je ne vous parle pas :
L'amour bien mieux que moi finira vos débats.
Vous êtes violent, mais tendre, mais fincère ;
Seigneur, un mot de vous calmera fa colère.
Mais quand le péril preffe et peut vous accabler,
Avec vos oppreffeurs il faut diffimuler.

DON PEDRE.

A ma franchife, ami, cet art eft trop contraire,
C'eft la vertu du lâche.... Ah! d'un maître févère,
D'un cruel, d'un tyran, s'ils m'ont donné le nom,
Je veux le mériter à leur confufion.
Trop heureux les humains dont les ames dociles
Se livrent mollement aux paffions tranquilles !
Ma vie eft un orage ; et dans les flots plongé,
Je me plais dans l'abyme où je fuis fubmergé.
Rien ne me changera, rien ne pourra m'abattre.

MENDOSE.

Mon Prince, à vos côtés vous m'avez vu combattre,
Vous m'y verrez mourir. Mais portez vos regards
Sur ces gouffres profonds ouverts de toutes parts ;
Voyez de vos rivaux la fatale induftrie,
Par des bruits menfongers féduifant la patrie,
S'appliquant fans relâche à vous rendre odieux,
Tromper l'Europe entière, et croire armer les cieux ;
Des fuperftitions faire parler l'idole,
Vous pourfuivre à Paris, vous perdre au Capitole.
Et par le feul mépris vous avez repouffé
Tous ces traits qu'on vous lance, et qui vous ont bleffé !

Vous laiſſez l'impoſture attaquant votre gloire
Juſque dans l'avenir flétrir votre mémoire !

DON PEDRE.

Ah ! dure iniquité des jugemens humains !
Fantômes élevés par des caprices vains !
J'ai dédaigné toujours votre vile fumée ;
Je foule aux pieds l'erreur qui fait la renommée.
On ne m'a vu jamais fatiguer mes eſprits
A chercher un ſuffrage à Rome ou dans Paris.
J'ai vaincu, j'ai bravé la rumeur populaire.
Je ne me ſens point né pour flatter le vulgaire.
Ou tombons, ou régnons. L'heureux eſt reſpecté ;
Le vainqueur devient cher à la poſtérité,
Et les infortunés ſont condamnés par elle.
Rome de Tranſtamare embraſſe la querelle ;
Rome ſera pour moi quand j'aurai combattu,
Quand on verra ce traître à mes pieds abattu
Me rendre en expirant ma puiſſance uſurpée.
Je ne veux plus de droits que ceux de mon épée....
Mais quel jour ! Léonore !... Il devait être heureux....
Pour ſon couronnement quel appareil affreux !
Que ce triomphe, hélas, peut devenir horrible !
Je me feſais, cruelle, un plaiſir trop ſenſible
De détruire un rival au fond de votre cœur,
C'eſt là que j'aſpirais à régner en vainqueur....
On m'oſe diſputer mon trône et Léonore !
Allons, ils ſont à moi ; je les poſsède encore.

SCENE VI.

DON PEDRE, MENDOSE, ALVARE.

ALVARE.

Le Sénat caftillan vous demande, Seigneur.

DON PEDRE.

Il me demande ? moi !

ALVARE.

Nous attendons l'honneur
De vous voir préfider à l'augufte affemblée
Par qui l'Efpagne enfin fe verra mieux réglée.
Le prince votre frère a déjà préparé
L'édit qui fous vos yeux doit être déclaré.

DON PEDRE.

Qui ? mon frère !

ALVARE.

Au Sénat que faut-il que j'annonce ?

DON PEDRE.

Je fuis fon roi. Sortez.... et voilà ma réponfe.

ALVARE.

Vous apprendrez la leur.

SCENE

SCENE VII.

DON PEDRE, MENDOSE, Suite.

DON PEDRE *à sa suite.*

Eh bien, vous le voyez,
Les ordres de mes rois me sont signifiés ;
Transtamare les signe, il commande, il est maître;
On me traite en sujet !... je serais fait pour l'être,
Pour servir enchaîné, si le même moment
Qui voit de tels affronts ne voit leur châtiment.
(à Moncade.)

Chef de ma garde, à moi !... Je connais ton audace.
Serviras-tu ton roi, qu'on trahit, qu'on menace,
Qu'on ose mépriser?

MONCADE.

Comme vous j'en rougis ;
Mon cœur est indigné. Commandez, j'obéis.

DON PEDRE.

Ne ménageons plus rien ; fais saisir Transtamare,
Et le perfide Almède, et l'insolent Alvare :
Tu seras soutenu. Mes valeureux soldats
Aux portes de Tolède avancent à grands pas.
Etonnons par ce coup ces graves téméraires
Qui détruisent l'Espagne et s'en disent les pères.
Leur siége est-il un temple? et grâce aux préjugés,
Est-ce le Capitole où les rois sont jugés ?
Nous verrons aujourd'hui leur audace abaissée.
Va, d'autres intérêts occupent ma pensée.
Exécute mon ordre au milieu du Sénat,
Où le traître à présent règne avec tant d'éclat.

Théâtre. Tome VI. K

MONCADE.

Cette entreprise est juste, aussi-bien que hardie ;
Et je vais l'accomplir au péril de ma vie.
Mais craignez de vous perdre.

DON PEDRE.

       A ce point confondu,
Si je ne risque tout, crois-moi, tout est perdu.

MENDOSE.

Arrêtez un moment.... daignez songer encore
Que vous bravez des lois qu'à Tolède on adore.

DON PEDRE.

Moi ! je respecterais ces gothiques ramas
De priviléges vains que je ne connais pas,
Eternels alimens de troubles, de scandales,
Que l'on ose appeler nos lois fondamentales ;
Ces tyrans féodaux, ces barons sourcilleux,
Sous leurs rustiques toits indigens orgueilleux ;
Tous ces nobles nouveaux, ce Sénat anarchique,
Erigeant la licence en liberté publique ;
Ces états désunis dans leurs vastes projets,
Sous les débris du trône écrasant les sujets !
Ils aiment Transtamare, ils flattent son audace ;
Ils voudraient l'opprimer s'il régnait en ma place.
Je les punirai tous. Les armes d'un Sénat
N'ont pas beaucoup de force en un jour de combat.

MENDOSE.

Souvent le fanatisme inspire un grand courage.

DON PEDRE.

Ah ! l'honneur et l'amour en donnent davantage.

Fin du second acte.

ACTE III.

SCENE PREMIERE.

DON PEDRE, MENDOSE.

MENDOSE.

Il est entre vos mains surpris et désarmé.
Disposez de ce tigre avec peine enfermé,
Prêt à dévorer tout, si l'on brise sa chaîne.
Des grands de la Castille une troupe hautaine
Rassemble avec éclat ce cortége nombreux
D'écuyers, de vassaux qu'ils traînent après eux;
Restes encor puissans de cette barbarie
Qui vint des flancs du Nord inonder ma patrie.
Ils se sont réunis à ce grand tribunal
Qui pense que leur prince est au plus leur égal;
Ils soulèvent Tolède à leur voix trop docile.

DON PEDRE.

Je le sais.... Mes soldats sont enfin dans la ville.

MENDOSE.

Le tonnerre à la main nous pouvons l'embraser,
Frapper les citoyens, mais non les apaiser.
Animé par les grands tout un peuple en alarmes
Porte aux murs du palais des flambeaux et des armes;
Jusqu'en votre maison je vois autour de vous
Des courtisans ingrats vous servant à genoux;
Mais servant encor plus la cabale des traîtres
Préférer Transtamare au pur sang de leurs maîtres:

K 2

La trifte vérité ne peut fe déguifer.

DON PEDRE.

J'aime qu'on me la dife, et fais la méprifer.
Que m'importent ces flots dont l'inutile rage
Se diffipe en grondant et fe brife au rivage?
Que m'importent ces cris des vulgaires humains?
La feule Léonore eft tout ce que je crains.
Léonore!... crois-tu que fon ame offenfée,
Rendue à mon amour, ait pu dans fa penfée
Etouffer pour jamais le cuifant fouvenir
D'un affront dont fa haine aurait dû me punir?

MENDOSE.

Vous l'avez affez vu, fon retour eft fincère.

DON PEDRE.

Son ingénuité, qui dut toujours me plaire,
Laiffe échapper des traits d'une mâle fierté
Qui joint un grand courage à fa fimplicité.

MENDOSE.

Sa conduite envers vous était d'une ame pure.
Vertueufe fans art, ignorant l'impofture,
Voulant que ce grand jour fût un jour de bienfaits,
Au fein de la difcorde elle a cherché la paix.
Ce cœur, qui n'eft pas né pour des temps fi coupables,
Se figurait des biens qui font impraticables;
Sa vertu la trompait. Je vois avec douleur
Que tout corrompt ici votre commun bonheur.
Quel parti prenez-vous, et que devra-t-on faire
De cet inébranlable et terrible adverfaire,

Qui dans fa prifon même ofe encor vous braver?

DON PEDRE.

Léonore!... à ce point as-tu fu captiver
Un cœur fi détrompé, fi las de tant de chaînes,
Dont le poids trop chéri fit ma honte et mes peines?
J'abjurais les amours et leurs folles erreurs.
Quoi! dans ces jours de fang et parmi tant d'horreurs,
Cette candeur naïve et fa noble innocence
Sur mon ame étonnée ont donc plus de puiffance
Que n'en eurent jamais ces fatales beautés
Qui fubjuguaient mes fens de leurs fers enchantés,
Et des féductions déployant l'artifice
Egaraient ma raifon foumife à leur caprice?
Padille m'enchaînait et me rendait cruel;
Pour venger fes appas je devins criminel.
Ces temps étaient affreux. Léonore adorée
M'infpire une vertu que j'avais ignorée.
Elle grave en mon cœur, heureux de lui céder,
Tout ce que tu m'as dit fans me perfuader.
Je crois entendre un dieu qui s'explique par elle;
Et fon ame à mes fens donne une ame nouvelle.

MENDOSE.

Si vous aviez plutôt formé ces chaftes nœuds,
Votre règne fans doute eût été plus heureux.
On a vu quelquefois par des vertus tranquilles,
Une reine écarter les difcordes civiles.
Padille les fit naître; et j'ofe préfumer
Que Léonore feule aurait pu les calmer.
C'eft don Pèdre, c'eft vous, et non le roi qu'elle aime.
Les autres n'ont chéri que la grandeur fuprême.

K 3

Elle revient vers vous, et je cours de ce pas
Contenir fi je puis le peuple et les foldats;
A vos ordres facrés toujours prêt à me rendre.

DON PEDRE.

Je te joindrai bientôt; cher ami, va m'attendre.

SCENE II.

DON PEDRE, LEONORE.

DON PEDRE.

Vous pardonnez enfin; vos mains daignent orner
Ce fceptre que l'Efpagne avait dû vous donner.
Compagne de mes jours, trop orageux, trop fombres,
Vous feule éclaircirez la noirceur de leurs ombres.
Les farouches efprits, que je n'ai pu gagner,
Haïront moins don Pèdre en vous voyant régner.
Dans ces cœurs foulevés, dans celui de leur maître,
Le calme qui nous fuit pourra bientôt renaître.
Je fuis loin maintenant d'offrir à vos défirs
D'une brillante cour la pompe et les plaifirs;
Vous ne les cherchez pas. Le trône où je vous place
Eft entouré du crime, affiégé par l'audace;
Mais s'il touche à fa chute, il fera relevé,
Et dans un fang impur heureufement lavé:
Ecrafant fous vos pieds la ligue terraffée,
Il reprendra par vous fa fplendeur éclipfée.

LEONORE.

Vous connaiffez mon cœur; il n'a rien de caché.
Lorfque j'ai vu le vôtre à la fin détaché

Des indignes objets de votre amour volage,
J'ai fans peine à mon prince offert un pur hommage.
Vainement votre père expirant dans mes bras,
Et prétendant régner au-delà du trépas,
Pour fon fils Tranftamare aveugle en fa tendreffe,
Avait en fa faveur exigé ma promeffe.
Bientôt par ma raifon fon ordre fut trahi;
Et plus je vous ai vu, plus j'ai mal obéi.
Enfin, j'aimais don Pèdre en fuyant fa couronne;
Et je ne penfe pas que fon cœur me foupçonne
D'avoir pu défirer cette trifte grandeur,
Qui fans vous aujourd'hui ne me ferait qu'horreur.
Mais fi de mon hymen la fête eft différée,
Si je ne règne pas, je fuis déshonorée.
Vous pouvez par mépris pour la commune erreur
Braver la voix publique : et je la crains, Seigneur.
Je veux qu'on me refpecte, et qu'après vos faibleffes,
On ne me compte pas au rang de vos maîtreffes.
Ma gloire s'en irrite; et dans ces triftes jours
La retraite, ou le trône était mon feul recours.
Votre époufe à vos yeux fe fent trop outragée.

DON PEDRE.

Avant la fin du jour vous en ferez vengée.

LEONORE.

Je ne prétends pas l'être. Ecoutez feulement
Tous les juftes fujets de mon reffentiment.
J'ai peu du cœur humain la fatale fcience;
Mais j'ouvre enfin les yeux. Ma prompte expérience
M'apprend ce qu'on éprouve à la fuite des rois.
Je vois comme on s'empreffe à condamner leur choix :

K 4

On accufe de tout quiconque a pu leur plaire.
De l'eftrade des grands defcendant au vulgaire,
Le menfonge fans frein, fans pudeur, fans raifon,
S'accroît de bouche en bouche, et s'enfle de poifon.
C'eft moi, fi l'on en croit votre cour téméraire,
C'eft moi dont l'artifice a perdu votre frère,
C'eft moi qui l'ai plongé dans la captivité
Pour garder ma conquête avec impunité.
Vous dirai-je encor plus? une troupe effrénée,
Qui devrait fouhaiter, bénir mon hymenée,
D'une voix menfongère infulte à nos amours :
Mon oreille a frémi de leurs affreux difcours.
Je vois lancer fur vous des regards de colère.
On détefte le roi qu'on dut chérir en père.
Pouvez-vous endurer tant d'horribles clameurs,
De menaces, de cris, et furtout tant de pleurs?
Pour la dernière fois écartez de ma vue
Ce fpectacle odieux qui m'indigne et me tue.
Faut-il paffer mes jours à gémir, à trembler?
Détournez ces fléaux, unis pour m'accabler.
Il en eft encor temps. Le caftillan rebelle,
Pour peu qu'il foit flatté, par orgueil eft fidelle.
Ah! fi vous oppofiez au glaive des Français
Le plus beau bouclier, l'amour de vos fujets !
En fpectacle à l'Efpagne, en butte à tant d'envie,
Je ne puis fupporter l'horreur d'être haïe.
Je crains en vous parlant de réveiller en vous
L'affreufe impreffion d'un fentiment jaloux.
Je puis aller trop loin, je m'emporte, mais j'aime.
Confultez votre gloire ; et jugez-vous vous-même.

DON PEDRE.

J'ai pefé chaque mot, et je prends mon parti.

(*à sa suite.*)

Déchaînez Tranftamare, et qu'on l'amène ici.

LEONORE.

Prenez garde, cher Prince, arrêtez.... fa préfence
Peut vous porter encore à trop de violence.
Craignez.

DON PEDRE.

C'eft trop de crainte ; et vous vous abufez.

LEONORE.

J'en reffens, il eft vrai.... C'eft vous qui la caufez.

SCENE III.

DON PEDRE, LEONORE, TRANSTAMARE, Suite.

DON PEDRE.

APPROCHE, malheureux, dont la rage ennemie
Attaqua tant de fois mon honneur et ma vie.
Efclave des Français qui t'es cru mon égal,
Audacieux amant qui t'es cru mon rival,
Ton œil fe baiffe enfin, ta fierté me redoute ;
Tu mérites la mort, tu l'attends....; mais écoute.
  Tu connais cet ufage en Efpagne établi,
Qu'aucun roi de mon fang n'ofe mettre en oubli.
A fon couronnement une nouvelle reine,
Oppofant fa clémence à la juftice humaine,
Peut fauver à fon gré l'un de ces criminels
Que pour être en exemple au refte des mortels,

L'équité vengerefle au fupplice abandonne.
Voici ta reine enfin.

TRANSTAMARE.

Léonore !

DON PEDRE.

Elle ordonne
Que malgré tes forfaits, malgré toutes les lois,
Et malgré l'intérêt des peuples et des rois,
Ton monarque outragé daigne te laiffer vivre :
J'y confens.... Vous, Soldats, foyez prêts à le fuivre.
Vous conduirez fes pas dès ce même moment
Jufqu'aux lieux deftinés pour fon banniffement.
Veillez toujours fur lui, mais fans lui faire outrage,
Sans me faire rougir de mon jufte avantage.
Tout indigne qu'il eft du fang dont il eft né,
Ménagez de mon père un refte infortuné....
En eft-ce affez, Madame, êtes-vous fatisfaite ?

LEONORE.

Il faudra qu'à vos pieds ce fier Sénat fe jette.
Continuez, Seigneur, à mêler hautement
Une fage clémence au jufte châtiment.
Le Sénat apprendra bientôt à vous connaître,
Il faura révérer, et même aimer un maître ;
Vous le verrez tomber aux genoux de fon roi.

TRANSTAMARE.

Léonore, on vous trompe ; et le Sénat et moi
Nous ne defcendons point encore à ces baffeffes.
Vous pouvez, d'un tyran ménageant les tendreffes,
Céder à cet éclat fi trompeur et fi vain
D'un fceptre malheureux qui tombe de fa main.

Il peut dans les débris d'un refte de puiffance
M'infulter un moment par fa fauffe clémence,
Me bannir d'un palais qui peut-être aujourd'hui
Va fe voir habité par d'autres que par lui.
Il a dû fe hâter. Jouiffez, infidelle,
D'un moment de grandeur où le fort vous appelle.
Cet éclat vous aveugle, il paffe, il vous conduit
Dans le fond de l'abyme où votre erreur vous fuit.

DON PEDRE.

Qu'on le remène; allez; qu'il parte, et qu'on le fuive.

SCENE IV.

DON PEDRE, LEONORE, MONCADE,
TRANSTAMARE, Suite.

MONCADE.

SEIGNEUR, en ce moment, Guefclin lui-même arrive,

LEONORE.

O Ciel !

TRANSTAMARE, *en fe retournant vers don Pèdre.*

Je fuis vengé plutôt que tu ne crois.
Va, je ne compte plus don Pèdre au rang des rois.
Frappe avant de tomber, verfe le fang d'un frère;
Tu n'as que cet inftant pour fervir ta colère.
Ton heure approche, frappe. Ofes-tu ?

DON PEDRE.

C'eft en vain
Que tu cherches l'honneur de périr de ma main :

Tu n'en étais pas digne, et ton deftin s'apprête ;
C'eft le glaive des lois que je tiens fur ta tête.
(*on emmène* Tranftamare.) (*à Moncade.*)
Qu'on l'entraîne.... Et Guefclin ?

MONCADE.

                         Il eft près des remparts,
Le peuple impatient vole à fes étendards.
Il invoque Guefclin comme un dieu tutélaire.

LEONORE.

Quoi ! je vous implorais pour votre indigne frère !
Mes foins trop imprudens voulaient vous réunir !
Je devais vous prier, Seigneur, de le punir.
Que faire, cher époux, dans ce péril extrême ?

DON PEDRE.

Que faire ? le braver, couronner ce que j'aime,
Marcher aux ennemis, et dès ce même jour,
Au prix de tout mon fang mériter votre amour.

MONCADE.

Un chevalier français en ces murs le devance,
Et pour fon général il demande audience....

DON PEDRE.

Cette offre me furprend, je ne puis le céler :
Quoi ! lorfqu'il faut combattre, un français veut parler?

MONCADE.

Il eft ambaffadeur et général d'armée.

DON PEDRE.

Si j'en crois tous les bruits dont l'Efpagne eft femée,
Il eft plus fier qu'habile ; et dans cet entretien
L'orgueil de ce breton pourrait choquer le mien.
Je connais fa valeur, et j'en prends peu d'alarmes ;
En Caftille avec lui j'ai mefuré mes armes ;

Il doit s'en fouvenir : mais puifqu'il veut me voir
Je fuis prêt en tout temps à le bien recevoir,
Soit au palais des rois, foit aux champs de la gloire.
(à *Léonore.*)
Enfin je vais chercher la mort ou la victoire.
Mais avant le combat hâtez-vous d'accepter
Le bandeau qu'après moi votre front doit porter.
Je pouvais, j'aurais dû, dans cette augufte fête,
De mon lâche ennemi vous préfenter la tête,
Sur fon corps tout fanglant recevoir votre main
Mais je ne ferai pas ce don Pèdre inhumain,
Dont on croit pour jamais flétrir la renommée :
Et du pied de l'autel je vole à mon armée,
Montrer aux nations que j'ai fu mériter
Ce trône et cette main qu'on m'ofe difputer.

Fin du troifième acte.

ACTE IV.

SCENE PREMIERE.

DON PEDRE, MENDOSE.

MENDOSE.

Quoi! vous vous expofiez à ce nouveau danger!
Quoi! don Pèdre, autrefois fi prompt à fe venger,
De ce grand ennemi n'a pas profcrit la tête!

DON PEDRE.

Léonore a parlé, ma vengeance s'arrête.
Elle n'a pas voulu qu'aux marches de l'autel
Notre hymen fût fouillé du fang d'un criminel.
Sans elle, cher ami, j'aurais été barbare,
J'aurais de ma main même immolé Tranftamare;
Je l'aurais dû.... n'importe.

MENDOSE.

Et voilà ces Français
Dont le premier exploit et le premier fuccès
Sont de vous enlever par un fanglant outrage
Ce prifonnier d'Etat qui vous fervait d'otage.
Jugez de quel efpoir le Sénat eft flatté,
Comme il eft infolent avec fécurité,
Comme au nom de Guefclin fa voix impérieufe
Conduit d'un peuple vain la fougue impétueufe!
Tandis que Léonore a du bandeau royal
(Préfent fi digne d'elle, et peut-être fatal)
Orné fon front modefte où la vertu réfide,
D'arrogans factieux une troupe perfide

Abjurait votre empire, et prefque fous vos yeux
Elevait Tranftamare au rang de vos aïeux.
A peine ce Guefclin touchait à nos rivages,
Tous les grands à l'envi, lui portant leurs hommages,
Accouraient dans fon camp, le nommaient à grands cris
L'ange de la Caftille envoyé de Paris.
Il commande, il s'érige un tribunal fuprême,
Où lui feul va juger la Caftille et vous-même.
Scipion fut moins fier et moins audacieux,
Quand il nous apporta fes aigles et fes dieux.
Mais ce qui me furprend, c'eft qu'agiffant en maître,
Il prétende apaifer les troubles qu'il fait naître ;
Qu'il vienne en ce palais vous ayant infulté,
Et qu'armé contre vous il propofe un traité.

DON PEDRE.

Il ne fait qu'obéir au roi qui me l'envoie.
L'orgueil de ce Guefclin fe montre et fe déploie
Comme un reffort puiffant avec art préparé,
Qu'un maître induftrieux fait mouvoir à fon gré.
Dans l'Europe aujourd'hui tu fais comme on les nomme ;
Charle a le nom de fage, et Guefclin de grand homme.
Et qui fuis-je auprès d'eux, moi qui fus leur vainqueur ?
Je pourrais des Français punir l'ambaffadeur,
Qui m'ofant outrager à ma foi fe confie.
Plus d'un roi s'eft vengé par une perfidie ;
Et les fuccès heureux de ces grands coups d'Etat
Souvent à leurs auteurs ont donné quelque éclat :
Leurs flatteurs ont vanté cette infame prudence.
Ami, je ne veux point d'une telle vengeance.
Dans mes emportemens et dans mes paffions
Je refpecte plus qu'eux les droits des nations.

J'ai déjà fur Guefclin ce premier avantage ;
Et nous verrons bientôt s'il l'emporte en courage.
Un français peut me vaincre, et non m'humilier.
Je fuis roi, cher ami, mais je fuis chevalier ;
Et fi la politique eft l'art que je méprife,
On rendra pour le moins juftice à ma franchife.
Mais furtout Léonore eft-elle en fureté ?

MENDOSE.

Vous avez donné l'ordre, il eft exécuté.
La garde caftillane eft rangée auprès d'elle,
Prête à fondre avec moi fur le parti rebelle.
Aux portes du palais les Africains placés
En défendent l'approche aux mutins difperfés.
Vos foldats font poftés dans la ville fanglante ;
Toute l'armée enfin frémit, impatiente,
Demande le combat, brûle de vous venger
Du lâche Tranftamare et d'un fier étranger.

DON PEDRE.

Je n'ai point envoyé Tranftamare au fupplice !...
Mon épée eft plus noble et m'en fera juftice.
Sous les yeux de Guefclin je vais le prévenir.
Va, c'eft dans les combats qu'il eft beau de punir....
Je regrette, il eft vrai, dans cette jufte guerre,
Ce fameux prince Noir, ce dieu de l'Angleterre,
Ce vainqueur de deux rois, qui meurt et qui gémit
Après tant de combats d'expirer dans fon lit.
C'eût été pour ma gloire un moment plein de charmes
De le revoir ici compagnon de mes armes.
Je pleure ce grand homme ; et don Pèdre aujourd'hui,
Heureux ou malheureux, fera digne de lui....

Mais

Mais je vois s'avancer une foule étrangère
Qui se joint sous mes yeux aux drapeaux de l'Ibère,
Et qui semble annoncer un ministre de paix :
C'est Guesclin qui s'avance au gré de mes souhaits.
Ami, près de ton roi prends la première place.
Voyons quelle est son offre, et quelle est son audace.

SCENE II.

DON PEDRE *se place sur son trône*, MENDOSE
à côté de lui avec quelques grands d'Espagne. GUESCLIN,
après avoir salué le roi qui se lève, s'assied vis-à-vis de lui.
Les gardes sont derrière le trône du roi, et des officiers
français derrière la chaise de Guesclin.

GUESCLIN.

SIRE, avec sureté je me présente à vous,
Au nom d'un roi puissant, de son honneur jaloux,
Qui d'un vaste royaume est aujourd'hui le père,
Qui l'est de ses voisins, qui l'est de votre frère,
Et dont la généreuse et prudente équité
N'a fait verser de sang que par nécessité.
J'apporte au nom de Charle ou la paix ou la guerre.
Faut-il ensanglanter, faut-il calmer la terre ?
C'est à vous de choisir. Je viens prendre vos lois.

DON PEDRE.

Vous-même expliquez-vous, déterminez mon choix.
Mais dans votre conduite on pourrait méconnaître
Cette rare équité de votre auguste maître,
Qui, sans m'en avertir dévastant mes Etats,
Me demande la paix par vingt mille soldats.

Théâtre. Tome VI.   L

Sont-çe là les traités qu'à Vincenne on prépare?...

(il se lève , Guesclin se lève aussi.)

De quel droit osez-vous m'enlever Transtamare ?

GUESCLIN.

Du droit que vous aviez de le charger de fers.
Vous l'avez opprimé , Seigneur , et je le fers.

DON PEDRE.

De tous nos différens vous êtes donc l'arbitre ?

GUESCLIN.

Mon roi l'est.

DON PEDRE.

Je voudrais qu'il méritât ce titre.
Mais vous ! qui vous fait juge entre mon peuple et moi ?

GUESCLIN.

Je vous l'ai déjà dit, votre allié, mon roi,
Que votre père Alfonse en fermant la paupière
Chargea d'exécuter sa volonté dernière.
Le vainqueur des Anglais sur le trône affermi,
Et quand vous le voudrez, en un mot, votre ami.

DON PEDRE.

De l'amitié des rois l'univers se défie :
Elle est souvent perfide , elle est souvent trahie.
Mais quel prix y met-il ?

GUESCLIN.

La justice , Seigneur.

DON PEDRE.

Ces grands mots consacrés de justice, d'honneur,
Ont des sens différens qu'on a peine à comprendre.

GUESCLIN.

J'en ferai l'interprète, et vous allez m'entendre.

Rendez à votre frère, injuſtement profcrit,
Léonore et les biens qu'un père lui promit,
Tous fes droits reconnus d'un Sénat toujours juſte,
Dans Rome confirmés par un pouvoir augufte ;
Des Etats caſtillans n'uſurpez point les droits ;
Pour qu'on vous obéiſſe, obéiſſez aux lois :
C'eſt-là ce qu'à ma cour on déclare équitable,
Et Charle eſt à ce prix votre ami véritable.

DON PEDRE.

Inſtruit de fes deſſeins, et non pas effrayé,
Je préfère fa haine à fa fauſſe amitié.
S'il feint de protéger l'enfant de l'adultère,
Le rebelle infolent qu'il appelle mon frère,
Je fais qu'il n'a donné ces fecours dangereux
Que pour mieux s'agrandir en nous perdant tous deux.
Divifez pour régner, voilà fa politique :
Mais il en eſt une autre où don Pèdre s'applique ;
C'eſt de vaincre : et Guefclin ne doit pas l'ignorer.
Agent de Tranſtamare, ofez-vous déclarer
Que vous lui deſtinez la main de Léonore ?...
Léonore eſt ma femme.... Apprenez plus encore :
Sachez que votre roi, qui femble m'accabler,
Des fecrets de mon lit ne doit point fe mêler ;
Que de l'hymen des rois Rome n'eſt point le juge.
Je demeure furpris que pour dernier refuge,
Au tribunal de Rome on ofe en appeler,
Et qu'un guerrier français s'abaiſſe à m'en parler.
Oubliez-vous, Monfieur, qu'on vous a vu vous-même,
Vous qui me vantez Rome, et fon pouvoir fuprême,
Extorquer fes tributs, rançonner fes Etats,
Et forcer fon pontife à payer vos foldats ?

GUESCLIN.

On dit qu'en tous les temps ma cour a fu connaître
Et féparer les droits du monarque et du prêtre.
Mais peu fait pour toucher ces refforts délicats,
Je combats pour mon prince, et je ne l'inftruis pas.
Qu'on ait lancé fur vous ce qu'on nomme anathème,
Que l'époufe d'un frère ou vous craigne ou vous aime,
Je n'examine point ces intrigues des cours,
Ces abus des autels, encor moins vos amours.
Vous ne voyez en moi qu'un organe fidelle
D'un roi l'ami de Rome, et qui s'arme pour elle.
On va verfer le fang ; et l'on peut l'épargner :
Fléchiffez, croyez-moi, fi vous voulez régner.

DON PEDRE.

J'entends, vous exigez ma prompte déférence
A ces refcrits de Rome émanés de la France.
Charle adore à genoux ces étonnans décrets,
Ou les foule à fes pieds fuivant fes intérêts ;
L'orgueil me les apporte au nom de l'artifice !
Vous m'offrez un pardon pourvu que j'obéiffe !
Écoutez.... Si j'allais, du même zèle épris,
Envoyer une armée aux remparts de Paris,
Si l'un de mes foldats difait à votre maître :
,, Sire, cédez le trône où Dieu vous a fait naître,
,, Cédez le digne objet pour qui feul vous vivez ;
,, Et de tous ces tréfors à vos mains enlevés
,, Enrichiffez un traître, un fils d'une étrangère,
,, Indigne de la France, indigne de fon père.
,, Gardez-vous de donner vos ordres abfolus
,, Pour former des foldats, pour lever des tributs,
,, Attendez humblément qu'un pontife l'ordonne ;
,, Remettez au Sénat les droits de la couronne,

,, Et don Pèdre à ce prix veut bien vous protéger.....,,
Votre maître, à ce point se sentant outrager,
Pourrait-il écouter sans un peu de colère
Ce discours insultant d'un soldat téméraire?

GUESCLIN.

Je veux bien avouer que votre ambassadeur
S'expliquerait fort mal avec tant de hauteur.
Rien ne justifîrait l'orgueil et l'imprudence
De donner des leçons et des lois à la France.
Charle s'en tient, Seigneur, à la foi des traités.
Songez aux derniers mots par Alfonse dictés;
Ils ont rendu mon roi le tuteur et le père
De celui que don Pèdre eût dû traiter en frère.

DON PEDRE.

Le tuteur d'un rebelle! ah! noble chevalier,
Qu'il vous coûte en secret de le justifier!
J'en appelle à vous-même, à l'honneur, à la gloire.
Votre prince est-il juste?

GUESCLIN.

Un sujet doit le croire.
Je suis son général, et le sers contre tous,
Comme je servirais si j'étais né sous vous.
Je vous ai déclaré les arrêts qu'il prononce,
Je n'y veux rien changer, et j'attends la réponse;
Donnez-la sans réserve; il faut vous consulter.
Je viens pour vous combattre, et non pour disputer.
Vous m'appelez soldat; et je le suis sans doute.
Ce n'est plus qu'en soldat que Guesclin vous écoute.
Cédez, ou prononcez votre dernier refus.

DON PEDRE.

Vous l'aviez dû prévoir; et vous n'en doutez plus.

L 3

Je vous refufe tout excepté mon eftime.
Je confidère en vous le guerrier magnanime,
Qui combat pour fon roi par zèle et par honneur ;
Mais je ne puis en vous fouffrir l'ambaffadeur.
Portez à vos Français les ordres defpotiques
De ce roi renommé parmi les politiques,
Qui du fond de Vincenne, à l'abri des dangers,
Sème en paix la difcorde entre les étrangers.
Sa fourde ambition qu'on appelle prudence
Croit fur mon infortune établir fa puiffance.
Il viole chez moi les droits des fouverains,
Qu'il a dans fes Etats foutenus par vos mains.
Pour vous, noble inftrument de fa froide injuftice,
Vous, dont il acheta le fang et le fervice,
Vous, chevalier breton, qui m'ofez préfenter
Un combat généreux qu'il n'oferait tenter,
Votre valeur me plaît quoique très-indifcrette ;
Mais reffouvenez-vous des champs de Navarette.

GUESCLIN.

Sire, le prince anglais, je ne puis le nier,
Vainquit à Navarette, et m'y fit prifonnier ;
Je ne l'oublîrai point. Une telle infortune
A de meilleurs guerriers en tout temps fut commune ;
Et je ne viens ici que pour la réparer.

DON PEDRE.

Dans les champs de l'honneur hâtez-vous donc d'entrer.
Toujours prêt comme vous d'en ouvrir la barrière,
Et de recommencer cette noble carrière,
Je vous donne le choix, et des lieux, et du temps ;
La route a dû laffer vos braves combattans.

En quel jour, en quel lieu voulez-vous la bataille? (a)

GUESCLIN.

Dès ce moment, Seigneur, et fous cette muraille.
A vous voir d'affez près j'ai fu les préparer ;
Et cet honneur fi grand ne peut fe différer.

DON PEDRE.

Marchons, et laiffons-là ces difputes frivoles,
Venez revoir encor les lances efpagnoles.
Mais jufqu'à ce moment de nous deux fouhaité,
Ufez ici des droits de l'hofpitalité.....

Cher Mendofe, ayez foin qu'une de vos efcortes
Le guide avec honneur au-delà de nos portes.

(à Guefclin.)

Acceptez mon épée.

GUESCLIN.

Une telle faveur
Eft pour un chevalier le comble de l'honneur.
Plût au ciel que je puffe avec quelque juftice
Sire, ne la tirer que pour votre fervice !

(a) C'était encore l'ufage en ce temps-là. Le dernier exemple qu'on en
connaiffe fut celui de la bataille d'Azincourt, où les généraux français
envoyèrent demander le jour et le lieu au roi d'Angleterre. Cet ufage venait
des peuples du Nord ; il y était très-ancien. *Bojorix*, roi ou général des
Cimbres, demanda le jour et le lieu de la bataille à *Marius*, qui, craignant
qu'un refus ne parût aux Barbares une marque de timidité, et n'augmentât
leur courage, lui affigna le furlendemain, et la plaine de Verceil.

Fin du quatrième acte.

I. 4

ACTE V.

SCENE PREMIERE.

LEONORE, ELVIRE.

LEONORE.

Succomberai-je enfin fous tant de coups du fort?
Une mère à mes yeux dans les bras de la mort....
Un époux que j'adore et que fa deftinée
Fait voler aux combats, du lit de l'hymenée....
Un peuple gémiffant dont les cris infenfés
M'imputent tous les maux fur l'Efpagne amaffés....
De Tranftamare enfin la déteftable audace
Dont le fer me pourfuit, dont l'amour me menace....
Ai-je une ame affez forte, un cœur affez altier
Pour contempler mes maux et pour les défier?
Avant que l'infortune accablât ma jeuneffe,
Je ne me connaiffais qu'en fentant ma faibleffe.
Peut-être qu'éprouvé par la calamité
Mon efprit s'affermit contre l'adverfité.
Il me femble du moins, au fort de cet orage,
Que plus j'aime don Pèdre et plus j'ai de courage.

ELVIRE.

Notre fexe, Madame, en montre quelquefois
Plus que ces chevaliers vantés par leurs exploits.
Surtout l'amour en donne; et d'une ame timide
Ce maître impérieux fait une ame intrépide:

Il développe en nous d'étonnantes vertus
Dont les germes cachés nous étaient inconnus.
L'amour élève l'ame, et faibles que nous fommes
Nous avons fu donner des exemples aux hommes.

LEONORE.

Ah! je me trompe, Elvire, un noir abattement
A cette fermeté fuccède à tout moment....
Don Pèdre, cher époux! que n'ai-je pu te fuivre,
Et tomber avec toi fi tu ceffes de vivre!

ELVIRE.

A vaincre Tranftamare il eft accoutumé.
Que votre cœur fenfible un moment alarmé
Reprenne fon courage et fa mâle affurance.

LEONORE.

Oui, don Pèdre, il eft vrai, me rend mon efpérance.
Mais Guefçlin!

ELVIRE.

Vous pourriez redouter fa valeur?

LEONORE.

Je brave Tranftamare, et crains fon protecteur.
Si don Pèdre eft vaincu, fa mort eft affurée.
Je le connais trop bien : fa main défefpérée
Cherchera, je le vois, la mort de rang en rang,
Déchirera fon fein, s'entr'ouvrira le flanc,
Plutôt que de tomber dans les mains d'un rebelle.

ELVIRE.

Détournez loin de vous cette image cruelle.
Reine, le ciel eft jufte; il ne donnera pas
Cet exemple exécrable à tous les potentats,

Qu'un traître, un révolté, l'enfant de l'adultère,
Opprime impunément son monarque et son frère.

LEONORE.

Quoique le ciel soit juste, il permet bien souvent
Que l'iniquité règne, et marche en triomphant :
Et si pour nous venger, Elvire, il ne nous reste
Que le recours du faible au jugement céleste,
Et l'espoir incertain qu'enfin dans l'avenir
Quand nous ne serons plus le ciel saura punir,
Cet avenir caché, si loin de notre vue,
Nous console bien peu quand le présent nous tue.
Pardonne, je m'égare ; et le trouble et l'effroi,
Plus forts que la raison m'entraînent malgré moi.
Tu vois avec pitié ce passage rapide
De l'excès du courage au désespoir timide.
Telle est donc la nature !... il me faut donc lutter
Contre tous ses assauts !... et je veux l'emporter !
    N'entends-tu pas de loin la trompette guerrière,
Les cris des malheureux roulans dans la poussière,
Des peuples, des soldats, les confuses clameurs,
Et les chants d'allégresse et les cris des vainqueurs?...
Le tumulte redouble, et l'on me laisse, Elvire....
Je ne me soutiens plus.... on vient à moi.... j'expire.

ELVIRE.

C'est Mendose, c'est lui ; c'est l'ami de son roi.
Il paraît consterné.

S C E N E I I.

LEONORE, MENDOSE, ELVIRE.

MENDOSE.

Fiez-vous à ma foi,
Venez, Reine, cédez à nos deftins contraires;
Fuyez, il en eft temps, du palais de vos pères.
Il doit vous faire horreur.

LEONORE.

Ah! c'en eft fait enfin!
Tranftamare eft vainqueur!

MENDOSE.

Non, c'eft le feul Guefclin;
C'eft Guefclin dont le bras et le puiffant génie
Ont foumis la Caftille à la France ennemie.
Henri de Tranftamare indigne d'être heureux
Ne fait qu'en abufer.... et par un crime affreux....

LEONORE.

Quel crime? Ah jufte Dieu!

(*elle tombe dans fon fauteuil.*)

MENDOSE.

Si l'excès du courage
Suffifait dans les camps pour donner l'avantage,
Le roi, n'en doutez point, aurait vu fous fes pieds
Ses vainqueurs dans la poudre expirer foudroyés.
Mais il a négligé ce grand art de la guerre
Que le héros français apprit de l'Angleterre.

Guefclin avec le temps s'eft formé dans cet art
Qui conduit la valeur, et commande au hafard.
Don Pèdre était guerrier, et Guefclin capitaine.
Hélas! difpenfez-moi, trop malheureufe Reine,
Du récit douloureux d'un combat inégal,
Dont le trifte fuccès à nos neveux fatal,
Fefant paffer le fceptre en une autre famille,
A changé pour jamais le fort de la Caftille.
Par fa valeur trompé, don Pèdre s'eft perdu:
Sous fon courfier mourant ce héros abattu
A bientôt du roi Jean fubi la deftinée.
Il tombe, on le faifit.

LEONORE.

Exécrable journée!
Tu n'es pas à ton comble? il vit du moins?

(en fe relevant.)

MENDOSE.

Hélas!

Le généreux Guefclin le reçoit dans fes bras,
Il étanche fon fang, il le plaint, le confole,
Le fert avec refpect, engage fa parole
Qu'il fera des vainqueurs en tout temps honoré,
Comme un prince abfolu de fa cour entouré.
Alors il le préfente à l'heureux Tranftamare....
Dieu vengeur! qui l'eût cru?... le lâche, le barbare,
Ivre de fon bonheur, aveugle en fon courroux,
A tiré fon poignard, a frappé votre époux;
Il foule aux pieds ce corps étendu fur le fable....
Fuyez, dis-je, évitez l'afpect épouvantable
De ce lâche ennemi, né pour vous opprimer,
De ce monftre affaffin qui vous ofait aimer.

LEONORE.

Moi, fuir!... et dans quels lieux!... O cher et faint afile!
Où je devais mourir oubliée et tranquille,
Recevras-tu ma cendre?

MENDOSE.

On peut à vos vainqueurs
Dérober leur victime, et leur cacher vos pleurs.
Tout bleffé que je fuis, le courage et le zèle
Donnent à la faibleffe une force nouvelle.

LEONORE.

C'en eft trop.... cher Mendofe.... ayez foin de vos jours.

MENDOSE.

Le temps preffe, acceptez mes fidelles fecours,
Regagnons vos Etats, ces biens de vos ancêtres.

LEONORE.

Moi des biens, des Etats!... Je n'ai plus que des maîtres...
Mène-moi chez ma mère, au fond de ce palais,
Que j'expire avec elle, et que je meure en paix....
Ah! don Pèdre!...   (elle retombe.)

SCENE III.

LEONORE, MENDOSE, TRANSTAMARE,
ELVIRE, Suite.

TRANSTAMARE.

Arretez. Qu'on garde l'infidelle,
Qu'on arrête Mendofe, et qu'on veille autour d'elle....
Madame, c'eft ici que je viens rappeler
Des fermens qu'un tyran vous a fait violer.

Vous n'êtes plus soumise au joug honteux d'un traître,
Qui perfide envers moi vous obligeait à l'être.
J'ajoute la Castille à tant d'autres Etats
Envahis par don Pèdre et gagnés par mon bras :
Le diadème et vous, vous êtes ma conquête.
Vainqueur de mon tyran, ma main est toujours prête
A mettre à vos genoux trois sceptres réunis,
Qu'aujourd'hui la valeur et le sort m'ont remis.
Rome me les donnait par ses décrets augustes,
Que le succès confirme et rend encor plus justes.
J'ai pour moi le Sénat, le pontife, les grands,
Le jugement de Dieu qui punit les tyrans....
C'est lui qui me conduit au trône de Castille,
C'est lui qui de nos rois met en mes mains la fille,
Qui rend à Léonore un légitime époux,
Et qui sanctifira les droits que j'ai sur vous.
J'ai honte en ce moment de vous aimer encore.
Mais puisqu'un ennemi m'enleva Léonore,
Je reprends tous mes droits que vous avez trahis.
Lorsque j'ai combattu vous en étiez le prix.
Vous avez tant changé dans ce jour mémorable
Qu'un changement de plus ne vous rend point coupable.
Partagez ma fortune ou servez sous mes lois.

LÉONORE, *se soulevant sur le siége où elle est penchée.*

Entre ces deux partis il est un autre choix,
Qui demande peut-être un peu plus de courage....
Il pourrait effrayer et mon sexe et mon âge....
Il est coupable.... affreux.... mais vous m'y réduisez....
Le voici.

(*elle se tue.*)

SCENE IV et dernière.

LEONORE *renverſée dans un fauteuil*, ELVIRE
la ſoutenant, TRANSTAMARE et ALMEDE
auprès d'elle, GUESCLIN et la ſuite *au fond du
théâtre.*

GUESCLIN, *entrant au moment où Léonore parlait.*

CIEL ! mes yeux feraient-ils abufés ?
Don Pèdre affaffiné ! Léonore expirante !

TRANSTAMARE, *courant à Léonore.*

Tu meurs !... ô jour fanglant d'horreur et d'épouvante !

LEONORE.

Laiffe-moi, malheureux ! que t'importent mes jours ?
Va, je hais ta pitié, j'abhorre ton fecours....
(*elle fait effort pour prononcer ces deux vers-ci.*)
A ta feule clémence, ô Dieu ! je m'abandonne !
Pardonne-moi ma mort ; c'eft lui qui me la donne.

TRANSTAMARE.

Où fuis-je ? et qu'ai-je fait ?

GUESCLIN.

Deux crimes que le ciel
Aurait dû prévenir d'un fupplice éternel....
Enfin, vous régnerez, barbare que vous êtes,
Vous jouirez en paix des horreurs que vous faites ;
Vous aurez des flatteurs à vous plaire affidus,
Des fuppôts du menfonge à vos ordres vendus,
Qui tous diffimulant une action fi noire,
Se déshonoreront pour fauver votre gloire :

Moi, qui n'ai jamais fu ni feindre, ni plier,
Je vous dégrade ici du rang de chevalier.
Vous en êtes indigne, et ce coup déteftable
Envers l'honneur et moi vous a fait trop coupable.
Tyran, fongez-vous bien qu'un frère infortuné,
Affaffiné par vous, vous avait pardonné !
Je retourne à Paris faire rougir mon maître
Qui vous a protégé ne pouvant vous connaître ;
Et je vous punirais fi j'ofais prévenir
Les ordres de mon roi qu'il me faut obtenir,
Si je pouvais agir par ma propre conduite,
Si je livrais mon cœur au courroux qui l'irrite.
Puiffe Dieu par pitié pour vos triftes fujets
Vous donner des remords égaux à vos forfaits !
Puiffiez-vous expier le fang de votre frère !
Mais puifque vous régnez, mon cœur en défefpère.

TRANSTAMARE.

Je m'en dis encor plus.... Au crime abandonné:..
Léonore et mon frère, et Dieu m'ont condamné.

Fin du cinquième et dernier acte.

LES

Crains la foudre et mon bras; tombe, perfide,
et meurs.

Les Pélopides acte 5.ᵉ Scene derniere

J. M. Moreau le J.ᵉ inv.   1786   Triere Sculp.

LES
PELOPIDES,
OU
ATRÉE ET THYESTE,
TRAGEDIE.

Non repréfentée.

AVERTISSEMENT

DES EDITEURS.

Nous imprimons ici la tragédie des Pélopides, telle que nous l'avons trouvée dans les papiers de M. de *Voltaire*. Il s'occupait dans ſes derniers jours de corriger cette pièce, et de mettre la dernière main à celle d'Agathocle. Il travaillait dans ce même temps à un nouveau projet pour le dictionnaire de l'académie françaiſe; et il préparait une nouvelle défenſe de *Louis XIV* et des hommes illuſtres de ſon ſiècle, contre les imputations et les anecdotes ſuſpectes que renferment les mémoires de *Saint-Simon*. Il voulait prévenir l'effet que ces mémoires pourraient produire s'ils devenaient publics dans un temps où il ne reſtera plus perſonne aſſez voiſin des événemens pour démentir avec avantage des faits avancés par un contemporain. Tels étaient, à plus de quatre-vingt-quatre ans, ſon activité, ſon amour pour la vérité, ſon zèle pour l'honneur de ſa patrie.

FRAGMENT

Je n'ai jamais cru que la tragédie dût être à l'eau rofe. L'églogue en dialogues, intitulée *Bérénice*, à laquelle madame *Henriette* d'Angleterre fit travailler *Corneille* et *Racine*, était indigne du théâtre tragique: auffi *Corneille* n'en fit qu'un ouvrage ridicule ; et ce grand maître *Racine* eut beaucoup de peine, avec tous les charmes de fa diction éloquente, à fauver la ftérile petiteffe du fujet. J'ai toujours regardé la famille d'*Atrée*, depuis *Pélops* jufqu'à *Iphigénie*, comme l'atelier où l'on a dû forger les poignards de *Melpomène*. Il lui faut des paffions furieufes, de grands crimes, des remords violens. Je ne la voudrais ni fadement amoureufe, ni raifonneufe. Si elle n'eft pas terrible, fi elle ne tranfporte pas nos ames, elle m'eft infipide.

Je n'ai jamais conçu comment ces Romains, qui devaient être fi bien inftruits par la poëtique d'*Horace*, ont pu parvenir à faire de la tragédie d'*Atrée* et de *Thyefte* une déclamation fi plate et fi faftidieufe. J'aime mieux l'horreur dont *Crébillon* a rempli fa pièce.

Cette horreur aurait fort réuffi fans quatre défauts qu'on lui a reprochés. Le premier, c'eft la rage qu'un homme montre de fe venger d'une offenfe qu'on lui a faite il y a vingt ans. Nous ne nous intéreffons à de telles fureurs, nous ne les pardonnons, que quand elles font excitées par une injure récente qui doit troubler l'ame de l'offenfé, et qui émeut la nôtre.

Le fecond, c'eft qu'un homme qui, au premier acte, médite une action déteftable, et qui fans aucune intrigue, fans obftacle et fans danger l'exécute au cinquième, eft beaucoup plus froid encore qu'il n'eft horrible. Et quand il mangerait le fils de fon frère, et fon frère même, tout crus fur le théâtre, il n'en ferait que plus froid et plus dégoûtant, parce qu'il n'a eu aucune paffion qui ait touché, parce qu'il n'a point été en péril, parce qu'on n'a rien craint pour lui, rien fouhaité, rien fenti.

Inventez des refforts qui puiffent m'attacher.

Le troifième défaut eft un amour inutile, qui a paru froid, et qui ne fert, dit-on, qu'à remplir le vide de la pièce.

Le quatrième vice, et le plus révoltant de tous, eft la diction incorrecte du poëme. Le premier devoir, quand on écrit, eft de bien écrire. Quand votre pièce ferait conduite comme l'Iphigénie de *Racine*, les vers font-ils mauvais, votre pièce ne peut être bonne.

Si ces quatre péchés capitaux m'ont toujours révolté; fi je n'ai jamais pu, en qualité de prêtre des mufes, leur donner l'abfolution, j'en ai commis vingt dans cette tragédie des Pélopides. Plus je perds de temps à compofer des pièces de théâtre, plus je vois combien l'art eft difficile. Mais Dieu me préferve de perdre encore plus de temps à recorder des acteurs et des actrices! leur art n'eft pas moins rare que celui de la poëfie.

M 3

PERSONNAGES.

ATRÉE.

THYESTE.

EROPE, fille d'*Euristhée*, femme d'*Atrée*.

HIPPODAMIE, veuve de *Pélops*.

POLEMON, archonte d'Argos, ancien gouverneur d'*Atrée* et de *Thyeste*.

MEGARE, nourrice d'*Erope*.

IDAS, officier d'*Atrée*.

La scène est dans le parvis du temple.

LES

PELOPIDES,

OU

ATRÉE ET THYESTE,

TRAGEDIE.

ACTE PREMIER.

SCENE PREMIERE.

HIPPODAMIE, POLEMON.

HIPPODAMIE.

Voila donc tout le fruit de tes foins vigilans ?
Tu vois fi le fang parle au cœur de mes enfans.
En vain, cher Polémon, ta tendreffe éclairée
Guida les premiers ans de Thyefte et d'Atrée :
Ils font nés pour ma perte, ils abrègent mes jours.
Leur haine invétérée et leurs cruels amours
Ont produit tous les maux où mon efprit fuccombe.
Ma carrière eft finie ; ils ont creufé ma tombe ;
Je me meurs !

POLEMON.

Efpérez un plus doux avenir.
Deux frères divifés pourraient fe réunir.

M 4

Nos archontes font las de la guerre inteftine,
Qui des peuples d'Argos annonçait la ruine.
On veut éteindre un feu prêt à tout embrafer,
Et forcer, s'il fe peut, vos fils à s'embraffer.

HIPPODAMIE.

Ils fe haïffent trop ; Thyefte eft trop coupable;
Le fombre et dur Atrée eft trop inexorable.
Aux autels de l'hymen, en ce temple, à mes yeux,
Bravant toutes les lois, outrageant tous les dieux,
Thyefte n'écoutant qu'un amour adultère
Ravit entre mes bras la femme de fon frère.
A garder fa conquête il ofe s'obftiner.
Je connais bien Atrée, il ne peut pardonner.
Erope au milieu d'eux, déplorable victime
Des fureurs de l'amour, de la haine et du crime,
Attendant fon deftin du deftin des combats,
Voit encor fes beaux jours entourés du trépas;
Et moi dans ce faint temple où je fuis retirée,
Dans les pleurs, dans les cris, de terreurs dévorée,
Tremblante pour eux tous, je tends ces faibles bras
A des dieux irrités qui ne m'écoutent pas.

POLEMON.

Malgré l'acharnement de la guerre civile,
Les deux partis du moins refpectent votre afile;
Et même entre vos mains vos enfans ont juré
Que ce temple à tous deux ferait toujours facré.
J'ofe efpérer bien plus. Depuis près d'une année
Que nous voyons Argos au meurtre abandonnée,
Peut-être ai-je amolli cette férocité
Qui de nos factions nourrit l'atrocité.
Le Sénat me feconde; on propofe un partage
Des Etats que Pélops reçut pour héritage;

Thyefte dans Mycène, et fon frère en ces lieux,
L'un de l'autre écartés n'auront plus fous leurs yeux
Cet éternel objet de difcorde et d'envie
Qui défole une mère ainfi que la patrie.
L'abfence affaiblira leurs fentimens jaloux;
On rendra dès ce jour Erope à fon époux:
On rétablit des lois le facré caractère,
Vos deux fils règneront en révérant leur mère.
Ce font-là nos deffeins. Puiffent les dieux plus doux
Favorifer mon zèle et s'apaifer pour vous!

HIPPODAMIE.

Efpérons: mais enfin, la mère des Atrides
Voit l'incefte autour d'elle avec les parricides.
C'eft le fort de mon fang. Tes foins et ta vertu
Contre la deftinée ont en vain combattu.
Il eft donc en naiffant des races condamnées,
Par un trifte afcendant vers le crime entraînées,
Que formèrent des dieux les décrets éternels
Pour être en épouvante aux malheureux mortels!
La maifon de Tantale eut ce noir caractère:
Il s'étendit fur moi.... Le trépas de mon père
Fut autrefois le prix de mon fatal amour.
Ce n'eft qu'à des forfaits que mon fang doit le jour.
Mes fouvenirs affreux, mes alarmes timides,
Tout me fait friffonner au nom des Pélopides.

POLEMON.

Quelquefois la fageffe a maîtrifé le fort;
C'eft le tyran du faible et l'efclave du fort.
Nous fefons nos deftins, quoi que vous puiffiez dire:
L'homme, par fa raifon, fur l'homme a quelque empire.
Le remords parle au cœur, on l'écoute à la fin;
Ou bien cet univers efclave du deftin,

Jouet des paffions l'une à l'autre contraires,
Ne ferait qu'un amas de crimes néceffaires.
Parlez en reine, en mère; et ce double pouvoir
Rappellera Thyefte à la voix du devoir.

HIPPODAMIE.

En vain je l'ai tenté, c'eft-là ce qui m'accable.

POLEMON.

Plus criminel qu'Atrée il eft moins intraitable ;
Il connaît fon erreur.

HIPPODAMIE.

Oui, mais il la chérit.
Je hais fon attentat. Sa douleur m'attendrit.
Je le blâme et le plains.

POLEMON.

Mais la caufe fatale
Du malheur qui pourfuit la race de Tantale,
Erope, cet objet d'amour et de douleur,
Qui devrait s'arracher aux mains d'un raviffeur,
Qui met la Gréce en feu par fes funeftes charmes !

HIPPODAMIE.

Je n'ai pu d'elle encore obtenir que des larmes :
Je m'en fuis féparée; et fuyant les mortels
J'ai cherché la retraite aux pieds de ces autels.
J'y finirai des jours que mes fils empoifonnent.

POLEMON.

Quand nous n'agiffons point, les dieux nous abandonnent.
Ranimez un courage éteint par le malheur.
Argos m'honore encor d'un refte de faveur;
Le Sénat me confulte, et nos triftes provinces
Ont payé trop long-temps les fautes de leurs princes :
Il eft temps que leur fang ceffe enfin de couler.
Les pères de l'Etat vont bientôt s'affembler.

Ma faible voix du moins, jointe à ce fang qui crie,
Autant que pour mes rois fera pour ma patrie.
Mais je crains qu'en ces lieux, plus puiffante que nous,
La haine renaiffante, éveillant leur courroux,
N'oppofe à nos confeils fes trames homicides.
Les méchans font hardis ; les fages font timides.
Je les ferai rougir d'abandonner l'Etat ;
Et pour fervir les rois, je revole au Sénat.

H I P P O D A M I E.

Tu ferviras leur mère. Ah ! cours, et que ton zéle
Lui rende fes enfans qui font perdus pour elle.

S C E N E   I I.

H I P P O D A M I E, *feule.*

Mes fils, mon feul efpoir, et mon cruel fléau,
Si vos fanglantes mains m'ont ouvert un tombeau,
Que j'y defcende au moins, tranquille et confolée !
Venez fermer les yeux d'une mère accablée !
Qu'elle expire en vos bras fans trouble et fans horreur ;
A mes derniers momens mêlez quelque douceur.
Le poifon des chagrins trop long-temps me confume ;
Vous avez trop aigri leur mortelle amertume.

SCENE III.

HIPPODAMIE, EROPE, MEGARE.

EROPE, *en entrant, pleurant, et embraffant Mégare.*

VA, te dis-je, Mégare, et cache à tous les yeux
Dans ces antres fecrets ce dépôt précieux.

HIPPODAMIE.
Ciel ! Erope, eft-ce vous ? qui ? vous dans ces afiles !

EROPE.
Cet objet odieux des difcordes civiles ,
Celle à qui tant de maux doivent fe reprocher,
Sans doute à vos regards aurait dû fe cacher.

HIPPODAMIE.
Qui vous ramène, hélas ! dans ce temple funefte,
Menacé par Atrée et fouillé par Thyefte ?
L'afpect de ce lieu faint doit vous épouvanter.

EROPE.
A vos enfans du moins il fe fait refpecter.
Laiffez-moi ce refuge ; il eft inviolable ;
N'enviez pas, ma mère, un afile au coupable.

HIPPODAMIE.
Vous ne l'êtes que trop ; vos dangereux appas
Ont produit des forfaits que vous n'expîrez pas.
Je devrais vous haïr ; vous m'êtes toujours chère :
Je vous plains ; vos malheurs accroiffent ma misère.
Parlez ; vous arrivez vers ces dieux en courroux,
Du théâtre de fang où l'on combat pour vous.

De quelque ombre de paix avez-vous l'efpérance ?

EROPE.

Je n'ai que mes terreurs. En vain par fa prudence
Polémon, qui fe jette entre ces inhumains,
Prétendait arracher les armes de leurs mains :
Ils font tous deux plus fiers et plus impitoyables :
Je cherche ainfi que vous des dieux moins implacables;
Souffrez, en m'accufant de toutes vos douleurs,
Qu'à vos gémiffemens j'ofe mêler mes pleurs.
Que n'en puis-je être digne !

HIPPODAMIE.

Ah ! trop chère ennemie,
Eft-ce à vous de vous joindre aux pleurs d'Hippodamie ?
A vous qui les caufez ! plût au ciel qu'en vos yeux
Ces pleurs euffent éteint le feu pernicieux,
Dont le poifon trop fûr et les funeftes charmes
Ont fait couler long-temps tant de fang et de larmes !
Peut-être que fans vous ceffant de fe haïr
Deux frères malheureux, que le fang doit unir,
N'auraient point rejeté les efforts d'une mère.
Vous m'arrachez deux fils pour avoir trop fu plaire.
Mais voulez-vous me croire et vous joindre à ma voix ?
Ou vous ai-je parlé pour la dernière fois ?

EROPE.

Je voudrais que le jour où votre fils Thyefte
Outragea fous vos yeux la juftice célefte,
Le jour qu'il vous ravit l'objet de fes amours
Eût été le dernier de mes malheureux jours.
De tous mes fentimens je vous rendrai l'arbitre.
Je vous chéris en mère; et c'eft à ce faint titre
Que mon cœur défolé recevra votre loi :
Vous jugerez, ô Reine ! entre Thyefte et moi.

Après son attentat, de troubles entourée,
J'ignorai jusqu'ici les sentimens d'Atrée :
Mais plus il est aigri contre mon ravisseur,
Plus à ses yeux sans doute Erope est en horreur.

HIPPODAMIE.

Je sais qu'avec fureur il poursuit sa vengeance.

EROPE.

Vous avez sur un fils encor quelque puissance.

HIPPODAMIE.

Sur les degrés du trône elle s'évanouit ;
L'enfance nous la donne, et l'âge la ravit.
Le cœur de mes deux fils est sourd à ma prière.
Hélas ! c'est quelquefois un malheur d'être mère. (1)

EROPE.

Madame.... il est trop vrai.... mais dans ce lieu sacré
Le sage Polémon tout à l'heure est entré.
N'a-t-il point consolé vos alarmes cruelles ?
N'aurait-il apporté que de tristes nouvelles ?

HIPPODAMIE.

J'attends beaucoup de lui ; mais malgré tous ses soins
Mes transports douloureux ne me troublent pas moins.
Je crains également la nuit et la lumière.
Tout s'arme contre moi dans la nature entière.
Et Tantale, et Pélops, et mes deux fils, et vous,
Les enfers déchaînés, et les dieux en courroux ;
Tout présente à mes yeux les sanglantes images
De mes malheurs passés et des plus noirs présages :
Le sommeil fuit de moi, la terreur me poursuit,
Les fantômes affreux, ces enfans de la nuit,
Qui des infortunés assiégent les pensées,
Impriment l'épouvante en mes veines glacées.

D'Oenomaüs, mon père, on déchire le flanc.
Le glaive eſt ſur ma tête ; on m'abreuve de ſang ;
Je vois les noirs détours de la rive infernale,
L'exécrable feſtin que prépara Tantale,
Son ſupplice aux enfers, et ces champs déſolés
Qui n'offrent à ſa faim que des troncs dépouillés.
Je m'éveille mourante aux cris des Euménides,
Ce temple a retenti du nom de parricides.
Ah ! ſi mes fils ſavaient tout ce qu'ils m'ont coûté,
Ils maudiraient leur haine et leur férocité ;
Ils tomberaient en pleurs aux pieds d'Hippodamie.

E R O P E.

Madame, un ſort plus triſte empoiſonne ma vie. (a)
Les monſtres déchaînés de l'empire des morts
Sont encor moins affreux que l'horreur des remords.
C'en eſt fait.... Votre fils et l'amour m'ont perdue.
J'ai ſemé la diſcorde en ces lieux répandue.
Je ſuis, je l'avoûrai, criminelle en effet ;
Un dieu vengeur me ſuit... mais vous, qu'avez-vous fait ?
Vous êtes innocente, et les dieux vous puniſſent !
Sur vous comme ſur moi leurs coups s'appeſantiſſent.
Hélas ! c'était à vous d'éteindre entre leurs mains
Leurs foudres allumés ſur les triſtes humains.
C'était à vos vertus de m'obtenir ma grâce.

SCENE IV.

HIPPODAMIE, EROPE, MEGARE.

MEGARE.

Princesse.... les deux rois....

HIPPODAMIE.

Qu'est-ce donc qui se passe?

EROPE.

Quoi!... Thyeste!... ce temple!... Ah! qu'est-ce que
j'entends!

MEGARE.

Les cris de la patrie et ceux des combattans.
La mort suit en ces lieux les deux malheureux frères.

EROPE.

Allons, je l'obtiendrai de leurs mains sanguinaires....
Ma mère, montrons-nous à ces désespérés,
Ils me sacrifîront; mais vous les calmerez.
Allons, je suis vos pas.

HIPPODAMIE.

Ah! vous êtes ma fille;
Sauvons de ses fureurs une triste famille,
Ou que mon sang versé par mes malheureux fils
Coule avec tout le sang que je leur ai transmis.

Fin du premier acte.

ACTE

ACTE II.

SCENE PREMIERE.

HIPPODAMIE, EROPE, POLEMON.

POLEMON.

Oᴜ courez-vous?... rentrez.... que vos larmes tariffent;
Que de vos cœurs glacés les terreurs fe banniffent :
Je me trompe, ou je vois ce grand jour arrivé
Qu'à finir tant de maux le ciel a réfervé.
Les forfaits ont leur terme, et votre deftin change :
La paix revient.

EROPE.

Comment ?

HIPPODAMIE.

Quel dieu, quel fort étrange,
Quel miracle a fléchi le cœur de mes enfans ?

POLEMON.

L'équité, dont la voix triomphe avec le temps.
Aveugle en fon courroux, le violent Atrée
Déjà de ce faint temple allait forcer l'entrée ;
Son courroux facrilége oubliait fes fermens :
Il en avait l'exemple ; et fes fiers combattans
Prompts à fervir fes droits, à venger fon outrage,
Vers ces parvis facrés lui frayaient un paffage.

(à Erope.)

Il venait (je ne puis vous diffimuler rien)
Ravir fa propre époufe et reprendre fon bien.

Théâtre. Tome VI.   N

Il le peut; mais il doit refpecter fa parole.
Thyefte eft alarmé, vers lui Thyefte vole;
On combat, le fang coule; emportés, furieux,
Les deux frères pour vous s'égorgeaient à mes yeux.
Je m'avance, et ma main faifit leur main barbare;
Je me livre à leurs coups; enfin je les fépare:
Le Sénat qui me fuit, feconde mes efforts.
En atteftant les lois nous marchons fur des morts.
Le peuple en contemplant ces juges vénérables,
Ces images des dieux aux mortels favorables,
Laiffe tomber le fer à leur augufte afpect.
Il a bientôt paffé des fureurs au refpect.
Il conjure à grands cris la difcorde farouche;
Et le faint nom de paix vole de bouche en bouche.

HIPPODAMIE.

Tu nous as tous fauvés.

POLEMON.

Il faut bien qu'une fois
Le peuple en nos climats foit l'exemple des rois.
Lorfqu'enfin la raifon fe fait par-tout entendre,
Vos fils l'écouteront; vous les verrez fe rendre;
Le fang et la nature, et leurs vrais intérêts
A leurs cœurs amollis parleront de plus près.
Ils doivent accepter l'équitable partage
Dont leur mère a tantôt reconnu l'avantage.
La concorde aujourd'hui commence à fe montrer;
Mais elle eft chancelante, il la faut affurer.
Thyefte en poffédant la fertile Mycène
Pourra faire à fon gré, dans Sparte ou dans Athène,
Des filles des héros qui leur donnent des lois
Sans remords et fans crime un légitime choix.

La veuve de Pélops, heureuse et triomphante,
Voyant de tous côtés sa race florissante,
N'aura plus qu'à bénir, au comble du bonheur,
Le dieu qui de son sang est le premier auteur.

HIPPODAMIE.

Je lui rends déjà grâce, et non moins à vous-même.
Et vous, ma fille, et vous que j'ai plainte et que j'aime,
Unissez vos transports et mes remercîmens;
Aux dieux dont nous sortons offrez un pur encens.
Qu'Hippodamie enfin, tranquille et rassurée,
Remette Erope heureuse entre les mains d'Atrée;
Qu'il pardonne à son frère.

EROPE.

Ah Dieux!... et croyez-vous
Qu'il sache pardonner?

HIPPODAMIE.

Dans ses transports jaloux,
Il sait que par Thyeste en tout temps respectée
Il n'a point outragé la fille d'Euristhée,
Qu'au milieu de la guerre il prétendit en vain
Au funeste bonheur de lui donner la main;
Qu'enfin par les dieux même à leurs autels conduite,
Elle a dans la retraite évité sa poursuite.

EROPE.

Voilà cette retraite où je prétends cacher
Ce qu'un remords affreux me pourrait reprocher.
C'est là qu'aux pieds des dieux on nourrit mon enfance;
C'est là que je reviens implorer leur clémence;
J'y veux vivre et mourir.

N 2

HIPPODAMIE.

Vivez pour un époux;
Cachez-vous pour Thyeſte ; il eſt perdu pour vous.

EROPE.

Dieux qui me confondez, vous amenez Thyeſte!

HIPPODAMIE.

Fuyez-le.

EROPE.

En eſt-il temps?... mon ſort eſt trop funeſte.
(elle ſort.)

SCENE II.

HIPPODAMIE, POLEMON, THYÉSTE.

HIPPODAMIE.

Mon fils, qui vous ramène en mes bras maternels?
Oſez-vous reparaître aux pieds de ces autels?

THYESTE.

J'y viens.... chercher la paix, s'il en eſt pour Atrée,
S'il en eſt pour mon ame au déſeſpoir livrée;
J'y viens mettre à vos pieds ce cœur trop combattu,
Embraſſer Polémon, reſpecter ſa vertu,
Expier envers vous ma criminelle offenſe,
Si de la réparer il eſt en ma puiſſance.

POLEMON.

Vous le pouvez ſans doute en ſachant vous dompter.
Lorſqu'à de tels excès ſe laiſſant emporter,

On fuit des paffions l'empire illégitime,
Quand on donne aux fujets les exemples du crime,
On leur doit, croyez-moi, celui du repentir.
La Gréce enfin s'éclaire, et commence à fortir
De la férocité qui dans nos premiers âges
Fit des cœurs fans juftice et des héros fauvages.
On n'eft rien fans les mœurs. Hercule eft le premier
Qui, marchant quelquefois dans ce noble fentier,
Ainfi que les brigands ofa dompter les vices.
Son émule Théfée a fait des injuftices;
Le crime dans Tidée a fouillé la valeur;
Mais bientôt leur grande ame abjurant leur erreur,
N'en afpirait que plus à des vertus nouvelles.
Ils ont réparé tout..... imitez vos modèles....
Souffrez encore un mot : fi vous perfévériez,
Pouffé par le torrent de vos inimitiés,
Ou plutôt par les feux d'un amour adultère,
A refufer encore Erope à votre frère,
Craignez que le parti que vous avez gagné
Ne tourne contre vous fon courage indigné.
Vous pourriez pour tout prix d'une imprudence vaine,
Abandonné d'Argos être exclus de Mycène.

THYESTE.

J'ai fenti mes malheurs plus que vous ne penfez.
N'irritez point ma plaie ; elle eft cruelle affez.
Madame, croyez-moi, je vois dans quel abyme
M'a plongé cet amour que vous nommez un crime.
Je ne m'excufe point (devant vous condamné)
Sur l'exemple éclatant que vingt rois m'ont donné,
Sur l'exemple des dieux dont on nous fait defcendre.
Votre auftère vertu dédaigne de m'entendre.

N 3

Je vous dirai pourtant qu'avant l'hymen fatal
Que dans ces lieux facrés célébra mon rival,
J'aimais, j'idolâtrais la fille d'Euristhée;
Que par mes vœux ardens long-temps follicitée,
Sa mère dans Argos eût voulu nous unir;
Qu'enfin ce fut à moi qu'on ofa la ravir;
Que fi le défefpoir fut jamais excufable....

HIPPODAMIE.

Ne vous aveuglez point, rien n'excufe un coupable.
Oubliez avec moi de malheureux amours,
Qui feraient votre honte et l'horreur de vos jours,
Celle de votre frère, et d'Erope, et la mienne.
C'eft l'honneur de mon fang qu'il faut que je foutienne;
C'eft la paix que je veux : il n'importe à quel prix.
Atrée ainfi que vous eft mon fang, eft mon fils :
Tous les droits font pour lui. Je veux dès l'heure même
Remettre en fon pouvoir une époufe qu'il aime.
Tenir fans la pencher la balance entre vous,
Réparer votre crime, et nous réunir tous. (b)

SCENE III.

THYESTE feul.

QUE deviens-tu, Thyefte! Eh quoi, cette paix même,
Cette paix qui d'Argos eft le bonheur fuprême,
Va donc mettre le comble aux horreurs de mon fort !
Cette paix pour Erope eft un arrêt de mort.
C'eft peu que pour jamais d'Erope on me fépare,
La victime eft livrée au pouvoir d'un barbare :

Je me vois dans ces lieux fans armes, fans amis ;
On m'arrache ma femme ; on peut frapper mon fils.
Mon rival triomphant s'empare de fa proie.
Tous mes maux font formés de la publique joie.
Ne pourrai-je aujourd'hui mourir en combattant ?
Mycène a des guerriers ; mon amour les attend ;
Et pour quelques momens ce temple eft un afile.

SCENE IV.

THYESTE, MEGARE.

THYESTE.

MEGARE, qu'a-t-on fait ? ce temple eft-il tranquille ?
Le defcendant des dieux eft-il en fureté ?

MEGARE.

Sous cette voûte antique un féjour écarté,
Au milieu des tombeaux recèle fon enfance !

THYESTE.

L'afile de la mort eft fa feule affurance !

MEGARE.

Celle qui dans le fond de ces antres affreux
Veille aux premiers momens de fes jours malheureux,
Tremble qu'un œil jaloux bientôt ne le découvre.
Erope s'épouvante ; et cette ame qui s'ouvre
A toutes les douleurs qui viennent la chercher,
En aigrit la bleffure en voulant la cacher :
Elle aime, elle maudit le jour qui le vit naître ;
Elle craint dans Atrée un implacable maître ;

N 4

Et je tremble de voir ses jours enfevelis
Dans le fein des tombeaux qui renferment fon fils.

THYESTE.

Enfant de l'infortune, et mère malheureuse,
Qu'on ignore à jamais la prifon ténébreufe
Où loin de vos tyrans vous pouvez refpirer ! (c)

SCENE V.

THYESTE, EROPE, MEGARE.

EROPE.

SEIGNEUR, aux mains d'Atrée on va donc me livrer !
Votre mère l'ordonne.... et je n'ai pour excufe
Que mon crime ignoré, ma rougeur qui m'accufe ;
Un enfant malheureux qui fera découvert.

THYESTE.

Tout nous pourfuit ici ; cet afile nous perd. (d)

EROPE.

Auteur de tant de maux, pourquoi m'as-tu féduite !

THYESTE.

Hélas ! je vois l'abyme où je vous ai conduite :
Mais cette horrible paix ne s'accomplira pas.
Il me refte pour vous des amis, des foldats,
Mon amour, mon courage ; et c'eft à vous de crôire
Que fi je meurs ici je meurs pour votre gloire.
Notre hymen clandeftin d'une mère ignoré,
Tout malheureux qu'il eft, n'en eft pas moins facré.
Ne me reproche plus ma criminelle audace ;
Ne nous accufons plus quand le ciel nous fait grace. (e)

Ses bontés ont fait voir, en m'accordant un fils,
Qu'il approuve l'hymen dont nous fommes unis;
Et Mycène bientôt, à fon prince fidelle,
En pourra célébrer la fête folennelle.

E R O P E.

Va, ne réclame point ces nœuds infortunés,
Et ces dieux, et l'hymen.... Ils nous ont condamnés.
Ofons-nous nous parler?... tremblante, confondue,
Devant qui déformais puis-je lever la vue?
Dans ce ciel qui voit tout, et qui lit dans les cœurs,
Le rapt et l'adultère ont-ils des protecteurs?
En remportant fur moi ta funefte victoire,
Cruel, t'es-tu flatté de conferver ma gloire?
Tu m'as fait ta complice..... et la fatalité,
Qui fubjugue mon cœur contre moi révolté,
Me tient fi puiffamment à ton crime enchaînée
Qu'il eft devenu cher à mon ame étonnée;
Que le fang de ton fang, qui s'eft formé dans moi,
Ce gage de ton crime eft celui de ma foi;
Qu'il rend indiffoluble un nœud que je détefte....
Et qu'il n'eft plus pour moi d'autre époux que Thyefte.

T H Y E S T E.

C'eft un nom qu'un tyran ne peut plus m'enlever;
La mort et les enfers pourront feuls m'en priver.
Le fceptre de Mycène a pour moi moins de charmes.

SCENE VI.

EROPE, THYESTE, POLEMON.

POLEMON.

Seigneur, Atrée arrive; il a quitté ses armes;
Dans ce temple avec vous il vient jurer la paix.

THYESTE.

Grands Dieux! vous me forcez de haïr vos bienfaits.

POLEMON.

Vous allez à l'autel confirmer vos promesses.
L'encens s'élève aux cieux des mains de nos prêtresses.
Des oliviers heureux les festons désirés
Ont annoncé la fin de ces jours abhorrés
Où la discorde en feu désolait notre enceinte.
On a lavé le sang dont la ville fut teinte.
Et le sang des méchans qui voudraient nous troubler
Est ici désormais le seul qui doit couler.
Madame, il n'appartient qu'à la reine elle-même
De vous remettre aux mains d'un époux qui vous aime,
Et d'essuyer les pleurs qui coulent de vos yeux.

EROPE.

Mon sang devait couler.... vous le savez, grands Dieux!

THYESTE, à Polémon.

Il me faut rendre Erope!

POLEMON.

Oui, Thyeste, et sur l'heure:
C'est la loi du traité.

THYESTE.

Va, que plutôt je meure,

Qu'aux monftres des enfers mes manes foient livrés!...

POLEMON.

Quoi! vous avez promis, et vous vous parjurez!

THYESTE.

Qui? moi! qu'ai-je promis?

POLEMON.

Votre fougue inutile
Veut-elle rallumer la difcorde civile?

THYESTE.

La difcorde vaut mieux qu'un fi fatal accord.
Il redemande Erope; il l'aura par ma mort.

POLEMON.

Vous écoutiez tantôt la voix de la juftice.

THYESTE.

Je voyais de moins près l'hòrreur de mon fupplice;
Je ne le puis fouffrir.

POLEMON.

Ah! c'eft trop de fureurs,
C'eft trop d'égaremens et de folles erreurs;
Mon amitié pour vous, qui fe laffe et s'irrite,
Plaignait votre jeuneffe imprudente et féduite;
Je vous tins lieu de père; et ce père offenfé
Ne voit qu'avec horreur un amour infenfé.
Je fers Atrée et vous, mais l'Etat davantage;
Et fi l'un de vous deux rompt la foi qui l'engage,
Moi-même contre lui je cours me déclarer.
Mais de votre raifon je veux mieux efpérer;
Et bientôt dans ces lieux l'heureufe Hippodamie
Reverra fa famille en fes bras réunie.

(il fort.)

SCENE VII.

EROPE, THYESTE.

EROPE.

C'en eſt donc fait, Thyeſte, il faut nous ſéparer.

THYESTE.

Moi! vous, mon fils!... quel trouble a pu vous égarer!
Quel eſt votre deſſein?

EROPE.

C'eſt dans cette demeure,
C'eſt dans cette priſon qu'il eſt temps que je meure,
Que je meure oubliée, inconnue aux mortels,
Inconnue à l'amour, à ſes tourmens cruels,
A tous ces vains honneurs de la grandeur ſuprême, (ſ)
Au redoutable Atrée, et ſurtout à vous-même.

THYESTE.

Vous n'accomplirez point ce projet odieux:
Je vous diſputerais à mon frère, à nos dieux.
Suivez-moi.

EROPE.

Nous marchons d'abymes en abymes;
C'eſt-là votre partage, amours illégitimes.

Fin du ſecond acte.

ACTE III.

SCENE PREMIERE.

HIPPODAMIE, ATRÉE, POLEMON,
IDAS, Gardes, Peuple, Prêtres,

'HIPPODAMIE.

GENEREUX Polémon, la paix eft votre ouvrage.
Régnez heureux, Atrée, et goûtez l'avantage
De poſſéder ſans trouble un trône où vos aïeux,
Pour le bien des mortels, ont remplacé les dieux.
Thyeſte avant la nuit partira pour Mycène.
J'ai vu s'éteindre enfin les flambeaux de la haine,
Dans ma triſte maiſon ſi long-temps allumés ;
J'ai vu mes chers enfans paiſibles, déſarmés,
Dans ce parvis du temple étouffant leur querelle,
Commencer dans mes bras leur concorde éternelle.
Vous en ferez témoins, vous, peuples réunis :
Prêtres qui m'écoutez, Dieux long-temps ennemis,
Vous en ferez garans. Ma débile paupière
Peut ſans crainte à la fin s'ouvrir à la lumière.
J'attendrai dans la paix un fortuné trépas.
Mes derniers jours ſont beaux.... je ne l'eſpérais pas.

ATRÉE.

Idas, autour du temple étendez vos cohortes ;
Vous, gardez ce parvis ; vous, veillez à ces portes.

(à *Hippodamie.*)

Qu'une mère pardonne à ces foins ombrageux,
A peine encor fortis de nos temps orageux,
D'Argos enfanglantée à peine encor le maître,
Je préviens des dangers toujours prompts à renaître.
Thyefte a trop pâli tandis qu'il m'embraffait :
Il a promis la paix ; mais il en frémiffait.
D'où vient que devant moi la fille d'Eurifthée
Sur vos pas en ces lieux ne s'eft point préfentée ?
Vous deviez l'amener dans ce facré parvis.

HIPPODAMIE.

Nos myftères divins, dans la Gréce établis,
La retiennent encore au milieu des prêtreffes,
Qui de la paix des cœurs implorent les déeffes.
Le ciel eft à nos vœux favorable aujourd'hui,
Et vous ferez fans doute apaifé comme lui.

ATRÉE.

Rendez-nous, s'il fe peut, les immortels propices.
Je ne dois point troubler vos fecrets facrifices.

HIPPODAMIE.

Ce froid et fombre accueil était inattendu.
Je penfais qu'à mes foins vous auriez répondu.
Aux ombres du bonheur imprudemment livrée,
Je vois trop que ma joie était prématurée,
Que j'ai dû peu compter fur le cœur de mon fils.

ATRÉE.

Atrée eft mécontent, mais il vous eft foumis.

HIPPODAMIE.

Ah ! je voulais de vous, après tant de fouffrance,
Un peu moins de refpects et plus de complaifance.

J'attendais de mon fils une jufte pitié.
Je ne vous parle point des droits de l'amitié ;
Je fais que la nature en a peu fur votre ame.

ATRÉE.

Thyefte vous eft cher ; il vous fuffit, Madame.

HIPPODAMIE.

Vous déchirez mon cœur après l'avoir percé.
Il fut par mes enfans affez long-temps bleffé....
Je n'ai pu de vos mœurs adoucir la rudeffe ;
Vous avez en tout temps repouffé ma tendreffe ;
Et je n'ai mis au jour que des enfans ingrats.
Allez, mon amitié ne fe rebute pas.
Je conçois vos chagrins, et je vous les pardonne.
Je n'en bénis pas moins ce jour qui vous couronne ;
Il n'a pas moins rempli mes défirs empreffés.
Connaiffez votre mère, ingrat, et rougiffez.

SCENE II.

ATRÉE, POLEMON, IDAS, Peuple.

ATRÉE au peuple,   à Polémon et à Idas.

Qu'on fe retire.... Et vous, au fond de ma penfée
Voyez tous les tourmens de mon ame offenfée,
Et ceux dont je me plains, et ceux qu'il faut céler ;
Et jugez fi ce trône a pu me confoler.

POLEMON.

Quels qu'ils foient, vous favez fi mon zèle eft fincère.
Il peut vous irriter : mais, Seigneur, une mère

Dans ce temple, à l'aspect des mortels et des dieux,
Devait-elle essuyer l'accueil injurieux
Qu'à ma confusion vous venez de lui faire?
Ah! le ciel lui donna des fils dans sa colère.
Tous les deux sont cruels, et tous deux de leurs mains
La mènent au tombeau par de tristes chemins.
C'était de vous surtout qu'elle devait attendre
Et la reconnaissance et l'amour le plus tendre.

ATRÉE.

Que Thyeste en conserve: elle l'a préféré;
Elle accorde à Thyeste un appui déclaré.
Contre mes intérêts puisqu'on le favorise,
Puisqu'on n'a point puni son indigne entreprise,
Que Mycène est le prix de ses emportemens,
Lui seul à ses bontés doit des remercîmens.

POLEMON.

Vous en devez tous deux; et la reine et moi-même,
Nous avons de Pélops suivi l'ordre suprême.
Ne vous souvient-il plus qu'au jour de son trépas
Pélops entre ses fils partagea ses Etats?
Et vous en possédez la plus riche contrée,
Par votre droit d'aînesse à vous seul assurée.

ATRÉE.

De mon frère en tout temps vous fûtes le soutien.

POLEMON.

J'ai pris votre intérêt sans négliger le sien.
La loi seule a parlé, seule elle a mon suffrage.

ATRÉE.

On récompense en lui le crime qui m'outrage.

POLEMON.

POLEMON.

On détefte fon crime, on le doit condamner;
Et vous, s'il fe repent, vous devez pardonner. (g)
Vous n'êtes point placé fur un trône d'Afie,
Ce fiége de l'orgueil et de la jaloufie,
Appuyé fur la crainte et fur la cruauté,
Et du fang le plus proche en tout temps cimenté.
Vers l'Euphrate un defpote ignorant la juftice,
Foulant fon peuple aux pieds, fuit en paix fon caprice.
Ici nous commençons à mieux fentir nos droits.
L'Afie a fes tyrans, mais la Gréce a des rois.
Craignez qu'en s'éclairant Argos ne vous haïffe....
Petit-fils de Tantale, écoutez la juftice.

ATRÉE.

Polémon, c'eft affez, je conçois vos raifons;
Je n'avais pas befoin de ces nobles leçons;
Vous n'avez point perdu le grand talent d'inftruire.
Vos foins dans ma jeuneffe ont daigné me conduire;
Je dois m'en fouvenir, mais il eft d'autres temps:
Le ciel ouvre à mes pas des fentiers différens.
Je vous ai dû beaucoup, je le fais; mais peut-être
Oubliez-vous trop tôt que je fuis votre maître.

POLEMON.

Puiffe ce titre heureux long-temps vous demeurer!
Et puiffent dans Argos vos vertus l'honorer!

SCENE III.

ATRÉE, IDAS.

ATRÉE.

C'est à toi feul, Idas, que ma douleur confie
Les foupçons malheureux qui l'ont encore aigrie,
Le poifon qui nourrit ma haine et mon courroux,
La foule des tourmens que je leur cache à tous.

IDAS.

Qui peut vous alarmer ?

ATRÉE.

      Eropė, Hippodamie,
Ma cour.... la terre entière eft donc mon ennemie !

IDAS.

Ce peuple fous vos lois ne s'eft-il pas rangé ?
N'êtes-vous pas roi ?

ATRÉE.

      Non, je ne fuis pas vengé.
Tu me vois déchiré par d'étranges fupplices. (h)
Mes mains avec effroi rouvrent mes cicatrices ;
J'en parle avec horreur ; et je ne puis juger
Dans quel fang odieux il faudra me plonger....
Je veux croire, et je crois qu'Erope avec mon frère
N'a point ofé former un hymen adultère....
Moi-même je la vis contre un rapt odieux
Implorer ma vengeance et les foudres des dieux.
Mais il eft trop affreux qu'au jour de l'hymenée,
Ma femme un feul moment ait été foupçonnée.

Apprends des fentimens plus douloureux cent fois.
Je ne fais fi l'objet indigne de mon choix,
Sur mes fens révoltés, que la fureur déchire,
N'aurait point en fecret confervé quelque empire.
J'ignore fi mon cœur, facile à l'excufer,
Des feux qu'il étouffa peut encor s'embrafer;
Si dans ce cœur farouche, en proie aux barbaries,
L'amour habite encore au milieu des furies.

I D A S.

Vous pouvez fans rougir la revoir et l'aimer.
Contre vos fentimens pourquoi vous animer!
L'abfolu fouverain d'Erope et de l'empire
Doit s'écouter lui feul, et peut ce qu'il défire.
De votre mère encor j'ignore les projets;
Mais elle eft comme une autre au rang de vos fujets.
Votre gloire eft la fienne; et de troubles laffée,
A vous rendre une époufe elle eft intéreffée.
Son ame eft noble et jufte; et jufques à ce jour
Nulle mère à fon fang n'a marqué tant d'amour.

A T R É E.

Non: ma mère infultait à ma douleur jaloufe;
Et j'étais le jouet de mon indigne époufe.

I D A S.

A vos pieds dans ce temple elle doit fe jeter;
Hippodamie enfin doit vous la préfenter.
Toutes deux hautement condamnent votre frère.

A T R É E.

Erope eût pu calmer les flots de ma colère: (*i*)
Je l'aimai, j'en rougis.... J'attendis dans Argos
De ce funefte hymen ma gloire et mon repos.
De toutes les beautés Erope eft l'affemblage;
Les vertus de fon fexe étaient fur fon vifage;

O 2

Et quand je la voyais, je les crus dans fon cœur.
Tu m'as vu détefter et chérir mon erreur;
Et tu me vois encor flotter dans cet orage,
Incertain de mes vœux, incertain dans ma rage;
Nourriffant en fecret un affreux fouvenir,
Et redoutant furtout d'avoir à la punir. (*k*)
S'il eft vrai qu'en ce temple, à fon devoir fidelle,
Elle ait prétendu fuir l'audace criminelle
Du rival infolent qui m'ofait outrager,
Je puis éteindre encor la foif de me venger;
Je puis garder la paix que ma bouche a jurée,
Et remettre un bandeau fur ma vue égarée.
Mais je veux que Thyefte avant la fin du jour
De fon coupable afpect purge enfin ce féjour;
Qu'il refpecte s'il peut cette paix fi douteufe....
Si l'on m'avait trompé, je la rendrais affreufe.

SCENE IV.

ATRÉE, MEGARE.

ATRÉE.

MEGARE, où courez-vous? arrêtez, répondez.
D'où vient que dans ces lieux par des prêtres gardés,
Ma malheureufe époufe à mes bras arrachée
Eft toujours à ma vue indignement cachée?
D'où vient qu'Hippodamie a fouftrait à mes yeux
Cet objet adoré, cet objet odieux?
Cet objet criminel autrefois plein de charmes,
Qui devrait arrofer mes genoux de fes larmes?
Ce feul prix de la paix que je daigne accorder,
Ce prix que je m'abaiffe encore à demander?

Quoi! ma femme à mes yeux n'a point ofé paraître!

MEGARE.

Elle attend en tremblant fon époux et fon maître.
Dans cet afile faint elle invoque à genoux
La faveur de fes dieux qu'elle implore pour vous.

ATRÉE.

Qu'elle implore la mienne. . . . Apprenez qu'un refuge
N'eft qu'un crime nouveau commis contre fon juge.
Jufqu'à quand mon époufe, en fon indigne effroi,
Se mettra-t-elle encore entre fes dieux et moi ?
J'abhorre ces complots de prêtres et de femmes,
Ce mélange importun de leurs petites trames,
De fecrets intérêts, de fourde ambition,
De vanité, de fraude et de religion.
Je veux qu'on vienne à moi, mais fans nul artifice ;
Qu'on n'ait aucun appui qu'en ma feule juftice ;
Que l'humble repentir parle avec vérité,
Qu'on fléchiffe en tremblant mon courage irrité.
Mais qui croit m'éblouir me trouve inexorable.
Allez ; annoncez-lui cet ordre irrévocable.

MEGARE.

J'en connais l'importance : elle la fait affez.

ATRÉE.

Il y va de la vie ; allez, obéiffez.

Fin du troifième acte.

O 3

ACTE IV.

SCENE PREMIERE.

EROPE, THYESTE.

 EROPE.

Dans ces afiles faints j'étais enfevelie,
J'y cachais mes tourmens, j'y terminais ma vie.
C'eft donc toi qui me rends à ce jour que je hais!
Thyefte, en tous les temps tu m'as ravi la paix.

THYESTE.

Ce funefte deffein nous fefait trop d'outrage.

EROPE.

Ma faute et ton amour nous en font davantage.

THYESTE.

Quoi! verrai-je en tout temps vos remords douloureux
Empoifonner des jours que vous rendiez heureux!

EROPE.

Nous heureux! nous, cruel! ah! dans mon fort funefte,
Le bonheur eft-il fait pour Erope et Thyefte?

THYESTE.

Vivez pour votre fils.

EROPE.

Raviffeur de ma foi,
Tu vois trop que je vis pour mon fils et pour toi.
Thyefte, il t'a donné des droits inviolables;
Et les nœuds les plus faints ont uni deux coupables.
Je t'ai fui, je l'ai dû : je ne puis te quitter;
Sans horreur avec toi je ne faurais refter;

Je ne puis soutenir la présence d'Atrée.

THYESTE.

La fatale entrevue est encor différée.

EROPE.

Sous des prétextes vains, la reine avec bonté
Ecarte encor de moi ce moment redouté.
Mais la paix dans vos cœurs est-elle résolue?

THYESTE.

Cette paix est promise, elle n'est point conclue.
Mais j'aurai dans Argos encor des défenseurs;
Et Mycène déjà m'a promis des vengeurs.

EROPE.

Me préservent les cieux d'une nouvelle guerre!
Le sang pour nos amours a trop rougi la terre.

THYESTE.

Ce n'est que par le sang qu'en cette extrémité
Je puis soustraire Erope à son autorité.
Il faut tout dire enfin; c'est parmi le carnage
Que dans une heure au moins je vous ouvre un passage.

EROPE.

Tu redoubles mes maux, ma honte, mon effroi,
Et l'éternelle horreur que je ressens pour moi.
Thyeste, garde-toi d'oser rien entreprendre
Avant qu'il ait daigné me parler et m'entendre.

THYESTE.

Lui vous parler!... Mais vous, dans ce mortel ennui,
Qu'avez-vous résolu?

EROPE.

De n'être point à lui....
Va, cruel, à t'aimer le ciel m'a condamnée.

THYESTE.

Je vois donc luire enfin ma plus belle journée.

O 4

Ce mot à tous mes vœux en tout temps refufé,
Pour la première fois vous l'avez prononcé,
Et l'on ofe exiger que Thyefte vous cède !
Vaincu je fais mourir, vainqueur je vous pofsède.
Je vais donner mon ordre ; et mon fort en tout temps
Eft d'arracher Erope aux mains de nos tyrans.

SCENE II.

EROPE, MEGARE.

MEGARE.

Ah ! Madame, le fang va-t-il couler encore ?

EROPÉ.

J'attends mon fort ici, Mégare, et je l'ignore.

MEGARE.

Quel appareil terrible et quelle trifte paix !
On borde de foldats le temple et le palais :
J'ai vu le fier Atrée ; il femble qu'il médite
Quelque profond deffein qui le trouble et l'agite.

EROPE.

Je dois m'attendre à tout fans me plaindre de lui.
Mégare ! contre moi tout confpire aujourd'hui !
Ce temple eft un afile, et je m'y réfugie.
J'attendris fur mes maux le cœur d'Hippodamie ;
J'y trouve une pitié que les cœurs vertueux
Ont pour les criminels quand ils font malheureux,
Que tant d'autres, hélas ! n'auraient point éprouvée.
Aux autels de nos dieux je me crois réfervée ;
Thyefte m'y pourfuit quand je veux m'y cacher ;
Un époux menaçant vient encor m'y chercher ;

Soit qu'un refte d'amour vers moi le détermine,
Soit que de fon rival méditant la ruine,
Il exerce avec lui l'art de diffimuler.
A fon trône, à fon lit il ofe m'appeler.
Dans quel état, grands Dieux ! quand le fort qui m'opprime
Peut remettre en fes mains le gage de mon crime,
Quand il peut tous les deux nous punir fans retour,
Moi d'être une infidelle, et mon fils d'être au jour !

M E G A R E.

Puifqu'il veut vous parler, croyez que fa colère
S'apaife enfin pour vous, et n'en veut qu'à fon frère.
Vous êtes fa conquête..... il a fu l'obtenir.

E R O P E.

C'en eft fait, fous fes lois je ne puis revenir.
La gloire de tous trois doit encor m'être chère ;
Je ne lui rendrai point une époufe adultère,
Je ne trahirai point deux frères à la fois.
Je me donnais aux dieux, c'était mon dernier choix :
Ces dieux n'ont point reçu l'offrande partagée
D'une ame faible et tendre en fes erreurs plongée.
Je n'ai plus de refuge ; il faut fubir mon fort ;
Je fuis entre la honte et le coup de la mort ;
Mon cœur eft à Thyefte ; et cet enfant lui-même,
Cet enfant qui va perdre une mère qui l'aime,
Eft le fatal lien qui m'unit malgré moi
Au criminel amant qui m'a ravi ma foi.
Mon deftin me pourfuit, il me ramène encore
Entre deux ennemis dont l'un me déshonore,
Dont l'autre eft mon tyran, mais un tyran facré.

SCENE III.

EROPE, POLEMON, MEGARE.

POLEMON.

PRINCESSE, en ce parvis votre époux est entré;
Il s'apaise, il s'occupe avec Hippodamie
De cette heureuse paix qui vous réconcilie.
Elle m'envoie à vous. Nous connaissons tous deux
Les transports violens de son cœur soupçonneux.
Quoiqu'il termine enfin ce traité salutaire,
Il voit avec horreur un rival dans son frère.
Persuadez Thyeste, engagez-le à l'instant
A chercher dans Mycène un trône qui l'attend ;
A ne point différer par sa triste présence
Votre réunion que ce traité commence. (*l*)

EROPE.

L'intérêt de ma vie est peu cher à mes yeux.
Peut-être il en est un plus grand, plus précieux !
Allez, digne soutien de nos tristes contrées,
Que ma seule infortune au meurtre avait livrées.
Je voudrais seconder vos augustes desseins :
J'admire vos vertus ; je cède à mes destins.
Puissé-je mériter la pitié courageuse
Que garde encor pour moi cette ame généreuse !
La reine a jusqu'ici consolé mon malheur....
Elle n'en connaît pas l'horrible profondeur.

POLEMON.

Je retourne auprès d'elle ; et pour grâce dernière
Je vous conjure encor d'écouter sa prière.

SCENE IV.

EROPE, MEGARE.

MEGARE.

Vous le voyez, Atrée eft terrible et jaloux ;
Ne vous expofez point à fon jufte courroux.

EROPE.

Que prétends-tu de moi ? Tu connais fon injure ;
Je ne puis à ma faute ajouter le parjure.
Tout le courroux d'Atrée, armé de fon pouvoir,
L'amour même en un mot (s'il pouvait en avoir)
Ne me réduira point jufques à la faibleffe
De flatter, de tromper fa fatale tendreffe. (m)
Je fus coupable affez fans encor m'avilir.

MEGARE.

Il va bientôt paraître.

EROPE.

Ah ! tu me fais mourir.

MEGARE.

L'abyme eft fous vos pas.

EROPE.

Je le fais ; mais n'importe.
Je connais mon danger ; la vérité l'emporte.

MEGARE.

Madame, le voici.

EROPE.

Je commence à trembler :
Quoi ! c'eft Atrée ! ô Ciel ! et j'ofe lui parler.

SCENE V.

EROPE, MEGARE, ATRÉE, Gardes.

ATRÉE *fait signe à ses gardes et à Mégare de se retirer.*

LAISSEZ-NOUS. Je la vois interdite, éperdue :
D'un époux qu'elle craint elle éloigne sa vue.

EROPE.

La lumière à mes yeux semble se dérober. . . .
Seigneur, votre victime à vos pieds vient tomber.
Levez le fer, frappez : une plainte offensante
Ne s'échappera point de ma bouche expirante.
Je sais trop que sur moi vous avez tous les droits,
Ceux d'un époux, d'un maître et des plus saintes lois :
Je les ai tous trahis. Et quoique votre frère
Opprimât de ses feux l'esclave involontaire,
Quoique la violence ait ordonné mon sort,
L'objet de tant d'affronts a mérité la mort.
Eteignez sous vos pieds ce flambeau de la haine,
Dont la flamme embrasait l'Argolide et Mycène ;
Et puissent sous ma cendre, après tant de fureurs,
Deux frères réunis oublier leurs malheurs !

ATRÉE.

Levez-vous : je rougis de vous revoir encore,
Je frémis de parler à qui me déshonore.
Entre mon frère et moi vous n'avez point d'époux ;
Qu'attendez-vous d'Atrée, et que méritez-vous ?

EROPE.

Je ne veux rien pour moi.

ATRÉE.

Si ma juſte vengeance
De Thyeſte et de vous eût égalé l'offenſe,
Les pervers auraient vu comme je fais punir,
J'aurais épouvanté les ſiècles à venir.
Mais quelque ſentiment, quelque ſoin qui me preſſe,
Vous pourriez déſarmer cette main vengereſſe ;
Vous pourriez des replis de mon cœur ulcéré
Ecarter les ſerpens dont il eſt dévoré,
Dans ce cœur malheureux obtenir votre grâce,
Y retrouver encor votre première place,
Et me venger d'un frère en revenant à moi.
Pouvez-vous, oſez-vous me rendre votre foi ?
Voici le temple même où vous fûtes ravie,
L'autel qui fut ſouillé de tant de perfidie,
Où le flambeau d'hymen fut par vous allumé,
Où nos mains ſe joignaient.... où je crus être aimé :
Du moins vous étiez prête à former les promeſſes
Qui nous garantiſſaient les plus ſaintes tendreſſe.
Jurez-y maintenant d'expier ſes forfaits,
Et de haïr Thyeſte autant que je le hais.
Si vous me refuſez, vous êtes ſa complice ;
A tous deux, en un mot, venez rendre juſtice.
Je pardonne à ce prix : répondez-moi.

EROPE.

Seigneur,

C'eſt vous qui me forcez à vous ouvrir mon cœur.
La mort que j'attendais était bien moins cruelle
Que le fatal ſecret qu'il faut que je révèle.

Je n'examine point fi les dieux offenfés
Scellèrent mes fermens à peine commencés.
J'étais à vous, fans doute, et mon père Euriſthée
M'entraîna vers l'autel où je fus préfentée.
Sans feinte et fans deſſeins, foumife à fon pouvoir,
Je me livrais entière aux lois de mon devoir.
Votre frère enivré de fa fureur jaloufe,
A vous, à ma famille arracha votre époufe ;
Et bientôt Euriſthée en terminant fes jours,
Aux mains qui me gardaient me laiſſa fans fecours.
Je reſtai fans parens. Je vis que votre gloire
De votre fouvenir banniſſait ma mémoire ;
Que difputant un trône, et prompt à vous armer,
Vous haïſſiez un frère, et ne pouviez m'aimer....

ATRÉE.

Je ne le devais pas.... je vous aimai peut-être.
Mais.... Achevez, Erope ; abjurez-vous un traître ?
Aux pieds des immortels remife entre mes bras,
M'apportez-vous un cœur qu'il ne mérite pas ?

EROPE.

Je ne faurais tromper ; je ne dois plus me taire.
Mon deſtin pour jamais me livre à votre frère :
Thyeſte eſt mon époux.

ATRÉE.

Lui !

EROPE.

Les dieux ennemis
Eternifent ma faute en me donnant un fils.
Vous allez vous venger de cette criminelle :
Mais que le châtiment ne tombe que fur elle ;
Que ce fils innocent ne foit poiṅt condamné.
Conçu dans les forfaits, malheureux d'être né,

La mort entoure encor son enfance première ;
Il n'a vu que le crime en ouvrant la paupière.
Mais il eft après tout le sang de vos aïeux ;
Il eft, ainsi que vous, de la race des dieux :
Seigneur, avec son père on vous réconcilie ;
De mon fils au berceau n'attaquez point la vie :
Il suffit de la mère à votre inimitié.
J'ai demandé la mort, et non votre pitié.

A T R É E.

Raffurez-vous .... le doute était mon seul supplice....
Je crains peu qu'on m'éclaire.... et je me rends justice....
Mon frère en tout l'emporte.... il m'enlève aujourd'hui
Et la moitié d'un trône et vous-même avec lui....
De Mycène et d'Erope il eft enfin le maître.
Dans sa postérité je le verrai renaître....
Il faut bien me soumettre à la fatalité
Qui confirme ma perte et sa félicité.
Je ne puis m'oppofer au nœud qui vous enchaîne,
Je ne puis lui ravir Erope ni Mycène.
Aux ordres du deftin je sais me conformer....
Mon cœur n'était pas fait pour la honte d'aimer....
Ne vous figurez pas qu'une vaine tendreffe
Deux fois pour une femme enfanglante la Gréce.
Je reconnais son fils pour son seul héritier....
Satisfait de vous perdre et de vous oublier,
Je veux à mon rival vous rendre ici moi-même....
Vous tremblez.

E R O P E.

Ah ! Seigneur, ce changement extrême,
Ce paffage inoui du courroux aux bontés,
Ont saisi mes efprits que vous épouvantez.

A T R É E.

Ne vous alarmez point ; le ciel parle, et je cède.
Que pourrais-je oppofer à des maux fans remède ?
Après tout, c'eft mon frère.... et fon front couronné
A la fille des rois peut être deftiné....
Vous auriez dû plutôt m'apprendre fa victoire,
Et de vous pardonner me préparer la gloire....
Cet enfant de Thyefte eft fans doute en ces lieux?

E R O P E.

Mon fils.... eft loin de moi.... fous la garde des dieux.

A T R É E.

Quelque lieu qui l'enferme, il fera fous la mienne.

E R O P E.

Sa mère doit, Seigneur, le conduire à Mycène.

A T R É E.

A fes parens, à vous, les chemins font ouverts ;
Je ne regrette rien de tout ce que je perds ;
La paix avec mon frère en eft plus affurée.
Allez....

E R O P E, *en partant.*

Dieux ! s'il eft vrai.... mais dois-je croire Atrée ?

S C E N E V I.

A T R É E *feul.*

ENFIN, de leurs complots j'ai connu la noirceur.
La perfide, elle aimait fon lâche raviffeur.
Elle me fuit, m'abhorre, elle eft toute à Thyefte :
Du faint nom de l'hymen ils ont voilé l'incefte ;
Ils jouiffent en paix du fils qui leur eft né ;
Le vil enfant du crime au trône eft deftiné.

Tu

Tu ne goûteras pas, race impure et coupable,
Les fruits des attentats dont l'opprobre m'accable.
Par quel enchantement, par quel prestige affreux,
Tous les cœurs contre moi se déclaraient pour eux !
Polémon réprouvait l'excès de ma colère ;
Une pitié crédule avait séduit ma mère ;
On flattait leurs amours, on plaignait leurs douleurs ;
On était attendri de leurs perfides pleurs ;
Tout Argos favorable à leurs lâches tendresses
Pardonne à des forfaits qu'il appelle faiblesses.
Et je suis la victime et la fable à la fois
D'un peuple qui méprise et les mœurs et les lois.
Vous en allez frémir, Gréce légère et vaine,
Détestable Thyeste, insolente Mycène.
Soleil qui vois ce crime et toute ma fureur,
Tu ne verras bientôt ces lieux qu'avec horreur. (n)
Le voilà, cet enfant, ce rejeton du crime....
Je te tiens : les enfers m'ont livré ma victime ;
Je tiens ce glaive affreux sous qui tomba Pélops.
Il te frappe, il t'égorge, il t'étale en lambeaux,
Il fait rentrer ton sang au gré de ma furie
Dans le coupable sang qui t'a donné la vie.
Le festin de Tantale est préparé pour eux,
Les poisons de Médée en font les mets affreux.
Tout tombe autour de moi par cent morts différentes.
Je me plais aux accens de leurs voix expirantes ;
Je savoure le sang dont j'étais affamé.
Thyeste, Erope, ingrats ! tremblez d'avoir aimé.

I D A S, *accourant à lui.*

Seigneur, qu'ai-je entendu ? quels discours effroyables !
Que vous m'épouvantez par ces cris lamentables !

ATRÉE.

Tu vois l'abyme affreux où le fort m'a conduit....
Mon injure m'accable, et ma raifon me fuit.
Des fantômes fanglans ont rempli ma penfée,
Des cris font échappés de ma bouche oppreffée....
Mon efprit égaré par l'excès des tourmens
S'étonne du pouvoir qu'ont ufurpé mes fens....
Tu me rends à moi-même.... Enfin je me retrouve.
Pardonne à des fureurs qu'avec toi je réprouve.
Je les repouffe en vain.... ce cœur défefpéré
Eft trop plein des ferpens dont il eft dévoré.

IDAS.

Rendez quelque repos à votre ame égarée.

ATRÉE.

Enfers qui m'appelez, en eft-il pour Atrée?

Fin du quatrième acte.

ACTE V.

SCENE PREMIERE.

EROPE, THYESTE, MEGARE.

THYESTE à *Erope*.

JE ne puis vous blâmer de cet aveu sincère,
Injurieux, terrible, et pourtant nécessaire.
Il a réduit Atrée à ne plus réclamer
Un hymen que le ciel ne saurait confirmer.

EROPE.

Ah! j'aurais dû plutôt expirer et me taire.

THYESTE.

Quoi! je vous vois sans cesse à vous-même contraire?

EROPE.

Je frémis d'avoir dit la dure vérité.

THYESTE.

Il doit sentir au moins quelle fatalité
Dispose en tous les temps du sang des Pélopides.
Il voit qu'après un an de troubles, d'homicides,
Après tant d'attentats, triste fruit des amours,
Un éternel oubli doit terminer leur cours.
Nous ne pouvons enfin retourner en arrière;
Il ne peut renverser l'éternelle barrière
Que notre hymen élève entre nous deux et lui.
Mes destins ont vaincu; je triomphe aujourd'hui.

P 2

EROPE.

Quel triomphe! Etes-vous hors de fa dépendance?
Votre frère avec vous eft-il d'intelligence?
Atrée en me parlant s'eft-il bien expliqué?
Dans fes regards affreux n'ai-je pas remarqué
L'égarement du trouble et de l'inquiétude?
Polémon de fon ame a long-temps fait l'étude;
Il femble être peu sûr de fa fincérité.

THYESTE.

N'importe, il faut qu'il cède à la néceffité.
C'était le feul moyen (du moins j'ofe le croire)
Qui de nous trois enfin pût réparer la gloire.

EROPE.

Il eft maître d'Argos.; nous fommes dans fes mains.

THYESTE.

Dans l'afile où je fuis les dieux font fouverains. (*p*)

EROPE.

Eh, qui nous répondra que ces dieux nous protégent?
Peut-être en ce moment les périls nous affiégent.

THYESTE.

Quels périls? entre nous le peuple eft partagé,
Et même autour du temple il eft déjà rangé.
Mes amis raffemblés arrivent de Mycène,
Ils viennent adorer et défendre leur reine;
Mais il n'eft pas befoin de ce nouveau fecours:
Le ciel avec la paix veille ici fur vos jours;
La reine et Polémon, dans ce temple tranquille,
Impofent le refpect qu'on doit à cet afile.

EROPE.

Vous-même, en m'enlevant, l'avez-vous refpecté?

THYESTE.

Ah! ne corrompez point tant de félicité.
Pour la première fois la douceur en eft pure.

SCENE II.

HIPPODAMIE, EROPE, THYESTE,
POLEMON, MEGARE.

HIPPODAMIE.

Enfin donc déformais tout cède à la nature.
Banniffez, Polémon, ces foupçons recherchés,
A vos confeils prudens quelquefois reprochés.
Vous venez avec moi d'entendre les promeffes
Dont mon fils ranimait ma joie et mes tendreffes.
Pourquoi tromperait-il par tant de fauffeté
L'efpoir qu'il vient de rendre au fein qui l'a porté?
Il cède à vos confeils, il pardonne à fon frère,
Il approuve un hymen devenu néceffaire;
Il y confent du moins : la première des lois,
L'intérêt de l'Etat lui parle à haute voix.
Il n'écoute plus qu'elle; et s'il voit avec peine
Dans ce fatal enfant l'héritier de Mycène,
Confolé par le trône où les dieux l'ont placé,
A la publique paix lui-même intéreffé,
Lié par fes fermens, oubliant fon injure,
Docile à vos leçons, mon fils n'eft point parjure.

P 3

POLEMON.

Reine, je ne veux point, dans mes soins défians,
Jeter fur fes deffeins des yeux trop prévoyans.
Mon cœur vous eft connu; vous favez s'il fouhaite
Que cette heureufe paix ne foit point imparfaite.

HIPPODAMIE.

La coupe de Tantale en eft l'heureux garant.
Nous l'attendons ici ; c'eft de moi qu'il la prend ;
Il doit me l'apporter. Il doit avec fon frère
Prononcer après moi ce ferment néceffaire.

(*à Erope et à Thyefte.*)

C'eft trop fe défier : goûtez entre mes bras
Un bonheur, mes enfans, que nous n'attendions pas.
Vous êtes arrivés par une route affreufe
Au but que vous marquait cette fin trop heureufe.
Sans outrager l'hymen vous me donnez un fils ;
Il a fait nos malheurs, mais il les a finis ;
Et je puis à la fin , fans rougir de ma joie,
Remercier le ciel de ce don qu'il m'envoie.
Si vos terreurs encor vous laiffent des foupçons,
Confiez-moi ce fils, Erope, et j'en réponds.

THYESTE.

Eh bien, s'il eft ainfi, Thyefte et votre fille
Vont remettre en vos mains l'efpoir de leur famille.
Vous, ma mère, et les dieux, vous ferez fon appui,
Jufqu'à l'heureux moment où je pars avec lui.

EROPE.

De mes triftes frayeurs à la fin délivrée,
Je me confie en tout à la mère d'Atrée.
Cours, Mégare.

MEGARE.

Ah ! Princeſſe, à quoi m'obligez-vous !

EROPE.

Va, dis-je, ne crains rien…. Sur vos ſacrés genoux,
En préſence des dieux, je mettrai ſans alarmes
Ce dépôt précieux arroſé de mes larmes.

THYESTE.

C'eſt vous qui l'adoptez et qui m'en répondez.

HIPPODAMIE.

Oui, j'en réponds.

THYESTE.

Voyez ce que vous haſardez.

POLEMON.

Je veillerai ſur lui.

EROPE.

Soyez ſa protectrice :
Ma mère, s'il eſt né ſous un cruel auſpice,
Corrigez de ſon ſort le ſiniſtre aſcendant.

HIPPODAMIE.

On m'ôtera le jour avant que cet enfant….
Vous ſavez, belle Erope, en tous les temps trop chère,
Si le ciel m'a donné des entrailles de mère.

P 4

SCENE III.

HIPPODAMIE, EROPE, THYESTE, IDAS,
POLEMON.

IDAS.

REINES, on vous attend. Atrée eſt à l'autel.

EROPE.

Atrée ?

IDAS.

Il doit lui-même, en ce jour ſolennel,
Commencer ſous vos yeux ces heureux ſacrifices,
Immoler la victime, en offrir les prémices ;

(à Erope.)

Les goûter avec vous, tandis que dans ces lieux,
Pour confirmer la paix jurée au nom des dieux,
Je dois faire apporter la coupe de ſes pères,
Ce gage auguſte et ſaint de vos ſermens ſincères.
C'eſt à Thyeſte, à vous, de venir commencer
La fête qu'il ordonne et qu'il fait annoncer.

THYESTE.

Mais il pouvait lui-même ici nous en inſtruire,
Venir prendre ſa mère, à l'autel nous conduire.
Il le devait.

IDAS.

Au temple, un devoir plus preſſé
De ces devoirs communs, Seigneur, l'a diſpenſé.
Vous ſavez que les dieux ſont aux rois plus propices,
Quand de leurs propres mains ils font les ſacrifices.

Les rois des Argiens de ce droit font jaloux.

THYESTE.

Allons donc, chère Erope.... A côté d'un époux
Suivez, fans vous troubler, une mère adorée.
Je ne puis craindre ici l'inimitié d'Atrée ;
Engagé trop avant, il ne peut reculer.

EROPE.

Pardonne, cher époux, fi tu me vois trembler.

HIPPODAMIE.

Venez, ne tardons plus.... Le fang des Pélopides
Dans ce jour fortuné n'aura point de perfides. (*p*)

IDAS.

Non, Madame ; au courroux dont il fut poffédé
Par degrés à mes yeux le calme a fuccédé.
La paix eft dans le cœur du redoutable Atrée :
Lui-même il veut remplir cette coupe facrée
Que les prêtres des dieux porteront à l'autel
Où vous prononcerez le ferment folennel.

POLEMON.

Achevons notre ouvrage ; entrons, la porte s'ouvre,
De ce faint appareil la pompe fe découvre. (*)
Enfin je vois Atrée : il avance à pas lents,
Interdit, égaré....

(*) Ici on apporte l'autel avec la coupe. La reine, *Erope* et *Thyefte*
fe mettent à un des côtés ; *Polémon* et *Idas* , en la faluant, fe placent de
l'autre ; on place la coupe fur la table. On voit venir de loin *Atrée*, qui
s'arrête à l'entrée de la fcène.

SCENE IV *et dernière.*

Tous les Perfonnages précédens ; ATRÉE *dans le fond.*

HIPPODAMIE.

Ecoutez nos fermens.
Dieux qui rendez enfin dans ce jour falutaire
Les peuples à leurs rois, les enfans à leur mère,
Si du trône des cieux vous ne dédaignez pas
D'honorer d'un coup d'œil les rois et les Etats,
Prodiguez vos faveurs à la vertu du jufte.
Si le crime eft ici, que cette coupe augufte
En lave la fouillure, et demeure à jamais
Un monument facré de vos nouveaux bienfaits.

(*à Atrée.*)

Approchez-vous, mon fils. D'où naît cette contrainte,
Et quelle horreur nouvelle en vos regards eft peinte?

ATRÉE.

Peut-être un peu de trouble a pu renaître en moi,
En voyant que mon frère a foupçonné ma foi.

HIPPODAMIE.

Ah! banniffez, mes fils, ces foupçons téméraires,
Honteux entre des rois, cruels entre des frères.
Tout doit être oublié; la plainte aigrit les cœurs,
Et de ce jour heureux corromprait les douceurs;

Dans nos embraſſemens qu'enfin tout ſe répare.
(à Polémon.)
Donnez-moi cette coupe.

                MEGARE, accourant.

                    Arrêtez!

                E R O P E.

                        Ah! Mégare,
Tu reviens ſans mon fils!

            MEGARE, ſe plaçant près d'Erope.

                    De farouches ſoldats
Ont ſaiſi cet enfant dans mes débiles bras....

                E R O P E.

On m'arrache mon ſang!

                M E G A R E.

                    Interdite et tremblante,
Les dieux que j'atteſtais m'ont laiſſée expirante.
Craignez tout.

                E R O P E.

        Ah! courons....

                T H Y E S T E.

                    Volons, ſauvons mon fils....

            A T R É E, toujours dans l'enfoncement.

Du crime de ſa vie enfin reçois le prix.
        (on frappe Erope derrière la ſcène.)

                E R O P E.

Je meurs!

                A T R É E.

        Tombe avec elle, exécrable Thyeſte,
Suis ton infame épouſe, et l'enfant de l'inceſte.

Je n'ai pu t'abreuver de ce fang criminel,
Mais tu le rejoindras.

    T H Y E S T E, *derrière la fcène.*

      Dieux! c'eft à votre autel.....
Mais je l'avais fouillé.

     H I P P O D A M I E.

      Fureurs de la vengeance!
Ciel qui la réfervais! implacable Puiffance!
Monftre que j'ai nourri, monftre de cruauté,
Achève, ouvre ce fein, ces flancs qui t'ont porté.

  (on entend le tonnerre, et les ténèbres couvrent la terre.)

   A T R É E, *appuyé contre une colonne pendant que le*
       tonnerre gronde.

Deftin, tu l'as voulu! c'eft d'abyme en abyme
Que tu conduis Atrée à ce comble du crime....
La foudre m'environne, et le foleil me fuit!
L'enfer s'ouvre!... je tombe en l'éternelle nuit.
Tantale, pour ton fils tu viens me reconnaître,
Et mes derniers neveux m'égaleront peut-être.

   Fin du cinquième et dernier acte.

VARIANTES

DES PELOPIDES.

EROPE.

(a) Peut-etre un fort plus trifte empoifonne ma vie.
Les monftres déchaînés de l'empire des morts
Sont moins cruels pour moi que l'horreur des remords.

(b) Réparer vos erreurs, et vaincre fon courroux.

(c)   THYESTE.
Epoufe infortunée, et malheureufe mère !
Mais nul ne peut forcer fa prifon volontaire :
De cet afile faint rien ne peut la tirer.

(d) Que je réfifte ou non, c'en eft fait, tout me perd.
Auteur de tant de maux, pourquoi m'as-tu féduite ?

(e) Je me fuis trop fans doute accufé devant elle.
Ce n'eft pas vous du moins qui fûtes criminelle :
A mon fier ennemi j'enlevai vos appas.
Les dieux n'avaient point mis Erope entre fes bras.
J'éteignis les flambeaux de cette horrible fête :
Malgré vous, en un mot, vous fûtes ma conquête :
Je fus le feul coupable, et je ne le fuis plus.
Votre cœur alarmé, vos vœux irréfolus
M'ont affez reproché ma flamme et mon audace ;
A mon empreffement le ciel même a fait grâce.

(f) A ce trouble éternel qui fuit le diadème.

(g) On condamne fon crime ; il le doit expier ;
Et vous, s'il fe repent, vous devez l'oublier.

(h) Mon cœur peut fe tromper ; mais dans Hippodamie
Je crains de rencontrer ma fecrète ennemie.
Polémon n'eft qu'un traître, et fon ambition
Peut-être de Thyefte armait la faction.

I D A S.

Tel eſt ſouvent des cours le manége perfide ;
La vérité les fuit, l'impoſture y réſide :
Tout eſt parti, cabale, injure ou trahiſon ;
Vous voyez la diſcorde y verſer ſon poiſon.
Mais que craindriez-vous d'un parti ſans puiſſance ?
Tout n'eſt-il pas ſoumis à votre obéiſſance ?
Ce peuple ſous vos lois ne s'eſt-il pas rangé ?
Vous êtes maître ici.

A T R É E.

Je n'y ſuis pas vengé.
J'y ſuis en proie, Idas, à d'étranges ſupplices.

. . . .

(i) Non, ma fatale épouſe, entre mes bras ravie,
De ſa place en mon cœur ſera du moins bannie.

I D A S.

A vos pieds, dans ce temple, elle doit ſe jeter ;
Hippodamie enfin doit vous la préſenter.

A T R É E.

Pour Erope, il eſt vrai, j'aurais pu ſans faibleſſe
Garder le ſouvenir d'un reſte de tendreſſe ;
Mais, pour éteindre enfin tant de reſſentimens,
Cette mère qui m'aime a tardé bien long-temps.
Erope n'a point part au crime de mon frère.

(k) Fin du troiſième acte, dans l'édition de 1775.

S C E N E I V.

H I P P O D A M I E, A T R É E, I D A S.

H I P P O D A M I E.

Vous revoyez, mon fils, une mère affligée,
Qui, toujours trop ſenſible et toujours outragée,
Revient vous dire enfin, du pied des ſaints autels,
Au nom d'Erope, au ſien, des adieux éternels.
La malheureuſe Erope a déſuni deux frères,
Elle alluma les feux de ces funeſtes guerres.

Source de tous les maux, elle fuit tous les yeux :
Ses jours infortunés font confacrés aux dieux.
Sa douleur nous trompait ; fes fecrets facrifices
De celui qu'elle fait n'étaient que les prémices.
Libre au fond de ce temple, et loin de fes amans,
Sa bouche a prononcé fes éternels fermens.
Elle ne dépendra que du pouvoir célefte.
Des murs du fanctuaire elle écarte Thyefte ;
Son criminel afpect eût fouillé ce féjour
Qu'il parte pour Mycène avant la fin du jour !
Vivez, régnez heureux.... Ma carrière eft remplie :
Dans ce tombeau facré je refte enfevelie.
Je devais cet exemple, au lieu de l'imiter....
Tout ce que je demande, avant de vous quitter,
C'eft de vous voir figner cette paix néceffaire,
D'une main qu'à mes yeux conduife un cœur fincère.
Vous n'avez point encore accompli ce devoir.
Nous allons pour jamais renoncer à nous voir.
Séparons-nous tous trois, fans que d'un feul murmure
Nous faffions un moment foupirer la nature.

ATRÉE.

A cet affront nouveau je ne m'attendais pas.
Ma femme ofe en ces lieux s'arracher à mes bras !
Vos autels, je l'avoue, ont de grands priviléges !
Thyefte les fouilla de fes mains faciléges....
Mais de quel droit Erope ofe-t-elle y porter
Ce téméraire vœu qu'ils doivent rejeter ?
Par des vœux plus facrés elle me fut unie :
Voulez-vous que deux fois elle me foit ravie,
Tantôt par un perfide, et tantôt par les dieux ?
Ces vœux fi mal conçus, ces fermens odieux,
Au roi comme à l'époux font un trop grand outrage.
Vous pouvez accomplir le vœu qui vous engage.
Ces lieux faits pour votre âge, au repos confacrés,
Habités par ma mère en feront honorés.
Mais Erope eft coupable en fuivant votre exemple.
Erope m'appartient, et non pas à ce temple.
Ces dieux, ces mêmes dieux qui m'ont donné fa foi,
Lui commandent furtout de n'obéir qu'à moi.

Eft-ce donc Polémon , ou mon frère , ou vous-même ,
Qui penfez la fouftraire à mon pouvoir fuprême ?
Vous êtes-vous tous trois en fecret accordés
Pour détruire une paix que vous me demandez ?
Qu'on rende mon époufe au maître qu'elle offenfe ;
Et fi l'on me trahit, qu'on craigne ma vengeance.

HIPPODAMIE.

Vous interprétez mal une jufte pitié
Que donnait à fes maux ma ftérile amitié.
Votre mère pour vous , du fond de ces retraites,
Forma toujours des vœux , tout cruel que vous êtes.
Entre Thyefte et vous, Erope fans fecours
N'avait plus que le ciel.... il était fon recours.
Mais puifque vous daignez la recevoir encore,
Puifque vous lui rendez cette main qui l'honore ,
Et qu'enfin fon époux daigne lui rapporter
Un cœur dont fes appas n'osèrent fe flatter,
Elle doit en effet chérir votre clémence :
Je puis me plaindre à vous, mais fon bonheur commence.
Cette augufte retraite , afile des douleurs ,
Où votre trifte époufe aurait caché fes pleurs ,
Convenable à moi feule, à mon fort, à mon âge ,
Doit s'ouvrir pour la rendre à l'hymen qui l'engage.
Vous l'aimez, c'eft affez. Sur moi, fur Polémon,
Vous conceviez, mon fils, un injufte foupçon.
Quels amis trouvera ce cœur dur et févère,
Si vous vous défiez de l'amour d'une mère ?

ATRÉE.

Vous rendez quelque calme à mes efprits troublés.
Vous m'ôtez un fardeau dont mes fens accablés
N'auraient point foutenu le poids infupportable.
Oui, j'aime encore Erope ; elle n'eft point coupable.
Oubliez mon courroux ; c'eft à vous que je doi
Le jour plus épuré qui va luire pour moi.
Puifque Erope en ce temple, à fon devoir fidelle,
A fui d'un raviffeur l'audace criminelle ,
Je peux lui pardonner ; mais qu'en ce même jour
De fon fatal afpect il purge ce féjour.

Je

Je vais preſſer la fête, et je la crois heureuſe:
Si l'on m'avait trompé.....je la rendrais affreuſe.

HIPPODAMIE à *Idas*.

Idas, il vous conſulte; allez, et confirmez
Ces juſtes ſentimens dans ſes eſprits calmés.

SCENE V.

HIPPODAMIE *ſeule.*

Dısparaıssez enfin, redoutables préſages,
Preſſentimens d'horreur, effrayantes images,
Qui pourſuiviez par-tout mon eſprit incertain.
La race de Tantale a vaincu ſon deſtin;
Elle en a détourné la terrible influence.

SCENE VI.

HIPPODAMIE, EROPE.

HIPPODAMIE.

Enfin, votre bonheur paſſe votre eſpérance.
Ne penſez plus, ma fille, aux funèbres apprêts
Qui dans ce ſombre aſile enterraient vos attraits.
Laiſſez-là ces bandeaux, ces voiles de triſteſſe,
Dont j'ai vu friſſonner votre faible jeuneſſe.
Il n'eſt ici de rang ni de place pour vous
Que le trône d'un maître et le lit d'un époux.
Dans tous vos droits, ma fille, heureuſement rentrée,
Argos chérit dans vous la compagne d'Atrée.
Ne montrez à ſes yeux que des yeux ſatisfaits;
D'un pas plus aſſuré marchez vers le palais;
Sur un front plus ſerein poſez le diadème:
Atrée eſt rigoureux, violent, mais il aime.
Ma fille, il faut régner.

Théâtre. Tome VI.   Q

E R O P E.

Je fuis perdue.... ah, Dieux!

H I P P O D A M I E.

Qu'entends-je, et quel nuage a couvert vos beaux yeux?
N'éprouverai-je ici qu'un éternel paffage
De l'efpoir à la crainte, et du calme à l'orage?

E R O P E.

Ma mère!... j'ofe encore ainfi vous appeler,
Et de trône et d'hymen ceffez de me parler,
Ils ne font point pour moi.... je vous en ferai juge.
Vous m'arrachez, Madame, à l'unique refuge
Où je dus fuir Atrée, et Thyefte, et mon cœur.
Vous me rendez au jour, le jour m'eft en horreur.
Un dieu cruel, un dieu me fuit et nous raffemble,
Vous, vos enfans et moi, pour nous frapper enfemble.
Ne me confolez plus; craignez de partager
Le fort qui me menace, en voulant le changer....
C'en eft fait.

H I P P O D A M I E.

Je me perds dans votre deftinée;
Mais on ne verra point Erope abandonnée
D'une mère en tout temps prête à vous confoler.

E R O P E.

Ah! qui protégez-vous?

H I P P O D A M I E.

Où voulez-vous aller?

Je vous fuis.

E R O P E.

Que de foins pour une criminelle!

H I P P O D A M I E.

Le fût-elle en effet, je ferai tout pour elle.

(1) Après ce vers, *Polémon* ajoutait dans l'édition de 1775:

Vous me voyez chargé des intérêts d'Argos,
De la gloire d'Atrée et de votre repos.
Tandis qu'Hippodamie, avec perfévérance,
Adoucit de fon fils la fombre violence;
Que Thyefte abandonne un féjour dangereux,
Il deviendrait bientôt fatal à tous les deux.

Vous devez fur ce prince avoir quelque puiſſance :
Le falut de vos jours dépend de fon abſence.

(m) N'obtiendront pas de moi que je trompe mon maître :
Le fort en eſt jeté.

MEGARE.

Princeſſe, il va paraître ;
Vous n'avez qu'un moment.

EROPE.

Ce mot me fait trembler.

MEGARE.

L'abyme eſt fous vos pas.

EROPE.

N'importe, il faut parler.

MEGARE.

Le voici.

SCENE V.

EROPE, MEGARE, ATRÉE, Gardes.

ATRÉE, après avoir fait figne à fes gardes et à Mégare de fe retirer.

JE la vois interdite, éperdue, &c.

(n) Fin du quatrième acte, dans l'édition de 1775.

Ceſſez, filles du Styx, ceſſez, troupe infernale,
D'épouvanter les yeux de mon aïeul Tantale :
Sur Thyeſte et fur moi venez vous acharner.
Paraiſſez, Dieux vengeurs, je vais vous étonner.

Q 2

S C E N E   V I I.

A T R É E,   P O L E M O N,   I D A S.

A T R É E.

IDAS, exécutez ce que je vais prefcrire.
Polémon, c'en eft fait, tout ce que je puis dire,
C'eft que j'aurai l'orgueil de ne plus difputer
Un cœur dont la conquête a dû peu me flatter.
La paix eft préférable à l'amour d'une femme ;
Ainfi qu'à mes Etats je la rends à mon ame.
Vous pouvez à mon frère annoncer mes bienfaits. . . .
Si vous les approuvez, mes vœux font fatisfaits.

P O L E M O N.

Puiffe un pareil deffein, que je conçois à peine,
N'être point en effet infpiré par la haine !

A T R É E, *en fortant.*

Craignez-vous pour mon frère ?

P O L E M O N.

                 Oui, je crains pour tous deux.
Seconde-moi, nature, éveille-toi dans eux.
Que de ton feu facré quelque faible étincelle
Rallume de ta cendre une flamme nouvelle.
Du bonheur de l'Etat fois l'augufte lien.
Nature, tu peux tout, les confeils ne font rien.

(o)   E R O P E.

Il eft maître en ces lieux, nous fommes dans fes mains.

T H Y E S T E.

Les Dieux nos protecteurs y font feuls fouverains.

(p) Voici les dernières fcènes du cinquième acte, telles
qu'elles ont été imprimées jufqu'ici.

SCENE IV.

POLEMON, IDAS.

IDAS.

Vous ne les fuivez pas ?

POLEMON.

Non, je refte en ces lieux ;
Et ces libations qu'on y va faire aux dieux ,
Ces apprêts, ces fermens me tiennent en contrainte.
Je vois trop de foldats entourer cette enceinte ;
Vous devez y veiller : je dois compte au Sénat
Des fuites de la paix qu'il donne à cet Etat.
Ayez foin d'empêcher que tous ces fatellites
De nos parvis facrés ne paffent les limites.
Que font-ils en ces lieux ?... Et vous, répondez-moi ,
Vous aimez la vertu, même en flattant le roi ;
Vous ne voudriez pas de la moindre injuftice,
Fût-ce pour le fervir, vous rendre le complice ?

IDAS.

C'eft m'outrager , Seigneur, que me le demander.

POLEMON.

Mais il règne ; on l'outrage ; il peut vous commander
Ces actes de rigueur, ces effets de vengeance
Qui ne trouvent fouvent que trop d'obéiffance.

IDAS.

Il n'oferait ; fachez , s'il a de tels deffeins ,
Qu'il ne les confira qu'aux plus vils des humains.
Ofez-vous accufer le roi d'être parjure ?

POLEMON.

Il a diffimulé l'excès de fon injure :
Il garde un froid filence ; et depuis qu'il eft roi,
Ce cœur que j'ai formé s'eft éloigné de moi.
La vengeance en tout temps a fouillé ma patrie :
La race de Pélops tient de la barbarie.

Q 3

Jamais prince en effet ne fut plus outragé.
Ne vous a-t-il pas dit qu'on le verrait vengé ?

IDAS.

Oui ; mais depuis, Seigneur, dans son ame ulcérée,
Ainsi que parmi nous, j'ai vu la paix rentrée.
A ce juste courroux dont il fut possédé,
Par degrés à mes yeux le calme a succédé.
Il est devant les dieux ; déjà des sacrifices,
Dans ce moment heureux, on goûte les prémices.
Sur la coupe sacrée on va jurer la paix
Que vos soins ont donnée à nos ardens souhaits.

POLEMON.

Achevons notre ouvrage ; entrons, la porte s'ouvre ;
De ce saint appareil la pompe se découvre. (a)
La reine avec Erope avance en ce parvis.
Au nom de nos deux rois à la fin réunis,
On apporte en ces lieux la coupe de Tantale ;
Puisse-t-elle à ses fils n'être jamais fatale !

SCENE V.

Tous les personnages précédens, ATRÉE dans le fond.

POLEMON.

JE vois venir Atrée ; et voici les momens
Où vous allez tous trois prononcer les fermens.
(Atrée se place derrière l'autel.).

HIPPODAMIE.

Vous les écouterez, Dieux souverains du monde,
Dieux ! auteurs de ma race en malheurs si féconde,
Vous les voulez finir ; et la religion
Forme enfin les saints nœuds de la réunion,

(a) Ici on apporte l'autel avec la coupe. La reine, *Erope* et *Thyeste*
se mettent à un des côtés. *Polémon* et *Idas*, en la saluant, se placent de
l'autre.

Qui rend, après des jours de fang et de misère,
Les peuples à leurs rois, les enfans à leur mère.
Si du trône des cieux vous ne dédaignez pas
D'honorer d'un coup d'œil les rois et les Etats,
Prodiguez vos faveurs à la vertu du jufte.
Si le crime eft ici, que cette coupe augufte
En lave la fouillure, et demeure à jamais
Un monument facré de vos nouveaux bienfaits.

(à *Atrée*.)

Approchez-vous, mon fils. D'où naît cette contrainte,
Et quelle horreur nouvelle en vos regards eft peinte !

A T R É E.

Peut-être un peu de trouble a pu renaître en moi,
En voyant que mon frère a foupçonné ma foi.
Des foldats de Micène il a mandé l'élite.

T H Y E S T E.

Je veux que mes fujets fe rangent à ma fuite ;
Je les veux pour témoins de mes fermens facrés,
Je les veux pour vengeurs, fi vous vous parjurez.

H I P P O D A M I E.

Ah ! banniffez, mes fils, ces foupçons téméraires,
Honteux entre des rois, cruels entre des frères.
Tout doit être oublié : la plainte aigrit les cœurs ;
Rien ne doit de ce jour altérer les douceurs :
Dans nos embraffemens qu'enfin tout fe répare.

(à *Polémon*.)

Donnez-moi cette coupe.

M E G A R E, *accourant*.
Arrêtez !

E R O P E.
Ah ! Mégare,
Tu reviens fans mon fils !

M E G A R E, *fe plaçant près d'Erope*.
De farouches foldats
Ont faifi cet enfant dans mes débiles bras.

E R O P E.
Quoi ! mon fils malheureux !

Q 4

MEGARE.

Interdite et tremblante,
Les dieux que j'atteſtais m'ont laiſſée expirante.
Craignez tout.

THYESTE.

Ah! mon frère, eſt-ce ainſi que ta foi
Se conſerve à nos dieux, à tes ſermens, à moi?...
Ta main tremble en touchant à la coupe ſacrée!...

ATRÉE.

Tremble encor plus, perfide, et reconnais Atrée,

EROPE.

Dieux! quels maux je reſſens! ô ma mère! ô mon fils!...
Je meurs!

(elle tombe dans les bras d'Hippodamie et de Thyeſte.)

POLEMON.

Affreux ſoupçons, vous êtes éclaircis.

ATRÉE.

Tu meurs, indigne Erope, et tu mourras, Thieſte.
Ton déteſtable fils eſt celui de l'inceſte;
Et ce vaſe contient le ſang du malheureux:
J'ai voulu de ce ſang vous abreuver tous deux.

(la nuit ſe répand ſur la ſcène, et on entend le tonnerre.)

ATRÉE tire ſon épée.

Ce poiſon m'a vengé; glaive, achève....

THYESTE.

Ah, barbare!
Tu mourras avant moi.... la foudre nous ſépare.
(les deux frères veulent courir l'un ſur l'autre, le poignard à la main;
Polémon et Idas les déſarment.)

ATRÉE.

Crains la foudre et mon bras; tombe, perfide, et meurs!

HIPPODAMIE.

Monſtres, ſur votre mère épuiſez vos fureurs:

Mon sein vous a portés, je suis la plus coupable.
(*elle embraffe Erope, et fe laiffe tomber auprès d'elle fur une banquette:*
les éclairs et le tonnerre redoublent.)

THYESTE.

Je ne puis t'arracher ta vie abominable :
Va, je finis la mienne.

(*il fe tue.*)

ATRÉE.

Attends, rival cruel....
Le jour fuit, l'enfer m'ouvre un fépulcre éternel ;
Je porterai ma haine au fond de ces abymes,
Nous y difputerons de malheurs et de crimes.
Le féjour des forfaits, le féjour des tourmens,
O Tantale ! ô mon père ! eft fait pour tes enfans.
Je fuis digne de toi, tu dois me reconnaître ;
Et mes derniers neveux m'égaleront peut-être.

Fin des Variantes.

N. O T E.

(1) Vers de Timoléon de M. de *la Harpe.*

Quel spectre menaçant se jette entre nous deux !
Est-ce toi, Nicéphore ? ombre terrible, arrête :

Irene acte 5. Sce. 4.

J.M. Moreau le J. inv.   1786.   Le Mire Sculp.

I R E N E,

T R A G E D I E.

Repréfentée , pour la première fois ,
le 16 mars 1778.

LETTRE

DE

M. DE VOLTAIRE

A L'ACADEMIE FRANÇAISE. 1778.

MESSIEURS,

Daignez recevoir le dernier hommage de ma voix mourante, avec les remercîmens tendres et refpectueux que je dois à vos extrêmes bontés.

Si votre compagnie fut néceffaire à la France par fon inftitution, dans un temps où nous n'avions aucun ouvrage de génie écrit d'un ftyle pur et noble, elle eft plus néceffaire que jamais dans la multitude des productions que fait naître aujourd'hui le goût généralement répandu de la littérature.

Il n'eft permis à aucun membre de l'académie de la Crufca, de prendre ce titre à la tête de fon livre, fi l'académie ne l'a déclaré écrit avec la pureté de la langue tofcane. Autrefois quand j'ofais cultiver, quoique faiblement, l'art des *Sophocles*, je confultais toujours M. l'abbé d'*Olivet*, notre confrère, qui, fans me nommer, vous propofait mes doutes; et lorfque je commentai le grand *Corneille*, j'envoyai toutes mes remarques à M. *Duclos*, qui vous les communiqua. Vous les examinâtes ; et cette édition de *Corneille* femble être aujourd'hui regardée comme un livre claffique pour les remarques que je n'ai données que fur votre décifion.

Je prends aujourd'hui la liberté de vous demander des leçons fur les fautes où je fuis tombé dans la tragédie d'Irène. Je n'en fais tirer quelques exemplaires que pour avoir l'honneur de vous confulter, et pour fuivre les avis de ceux d'entre vous qui voudront bien m'en donner. La vieilleffe paffe pour incorrigible, et moi, Meffieurs, je crois qu'on doit penfer à fe corriger à cent ans. On ne peut fe donner du génie à aucun âge, mais on peut réparer fes fautes à tout âge. Peut-être cette méthode eft la feule qui puiffe préferver la langue françaife de la corruption qui femble, dit-on, la menacer.

Racine, celui de nos poëtes qui approcha le plus de la perfection, ne donna jamais au public aucun ouvrage fans avoir écouté les confeils de *Boileau* et de *Patru* : auffi c'eft ce véritablement grand homme qui nous enfeigna, par fon exemple, l'art difficile de s'exprimer toujours naturellement, malgré la gêne prodigieufe de la rime ; de faire parler le cœur avec efprit fans la moindre ombre d'affectation ; d'employer toujours le mot propre fouvent inconnu au public étonné de l'entendre. *Invenit verba quibus deberent loqui*, dit fi bien *Pétrone :* il inventa l'art de s'exprimer.

Il mit dans la poëfie dramatique cette élégance, cette harmonie continue qui nous manquait abfolument, ce charme fecret et inexprimable, égal à celui

du quatrième livre de *Virgile*; cette douceur enchan-
tereſſe qui fait que quand vous liſez au haſard dix
ou douze vers d'une de ſes pièces, un attrait irré-
ſiſtible vous force de lire tout le reſte.

C'eſt lui qui a proſcrit chez tous les gens de goût,
et malheureuſement chez eux ſeuls, ces idées gigan-
teſques et vides de ſens, ces apoſtrophes continuelles
aux dieux, quand on ne ſait pas faire parler les
hommes; ces lieux communs d'une politique ridicu-
lement atroce, débités dans un ſtyle ſauvage; ces
épithètes fauſſes et inutiles; ces idées obſcures, plus
obſcurément rendues; ce ſtyle auſſi dur que négligé,
incorrect et barbare; enfin tout ce que j'ai vu applaudi
par un parterre compoſé alors de jeunes gens dont
le goût n'était pas encore formé.

Je ne parle pas de l'artifice imperceptible des
poëmes de *Racine*, de ſon grand art de conduire une
tragédie; de renouer l'intérêt par des moyens
délicats; de tirer un acte entier d'un ſeul ſentiment;
je ne parle que de l'art d'écrire. C'eſt ſur cet art ſi
néceſſaire, ſi facile aux yeux de l'ignorance, ſi difficile
au génie même, que le légiſlateur *Boileau* a donné
ce précepte,

Et que tout ce qu'il dit, facile à retenir,
De ſon ouvrage en vous laiſſe un long ſouvenir.

Voilà ce qui eſt arrivé toujours au ſeul *Racine*, depuis
Andromaque juſqu'au chef-d'œuvre d'Athalie. (*)

J'ai remarqué ailleurs que dans les livres de toute
eſpèce, dans les ſermons même, dans les oraiſons

(*) Voyez la note à la fin de cette lettre.

funèbres, les orateurs ont souvent employé les tours de phrase de cet élégant écrivain, ses expressions pittoresques, *verba quibus deberent loqui*. *Cheminais*, *Massillon* ont été célèbres, l'un pendant quelque temps, l'autre pour toujours, par l'imitation du style de *Racine*. Ils se servaient de ses armes pour combattre en public un genre de littérature dont ils étaient idolâtres en secret. Ce peintre charmant de la vertu, cet aimable *Fénélon* votre autre confrère, tant persécuté pour des disputes aujourd'hui méprisées, et si cher à la postérité par ses persécutions mêmes, forma sa prose élégante sur la poësie de *Racine*, ne pouvant l'imiter en vers : car les vers font une langue qu'il est donné à très-peu d'esprits de posséder ; et quand les plus éloquens et les plus savans hommes, les sublimes *Bossuet*, les touchans *Fénélon*, les érudits *Huet*, ont voulu faire des vers français, ils font tombés de la hauteur où les plaçait leur génie ou leur science, dans cette triste classe qui est au-dessous de la médiocrité.

Mais les ouvrages de prose dans lesquels on a le mieux imité le style de *Racine*, font ce que nous avons de meilleur dans notre langue. Point de vrai succès aujourd'hui sans cette correction, sans cette pureté qui seule met le génie dans tout son jour, et sans laquelle ce génie ne déploierait qu'une force monstrueuse, tombant à chaque pas dans une faiblesse plus monstrueuse encore, et du haut des nues dans la fange.

Vous entretenez le feu sacré, Messieurs ; c'est par vos soins que depuis quelques années les compositions pour les prix décernés par vous font enfin

devenues

devenues de véritables pièces d'éloquence. Le goût de la faine littérature s'eft tellement déployé qu'on a vu quelquefois trois ou quatre ouvrages fufpendre vos jugemens, et partager vos fuffrages ainfi que ceux du public.

Je fens combien il eft peu convenable, à mon âge de quatre-vingt-quatre ans, d'ofer arrêter un moment vos regards fur un des fruits dégénérés de ma vieilleffe. La tragédie d'Irène ne peut être digne de vous ni du théâtre français ; elle n'a d'autre mérite que la fidélité aux règles données aux Grecs par le digne précepteur d'*Alexandre*, et adoptées chez les Français par le génie de *Corneille*, le père de notre théâtre.

A ce grand nom de *Corneille*, Meffieurs, permettez que je joigne ma faible voix à vos décifions fouve-raines fur l'éclat éternel qu'il fut donner à cette langue françaife peu connue avant lui, et devenue après lui la langue de l'Europe.

Vous éclairâtes mes doutes, et vous confirmâtes mon opinion il y a deux ans, en voulant bien lire, dans une de vos affemblées publiques, la lettre que j'avais eu l'honneur de vous écrire fur *Corneille* et fur *Shakefpeare*. Je rougis de joindre enfemble ces deux noms ; mais j'apprends qu'on renouvelle au milieu de Paris cette incroyable difpute. On s'appuie de l'opinion de madame *Montagu*, eftimable citoyenne de Londres, qui montre pour fa patrie une paffion fi pardonnable. Elle préfère *Shakefpeare* aux auteurs d'Iphigénie et d'Athalie, de Polyeucte et de Cinna. Elle a fait un livre entier pour lui affurer cette fupériorité ; et ce livre eft écrit avec la forte

Théâtre. Tome VI.   R

d'enthoufiafme que la nation anglaife retrouve dans
quèlques beaux morceaux de *Shakefpeare*, échappés
à la groffièreté de fon fiècle. Elle met *Shakefpeare* au-
deffus de tout, en faveur de ces morceaux qui font
en effet naturels et énergiques, quoique défigurés
prefque toujours par une familiarité baffe. Mais eft-il
permis de préférer deux vers d'*Ennius* à tout Virgile,
ou de *Lycophron* à tout Homère?

On a repréfenté, Meffieurs, les chefs-d'œuvre
de la France devant toutes les cours, et dans les
académies d'Italie. On les joue depuis les rivages de
la mer Glaciale jufqu'à la mer qui fépare l'Europe
de l'Afrique. Qu'on faffe le même honneur à une
feule pièce de *Shakefpeare*, et alors nous pourrons
difputer.

Qu'un chinois vienne nous dire: ,, Nos tragédies
,, compofées fous la dynaftie des *Yven* font encore
,, nos délices après cinq cents années. Nous avons
,, fur le théâtre des fcènes en profe, d'autres en
,, vers rimés, d'autres en vers non rimés. Les dif-
,, cours de politique et les grands fentimens y font
,, interrompus par des chanfons, comme dans votre
,, Athalie. Nous avons de plus des forciers qui
,, defcendent des airs fur un manche à balai, des
,, vendeurs d'orviétan et des gilles, qui, au milieu
,, d'un entretien férieux, viennent faire leurs gri-
,, maces, de peur que vous ne preniez à la pièce un
,, intérêt trop tendre qui pourrait vous attrifter. Nous
,, fefons paraître des favetiers avec des mandarins,
,, et des foffoyeurs avec des princes, pour rappeler
,, aux hommes leur égalité primitive. Nos tragédies
,, n'ont ni expofition, ni nœud, ni dénouement.

„ Une de nos pièces dure cinq cents années, et un
„ payfan qui eft né au premier acte eft pendu au
„ dernier. Tous nos princes parlent en crocheteurs,
„ et nos crocheteurs quelquefois en princes. Nos
„ reines y prononcent des mots de turpitude qui
„ n'échapperaient pas à des revendeufes entre les
„ bras des derniers des hommes, &c. &c. „

Je leur dirais : Meffieurs, jouez ces pièces à
Nankin; mais ne vous avifez pas de les repréfenter
aujourd'hui à Paris ou à Florence, quoiqu'on nous
en donne quelquefois à Paris qui ont un plus grand
défaut, celui d'être froides.

Madame *Montagu* relève avec juftice quelques
défauts de la belle tragédie de Cinna et ceux de
Rodogune. Tout n'eft pas toujours ni bien deffiné, ni
bien exprimé dans ces fameufes pièces, je l'avoue.
Je fuis même obligé de vous dire, Meffieurs, que
cette dame fpirituelle et éclairée ne reprend qu'une
petite partie des fautes remarquées par moi-même,
lorfque je vous confultai fur le Commentaire de
Corneille. Je me fuis entièrement rencontré avec elle
dans les juftes critiques que j'ai été obligé d'en faire.
Mais c'eft toujours en admirant fon génie que j'ai
remarqué fes écarts. Eh, quelle différence entre
les défauts de *Corneille* dans fes bonnes pièces, et
ceux de *Shakefpeare* dans tous fes ouvrages!

Que peut-on reprocher à *Corneille* dans les tragédies
de ce génie fublime qui font reftées à l'Europe (car
il ne faut pas parler des autres) ? c'eft d'avoir pris
quelquefois de l'enflure pour de la grandeur; de
s'être permis quelques raifonnemens que la tragédie
ne peut admettre; de s'être afservi dans prefque

R 2

toutes fes pièces à l'ufage de fon temps, d'introduire au milieu des intérêts politiques, toujours froids, des amours plus infipides.

On peut le plaindre de n'avoir point traité de vraies paffions, excepté dans la pièce efpagnole du Cid; pièce dans laquelle il eut encore l'étonnant mérite de corriger fon modèle en trente endroits, dans un temps où les bienféances théâtrales n'étaient pas encore connues en France. On le condamne furtout pour avoir trop négligé fa langue. Alors toutes les critiques faites par des hommes d'efprit fur un grand homme font épuifées, et l'on joue Cinna et Polyeucte devant l'impératrice des Romains, devant celle de Ruffie, devant le doge et les fénateurs de Venife, comme devant le roi et la reine de France.

Que reproche-t-on à *Shakefpeare*? Vous le favez, Meffieurs; tout ce que vous venez de voir vanté par les Chinois. Ce font, comme dit M. de *Fontenelle* dans fes Mondes, prefque d'autres principes de raifonnement. Mais ce qui eft bien étrange, c'eft qu'alors le théâtre efpagnol, qui infectait l'Europe, en était le légiflateur. *Lopez de Véga* avouait cet opprobre; mais *Shakefpeare* n'eut pas le courage de l'avouer. Que devaient faire les Anglais? ce qu'on a fait en France; fe corriger.

Madame *Montagu* condamne, dans la perfection de *Racine*, cet amour continuel qui eft toujours la bafe du peu de tragédies que nous avons de lui, excepté dans Efther et dans Athalie. Il eft beau, fans doute, à une dame de réprouver cette paffion univerfelle qui fait régner fon fexe; mais qu'elle

examine cette Bérénice tant condamnée par nous-
mêmes, pour n'être qu'une idylle amoureuse. Que le
principal perfonnage de cette idylle foit repréfenté par
une actrice telle que Mlle *Gauffin*, alors je réponds
que madame *Montagu* verfera des larmes. J'ai vu le roi
de Pruffe attendri à une fimple lecture de Bérénice,
qu'on fefait devant lui, en prononçant les vers comme
on doit les prononcer ; ce qui eft bien rare. Quel
charme tira des larmes des yeux de ce héros philofophe? la feule magie du ftyle de ce vrai poëte, *qui
invenit verba quibus deberent loqui.*

Les cenfures de réflexion n'ôtent jamais le plaifir
du fentiment. Que la févérité blâme *Racine* tant
qu'elle voudra, le cœur vous ramènera toujours à
fes pièces. Ceux qui connaiffent les difficultés
extrêmes et la délicateffe de la langue françaife,
voudront toujours lire et entendre les vers de cet
homme inimitable, à qui le nom de *grand* n'a
manqué que parce qu'il n'avait point de frère dont il
fallût le diftinguer. Si on lui reproche d'être le poëte
de l'amour, il faut donc condamner le quatrième livre
de *Virgile*. On ne trouve pas quelquefois affez de
force dans fes caractères et dans fon ftyle, c'eft ce
qu'on a dit de *Virgile ;* mais on admire dans l'un et
dans l'autre une élégance continue.

Madame *Montagu* s'efforce d'être touchée des
beautés d'*Euripide*, pour tâcher d'être infenfible aux
perfections de *Racine*. Je la plaindrais beaucoup fi
elle avait le malheur de ne pas pleurer au rôle inimitable de la *Phèdre* françaife, et de n'être pas hors
d'elle-même à toute la tragédie d'Iphigénie. Elle
paraît eftimer beaucoup *Brumoi*, parce que *Brumoi*,

en qualité de traducteur d'*Euripide*, femble donner
au poëte grec la préférence fur le poëte français.
Mais fi elle favait que *Brumoi* traduit le grec très-
infidellement; fi elle favait que *vous y ferez ma fille*
n'eft pas dans *Euripide ;* fi elle favait que *Clytemneftre*
embraffe les genoux d'*Achille* dans la pièce grecque
comme dans la françaife (quoique *Brumoi* ofe
fuppofer le contraire) ; enfin fi fon oreille était
accoutumée à cette mélodie enchantereffe qu'on ne
trouve, parmi tous les tragiques de l'Europe, que
chez *Racine* feul, alors madame *Montagu* changerait
de fentiment.

L'Achille de Racine, dit-elle, *reffemble à un jeune amant
qui a du courage : et pourtant l'Iphigénie eft une des meilleures
tragédies françaifes.* Je lui dirais : Et pourtant, Madame,
elle eft un chef-d'œuvre qui honorera éternellement
ce beau fiècle de *Louis XIV*, ce fiècle, notre gloire,
notre modèle et notre défefpoir. Si nous avons été
indignés contre madame de *Sévigné* qui écrivait fi
bien, et qui jugeait fi mal ; fi nous fommes révoltés
de cet efprit miférable de parti, de cette aveugle
prévention qui lui fait dire que *la mode d'aimer Racine
paffera comme la mode du café ;* jugez, Madame, combien
nous devons être affligés qu'une perfonne auffi
inftruite que vous ne rende pas juftice à l'extrême
mérite d'un fi grand homme. Je vous le dis, les yeux
encore mouillés des larmes d'admiration et d'atten-
driffement que la centième lecture d'Iphigénie vient
de m'arracher.

Je dois ajouter à cet extrême mérite d'émouvoir
pendant cinq actes, le mérite plus rare et moins
fenti de vaincre pendant cinq actes la difficulté de

la rime et de la mefure, au point de ne pas laiffer échapper une feule ligne, un feul mot qui fente la moindre gêne, quoiqu'on ait été continuellement gêné. C'eft à ce coin que font marqués le peu de bons vers que nous avons dans notre langue. Madame *Montagu* compte pour rien cette difficulté furmontée. Mais, Madame, oubliez-vous qu'il n'y a jamais eu fur la terre aucun art, aucun amufement même, où le prix ne fût attaché à la difficulté? Ne cherchait-on pas dans la plus haute antiquité à rendre difficile l'explication de ces énigmes que les rois fe propofaient les uns aux autres? N'y a-t-il pas eu de très-grandes difficultés à vaincre dans tous les jeux de la Gréce, depuis le difque jufqu'à la courfe des chars? Nos tournois, nos carroufels étaient-ils fi faciles? Que dis-je? aujourd'hui dans la molle oifiveté où tous les grands perdent leurs journées depuis Pétersbourg jufqu'à Madrid, le feul attrait qui les pique dans leurs miférables jeux de cartes, n'eft-ce pas la difficulté de la combinaifon, fans quoi leur ame languirait affoupie?

Il eft donc bien étrange, et j'ofe dire bien barbare, de vouloir ôter à la poëfie ce qui la diftingue du difcours ordinaire. Les vers blancs n'ont été inventés que par la pareffe et l'impuiffance de faire des vers rimés, comme le célèbre *Pope* me l'a avoué vingt fois. Inférer dans une tragédie des fcènes entières en profe, c'eft l'aveu d'une impuiffance encore plus honteufe.

Il eft bien certain que les Grecs ne placèrent les Mufes fur le haut du Parnaffe que pour marquer le mérite et le plaifir de pouvoir aborder jufqu'à elles à travers des obftacles. Ne fupprimez donc

R 4

point ces obſtacles , Madame ; laiſſez ſubſiſter les barrières qui ſéparent la bonne compagnie des vendeurs d'orviétan et de leurs gilles. Souffrez que *Pope* imite les véritables génies italiens , les *Arioſte* , les *Taſſe* , qui ſe font ſoumis à la gêne de la rime pour la vaincre.

Enfin , quand *Boileau* a prononcé :

> Et que tout ce qu'il dit , facile à retenir ,
> De ſon ouvrage en vous laiſſe un long ſouvenir ;

n'a-t-il pas entendu que la rime imprimait plus aiſément les penſées dans la mémoire ?

Je ne me flatte pas que mon diſcours et ma ſenſibilité paſſent dans le cœur de madame *Montagu*, et que je ſois deſtiné à convertir *diviſos orbe Britannos*. Mais pourquoi faire une querelle nationale d'un objet de littérature ? Les Anglais n'ont-ils pas aſſez de diſſentions chez eux ? et n'avons-nous pas aſſez de tracaſſeries chez nous ? ou plutôt l'une et l'autre nation n'ont-elles pas eu aſſez de grands hommes dans tous les genres pour ne ſe rien envier, pour ne ſe rien reprocher ?

Hélas ! Meſſieurs, permettez-moi de vous répéter que j'ai paſſé une partie de ma vie à faire connaître en France les paſſages les plus frappans des auteurs qui ont eu de la réputation chez les autres nations. Je fus le premier qui tirai un peu d'or de la fange où le génie de *Shakeſpeare* avait été plongé par ſon ſiècle. J'ai rendu juſtice à l'anglais *Shakeſpeare* comme à l'eſpagnol *Caldéron* ; et je n'ai jamais écouté le préjugé national. J'oſe dire que c'eſt de ma ſeule patrie que j'ai appris à regarder les autres peuples d'un œil impartial. Les véritables gens de lettres en France n'ont jamais connu cette rivalité hautaine et pédantesque, cet amour propre révoltant qui se déguise sous l'amour de son pays, et qui ne préfère les heureux génies de ses anciens concitoyens à tout mérite étranger que pour s'envelopper dans leur gloire.

Quels éloges n'avons-nous pas prodigués aux *Bacon*, aux *Kepler*, aux *Copernic*, sans même y mêler d'abord aucune émulation! que n'avons-nous pas dit du grand *Galilée*, le restaurateur et la victime de la raison en Italie, ce premier maître de la philosophie, que *Descartes* eut le malheur de ne citer jamais!

Nous sommes tous à présent les disciples de *Newton*: nous le remercions d'avoir seul trouvé et prouvé le vrai système du monde; d'avoir seul enseigné au genre-humain à voir la lumière; et nous lui pardonnons d'avoir commenté les visions de *Daniel* et l'Apocalypse.

Nous admirons dans *Locke* la seule métaphysique qui ait paru dans le monde depuis que *Platon* la chercha; et nous n'avons rien à pardonner à *Locke*. N'en ferions-nous pas autant pour *Shakespeare*, s'il avait ressuscité l'art des *Sophocle*, comme madame *Montagu*, ou son traducteur, ose le prétendre? Ne verrions-nous pas M. de *la Harpe*, qui combat pour le bon goût avec les armes de la raison, élever sa voix en faveur de cet homme singulier? Que fait-il au contraire? il a eu la patience de prouver dans son judicieux journal ce que tout le monde sent, que *Shakespeare* est un sauvage avec des étincelles de génie qui brillent dans une nuit horrible.

Que l'Angleterre fe contente de fes grands hommes en tant de genres : elle a affez de gloire. La patrie du *Prince noir* et de *Newton* peut fe paffer du mérite des *Sophocle*, des *Zeuxis*, des *Phidias*, des *Timothée*, qui lui manquent encore.

Je finis ma carrière en fouhaitant que celles de nos grands hommes en tout genre foient toujours remplies par des fucceffeurs dignes d'eux ; que les fiècles à venir égalent le grand fiècle de *Louis XIV*, et qu'ils ne dégénèrent pas en croyant le furpaffer.

Je fuis avec un profond refpect,

MESSIEURS,

Votre très-humble, très-obéiffant, et très-obligé ferviteur et confrère, &c.

N O T E.

(*) Le P. *Brumoi*, dans fon Difcours fur le parallèle des théâtres, a dit de nos fpectateurs : *Ce n'eſt que le ſang froid qui applaudit la beauté des vers.* Si ce ſavant avait connu notre public, il aurait vu que tantôt il applaudit de ſang froid des maximes vraies ou fauſſes, tantôt il applaudit avec tranfport des tirades de déclamations, foit pleines de beautés, foit pleines de ridicules, n'importe ; et qu'il eſt toujours infenſible à des vers qui ne font que bien faits et raifonnables.

Je demandai un jour à un homme qui avait fréquenté aſſidument cette cave obfcure appelée *parterre*, comment il avait pu applaudir à ces vers ſi étranges et ſi déplacés :

> Céfar, car le deſtin que dans tes fers je brave
> M'a fait ta prifonnière et non pas ton efclave ;
> Et tu ne prétends pas qu'il m'abaiſſe le cœur
> Jufqu'à te rendre hommage et te nommer feigneur.

Comme ſi le mot *feigneur* était fur notre théâtre autre chofe qu'un terme de politeſſe ; et comme ſi la jeune *Cornélie* avait pu s'avilir en parlant décemment à *Céfar.* Pourquoi, lui dis-je, avez-vous tant battu des mains à ces étonnantes paroles ?

> Rome le veut ainſi : fon adorable front
> Aurait de quoi rougir d'un trop honteux affront,
> De voir en même jour, après tant de conquêtes,
> Sous un indigne fer fes deux plus nobles têtes.
> Son grand cœur qu'à tes lois en vain tu crois foumis
> En veut au criminel plus qu'à fes ennemis ;
> Et tiendrait à malheur le bien de fe voir libre
> Si l'attentat du Nil affranchiſſait le Tibre.
> Comme autre qu'un romain n'a pu l'aſſujettir,
> Autre auſſi qu'un romain ne l'en doit garantir.
> Tu tomberais ici fans être fa victime :
> Au lieu d'un châtiment ta mort ferait un crime ;
> Et fans que tes pareils en conçuſſent d'effroi,
> L'exemple que tu dois périrait avec toi.
> Venge-la de l'Egypte à fon appui fatale,
> Et je la vengerai, ſi je puis, de Pharfale.
> Va, ne perds point le temps, il preſſe. Adieu, tu peux
> Te vanter qu'une fois j'ai fait pour toi des vœux.

Vous fentez bien aujourd'hui qu'il n'eſt guère convenable qu'une jeune femme abfolument dépendante de *Céfar*, protégée, fecourue, vengée par lui, et qui doit être à ses pieds, le menace en antithèses si recherchées, et dans un style si obscur, de le faire condamner à la mort pour servir d'exemple; et finisse enfin par lui dire: *Adieu, Céfar, tu peux te vanter que j'ai fait des vœux pour toi une fois en ma vie.* Avez-vous pu seulement entendre ce froid raisonnement, auffi faux qu'alambiqué: *Comme autre qu'un romain n'a pu affervir Rome, autre qu'un romain ne l'en peut garantir.*

Il n'y a point d'homme un peu accoutumé aux affaires de ce monde qui ne fente combien de tels vers font contraires à toutes les bienféances, à la nature, à la raifon, et même aux règles de la poëfie, qui veulent que tout foit clair, et que rien ne foit forcé dans l'expreffion.

Dites-moi donc par quel preftige vous avez applaudi fans ceffe des tirades auffi embrouillées, auffi obfcures, auffi déplacées? Mais dites-moi furtout pourquoi vous n'avez jamais marqué par la moindre acclamation votre jufte contentement des véritables beaux vers que débite *Andromaque* dans une fituation encore plus douloureufe que celle de *Cornélie.*

> Je confie à tes foins mon unique tréfor.
> Si tu vivais pour moi, vis pour le fils d'Hector...
> Fais connaître à mon fils les héros de fa race;
> Autant que tu pourras, conduis-le fur leur trace:
> Dis-lui par quels exploits leurs noms ont éclaté,
> Plutôt ce qu'ils ont fait que ce qu'ils ont été;
> Qu'il ait de fes aïeux un fouvenir modefte;
> Il eft du fang d'Hector, mais il en eft le refte;
> Et pour ce refte enfin, j'ai moi-même en un jour
> Sacrifié mon fang, ma haine et mon amour.

Les hommes de cabinet qui réfléchiffent, les femmes qui ont une fenfibilité fi fine et fi jufte, les gens de lettres les plus gâtés par un vain favoir, les barbares même des écoles, tous s'accordent à reconnaître l'extrême beauté de ces vers fi fimples d'Andromaque. Cependant pourquoi cette beauté n'a-t-elle jamais été applaudie par le parterre?

Cet homme de bon fens et de bonne foi me répondit: Quand nous battions des mains au clinquant de *Cornélie,* nous étions des écoliers élevés par des pédans, toujours idolâtres du faux merveilleux en tout genre. Nous admirions les vers ampoulés, comme nous étions faifis de vénération à l'afpect du faint Chriftophe de Notre-Dame. Il nous fallait du gigantefque. A la fin nous nous aperçûmes à la vérité que ces figures coloffales étaient bien mal deffinées; mais enfin elles étaient coloffales, et cela fuffifait à notre mauvais goût.

Les vers que vous me citez de *Racine* étaient parfaitement écrits ; ils respiraient la bienséance , la vérité , la modestie , la mollesse élégante : nous le sentions ; mais la modestie et la bienséance ne transportent jamais l'ame. Donnez-moi une grosse actrice , d'une physionomie frappante , qui ait une voix forte, qui soit bien impérieuse , bien insolente , qui parle à *César* comme à un petit garçon , qui accompagne ses discours injurieux d'un geste méprisant , et qui surtout termine son couplet par un grand éclat de voix , nous applaudirons encore ; et si vous êtes dans le parterre , vous battrez peut-être des mains avec nous , tant l'homme est subjugué par ses organes et par l'exemple.

De pareils prestiges peuvent durer un siècle entier ; et l'aveuglement le plus absurde a quelquefois duré plusieurs siècles.

Quant à certaines prétendues tragédies écrites en vers allobroges ou vandales, que la cour et la halle ont élevées jusqu'au ciel avec des transports inouis , et qui sont ensuite oubliées pour jamais , il ne faut regarder ce délire que comme une maladie passagère qui attaque une nation , et qui se guérit enfin de soi-même.

PERSONNAGES.

NICEPHORE, empereur de Conſtantinople.

IRENE, femme de *Nicéphore.*

ALEXIS COMNENE, prince de Gréce.

LEONCE, père d'*Irène.*

MEMNON, attaché au prince *Alexis.*

ZOÉ, favorite, ſuivante d'*Irène.*

Un officier de l'empereur.

Gardes.

La ſcène eſt dans un ſalon de l'ancien palais de Conſtantin.

IRENE,

I R E N E,

T R A G E D I E.

A C T E   P R E M I E R.

S C E N E   P R E M I E R E.

I R E N E, Z O É.

I R E N E.

Quel changement nouveau, quelle fombre terreur,
Ont écarté de nous la cour et l'empereur ?
Au palais des fept tours une garde inconnue
Dans un filence morne étonne ici ma vue ;
En un vafte défert on a changé la cour.

Z O É.

Aux murs de Conftantin trop fouvent un beau jour
Eft fuivi des horreurs du plus funefte orage.
La cour n'eft pas long-temps le bruyant affemblage
De tous nos vains plaifirs l'un à l'autre enchaînés,
Trompeurs foulagemens des cœurs infortunés ;
De la foule importune il faut qu'on fe retire.
Nos Etats affemblés pour corriger l'empire,
Pour le perdre peut-être ; et ces fiers Mufulmans,
Ces Scythes vagabonds débordés dans nos champs,
Mille ennemis cachés qu'on nous fait craindre encore,
Sans doute en ce moment occupent Nicéphore.

I R E N E.

De ſes chagrins ſecrets, qu'il veut diſſimuler,
Je connais trop la cauſe ; elle va m'accabler.
Je ſais par quels ſoupçons ſa dureté jalouſe,
Dans ſon inquiétude outrage ſon épouſe.
Il écoute en ſecret ces obſcurs impoſteurs,
D'un eſprit défiant déteſtables flatteurs,
Trafiquant du menſonge et de la calomnie,
Et couvrant la vertu de leur ignominie.
Quel emploi pour Céſar ! et quels ſoins douloureux !
Je le plains, je gémis.... il fait deux malheureux....
Ah ! que n'ai-je embraſſé cette retraite auſtère
Où depuis mon hymen s'eſt enfermé mon père !
Il a fui pour jamais l'illuſion des cours,
L'eſpoir qui nous ſéduit, qui nous trompe toujours,
La crainte qui nous glace, et la peine cruelle
De ſe faire à ſoi-même une guerre éternelle.
Que ne foulais-je aux pieds ma funeſte grandeur !
Je montai ſur le trône au faîte du malheur.
Aux yeux des nations victime couronnée,
Je pleure devant toi ma haute deſtinée ;
Et je pleure ſurtout ce fatal ſouvenir
Que mon devoir condamne, et qu'il me faut bannir.
Ici l'air qu'on reſpire empoiſonne ma vie.

Z O É.

De Nicéphore au moins la ſombre jalouſie
Par d'indiſcrets éclats n'a point manifeſté
Le ſentiment honteux dont il eſt tourmenté :
Il le cache au vulgaire, à ſa cour, à lui-même ;
Il fait vous reſpecter, et peut-être il vous aime.

Vous cherchez à nourrir une injufte douleur.
Que craignez-vous ? (a)

IRENE.

Le ciel, Alexis et mon cœur.

ZOÉ.

Mais Alexis Comnène aux champs de la Tauride,
Tout entier à la gloire, au devoir qui le guide,
Sert l'empereur et vous fans vous inquiéter,
Fidelle à fes fermens jufqu'à vous éviter.

IRENE.

Je fais que ce héros ne cherche que la gloire :
Je ne faurais m'en plaindre.

ZOÉ.

Il a par la victoire
Raffermi cet empire ébranlé dès long-temps.

IRENE.

Ah ! j'ai trop admiré fes exploits éclatans :
Sa gloire de fi loin m'a trop intéreffée.
Céfar aura furpris au fond de ma penfée
Quelques vœux indifcrets que je n'ai pu cacher ;
Et qu'un époux, un maître a droit de reprocher.
C'était pour Alexis que le ciel me fit naître :
Des antiques Céfars nous avons reçu l'être ;
Et dès notre berceau l'un à l'autre promis,
C'eft dans ces mêmes lieux que nous fûmes unis :
C'eft avec Alexis que je fus élevée,
Ma foi lui fut acquife et lui fut enlevée.
L'intérêt de l'Etat, ce prétexte inventé
Pour trahir fa promeffe avec impunité,
Ce fantôme effrayant fubjugua ma famille ;
Ma mère à fon orgueil facrifia fa fille.

S 2

Du bandeau des Céfars on crut cacher mes pleurs:
On para mes chagrins de l'éclat des grandeurs.
Il me fallut éteindre, en ma douleur profonde,
Un feu plus cher pour moi que l'empire du monde;
Au maître de mon cœur il fallut m'arracher.
De moi-même en pleurant j'ofai me détacher.
De la religion le pouvoir invincible
Secourut ma faibleffe en ce combat pénible;
Et de ce grand fecours apprenant à m'armer,
Je fis l'affreux ferment de ne jamais aimer.
Je le tiendrai.... Ce mot te fait affez comprendre
A quels déchiremens ce cœur devait s'attendre.
Mon père à cet orage ayant pu m'expofer
M'aurait par fes vertus appris à l'apaifer:
Il a quitté la cour, il a fui Nicéphore;
Il m'abandonne en proie au monde qu'il abhorre;
Et je n'ai que toi feule à qui je puis ouvrir
Ce cœur faible et bleffé que rien ne peut guérir.
Mais on ouvre au palais.... je vois Memnon paraître.

SCENE II.

IRENE, ZOÉ, MEMNON.

IRENE.

Eh bien, en liberté puis-je voir votre maître?
Memnon, puis-je à mon tour être admife aujourd'hui
Parmi les courtifans qu'il approche de lui?

MEMNON.

Madame, j'avoûrai qu'il veut à votre vue
Dérober les chagrins de fon ame abattue.

Je ne fuis point compté parmi les courtifans,
De fes deffeins fecrets fuperbes confidens :
Du confeil de Céfar on me ferme l'entrée.
Commandant de fa garde à la porte facrée,
Militaire oublié par fes maîtres altiers,
Relégué dans mon pofte ainfi que mes guerriers,
J'ai feulement appris que le brave Comnène
A quitté dès long-temps les bords du Boryfthène,
Qu'il vogue vers Byzance, et que Céfar troublé
Ecoute en frémiffant fon confeil affemblé.

IRENE.

Alexis, dites-vous ?

MEMNON.

Il revole au Bofphore.

IRENE.

Il pourrait à ce point offenfer Nicéphore !
Revenir fans fon ordre !

MEMNON.

On l'affure, et la cour
S'alarme, fe divife et tremble à fon retour. (*b*)
Il a brifé, dit-on, l'honorable efclavage
Où l'empereur jaloux retenait fon courage ;
Il vient jouir ici des honneurs et des droits
Que lui donnent fon rang, fa naiffance et nos lois.
C'eft tout ce que j'apprends par ces rumeurs foudaines,
Qui font naître en ces lieux tant d'efpérances vaines,
Et qui de bouche en bouche armant les factions
Vont préparer Byzance aux révolutions.
Pour moi je fais affez quel parti je dois prendre,
Quel maître je dois fuivre, et qui je dois défendre.
Je ne confulte point nos miniftres, nos grands,
Leurs intérêts cachés, leurs partis différens,

S 3

Leurs fauffes amitiés, leurs indifcrettes haines :
Attaché fans réferve au pur fang des Comnènes,
Je le fers, et furtout dans ces extrémités ;
Memnon fera fidelle au fang dont vous fortez.
Le temps ne permet pas d'en dire davantage....
Souffrez que je revole où mon devoir m'engage.

(il fort.)

S C E N E   I I I.

I R E N E, Z O É.

I R E N E.

Qu'A-T-IL ofé me dire ? et quel nouveau danger,
Quel malheur imprévu vient encor m'affliger ?
Il ne s'explique point : je crains de le comprendre.

Z O É.

Memnon n'eft qu'un guerrier prompt à tout entreprendre :
Je le connais ; le fang d'affez près nous unit.
Contre nos courtifans exhalant fon dépit,
Il détefta toujours leur frivole infolence,
Leurs animofités qui partagent Byzance,
Leurs triftes vanités que fuit le déshonneur ;
Mais fon efprit altier hait furtout l'empereur.
D'Alexis, en fecret, fon cœur eft idolâtre ;
Et s'il en était cru, Byzance eft un théâtre
Qui produirait bientôt quelqu'un de ces revers
Dont le fanglant fpectacle ébranla l'univers.
Ne vous étonnez point quand fa fombre colère
S'échappe en vous parlant, et peint fon caractère.

IRENE.

Mais Alexis revient.... Céfar eft irrité :
Le courtifan furpris murmure épouvanté.
Les Etats convoqués dans Byzance incertaine,
Fatiguant dès long-temps la grandeur fouveraine,
Troublent l'empire entier par leurs divifions.
Tout un peuple s'enflamme au feu des factions....
Des difcours de Memnon que veux-tu que j'efpère?
Il commande au palais une garde étrangère :
D'Alexis, en fecret, eft-il le confident?
Qué je crains d'Alexis le retour imprudent !
Les deffeins du Sénat, des peuples le délire,
Et l'orage naiffant qui gronde fur l'empire !
Que je me crains furtout dans ma jufte douleur !
Je confulte en tremblant le fecret de mon cœur :
Peut-être il me prépare un avenir terrible :
Le ciel, en le formant, l'a rendu trop fenfible.
Si jamais Alexis en ce funefte lieu,
Trahiffant fes fermens.... Que vois-je? jufte Dieu !

SCENE IV.

IRENE, ALEXIS, ZOÉ.

ALEXIS.

DAIGNEZ fouffrir ma vue, et banniffez vos craintes....
Je ne viens point troubler par d'inutiles plaintes
Un cœur à qui le mien fe doit facrifier,
Et rappeler des temps qu'il nous faut oublier.
Le deftin me ravit la grandeur fouveraine ;
Il m'a fait plus d'outrage : il m'a privé d'Irène....

S 4

Dans l'Orient foumis mes fervices rendus
M'auraient pu mériter les biens que j'ai perdus.
Mais lorfque fur le trône on plaça Nicéphore,
La gloire en ma faveur ne parlait point encore ;
Et n'ayant pour appui que nos communs aïeux,
Je n'avais rien tenté qui pût m'approcher d'eux.
Aujourd'hui Trébifonde entre nos mains remife,
Les Scythes repouffés, la Tauride conquife,
Sont les droits qui vers vous m'ont enfin rappelé.
Le prix de mes travaux était d'être exilé !
Le fuis-je encor par vous? n'ofez-vous reconnaître
Dans le fang dont je fuis le fang qui vous fit naître?

                    I R E N E.

Prince, que dites-vous? dans quel temps, dans quels lieux
Par ce retour fatal étonnez-vous mes yeux?
Vous connaiffez trop bien quel joug m'a captivée,
La barrière éternelle entre nous élevée,
Nos devoirs, nos fermens, et furtout cette loi
Qui ne vous permet plus de vous montrer à moi.
Pour calmer de Céfar l'injufte défiance,
Il vous aurait fuffi d'éviter ma préfence.
Vous n'avez pas prévu ce que vous hafardez.
Vous me faites frémir : Seigneur, vous vous perdez.

                    A L E X I S.

Si je craignais pour vous, je ferais plus coupable ;
Ma préfence à Céfar ferait plus redoutable.
Quoi donc? fuis-je à Byzance? eft-ce vous que je vois?
Eft-ce un fultan jaloux qui vous tient fous fes lois?
Etes-vous dans la Gréce une efclave d'Afie,
Qu'un defpote, un barbare achète en Circaffie,
Qu'on rejette en prifon fous des monftres cruels,
A jamais invifible au refte des mortels?

Céfar a-t-il changé, dans fa fombre rudeffe,
L'efprit de l'Occident et les mœurs de la Gréce?

IRENE.

Du jour où Nicéphore ici reçut ma foi,
Vous le favez affez, tout eft changé pour moi.

ALEXIS.

Hors mon cœur; le deftin le forma pour Irène :
Il brave des Céfars la puiffance et la haine.
Il ne craindrait que vous! Quoi? vos derniers fujets
Vers leur impératrice auront un libre accès,
Tout mortel jouira du bonheur de fa vue,
Nicéphore à moi feul l'aurait-il défendue?
Et fuis-je un criminel à fes regards jaloux (c)
Dès qu'on l'a fait Céfar, et qu'il eft votre époux?
Enorgueilli furtout de cet hymen augufte,
L'excès de fon bonheur le rend-il plus injufte?

IRENE.

Il eft mon fouverain.

ALEXIS.

Non : il n'était pas né
Pour me ravir le bien qui m'était deftiné :
Il n'en était pas digne ; et le fang des Comnènes
Ne vous fut point tranfmis pour fervir dans fes chaînes.
Qu'il gouverne, s'il peut, de fes févères mains
Cet empire, autrefois l'empire des Romains,
Qu'aux campagnes de Thrace, aux mers de Trébifonde
Tranfporta Conftantin pour le malheur du monde,
Et que j'ai défendu moins pour lui que pour vous.
Qu'il règne, s'il le faut ; je n'en fuis point jaloux :
Je le fuis de vous feul, et jamais mon courage
Ne lui pardonnera votre indigne efclavage.

Vous cachez des malheurs dont vos pleurs font garans;
Et les ufurpateurs font toujours des tyrans.
Mais fi le ciel eft jufte, il fe fouvient peut-être
Qu'il devait à l'empire un moins barbare maître.

I R E N E.

Trop vains regrets ! je fuis efclave de ma foi.
Seigneur, je l'ai donnée: elle n'eft plus à moi

A L E X I S.

Ah! vous me la deviez.

I R E N E.

                 Et c'eft à vous de croire
Qu'il ne m'eft pas permis d'en garder la mémoire.
Je fais des vœux pour vous, et vous m'épouvantez.

SCENE V.

I R E N E, A L E X I S, Z O É, un Garde.

L E   G A R D E.

Seigneur, Céfar vous mande.

A L E X I S.

                     Il me verra : fortez.

(*à Irène.*)

Il me verra, Madame; une telle entrevue
Ne doit point alarmer votre ame combattue.
Ne craignez rien pour lui, ne craignez rien de moi;
A fon rang comme au mien je fais ce que je dois.
Rentrez dans vos foyers tranquille et raffurée.

                     (*il fort.*)

SCENE VI.

IRENE, ZOÉ.

IRENE.

De quel faififfement mon ame eft pénétrée !
Que je fens à la fois de faibleffe et d'horreur !
Chaque mot qu'il m'a dit me remplit de terreur.
Que veut-il? Va, Zoé, commande que fur l'heure
On parcoure en fecret cette trifte demeure,
Ces fept affreufes tours qui, depuis Conftantin,
Ont de tant de héros vu l'horrible deftin.
Interroge Memnon ; prends pitié de ma crainte.

ZOÉ.

J'irai, j'obferverai cette terrible enceinte.
Mais je tremble pour vous : un maître foupçonneux
Vous condamne peut-être, et vous profcrit tous deux.
Parmi tant de dangers que prétendez-vous faire?

IRENE.

Garder à mon époux ma foi pure et fincère,
Vaincre un fatal amour, (fi fon feu rallumé
Renaiffait dans ce cœur autrefois enflammé.)
Demeurer de mes fens maîtreffe fouveraine,
(Si la force eft poffible à la faibleffe humaine.)
Ne point combattre en vain mon devoir et mon fort,
Et ne déshonorer ni mes jours ni ma mort.

Fin du premier acte.

ACTE II.

SCENE PREMIERE.

ALEXIS, MEMNON.

MEMNON.

Oui, vous êtes mandé ; mais Céfar délibère.
Dans fon inquiétude il confulte, il diffère,
Avec fes vils flatteurs en fecret enfermé.
Le retour d'un héros l'a fans doute alarmé ;
Mais nous avons le temps de nous parler encore.
Ce falon qui conduit à ceux de Nicéphore
Mène auffi chez Irène, et je commande ici.
Sur tóus vos partifans n'ayez aucun fouci ;
Je les ai préparés. Si cette cour inique
Ofait lever fur vous le glaive defpotique,
Comptez fur vos amis : vous verrez devant eux
Fuir ce pompeux ramas d'efclaves orgueilleux.
Au premier mouvement notre vaillante efcorte
Du rempart des fept tours ira faifir la porte ;
Et les autres armés fous un habit de paix,
Inconnus à Céfar, empliffent ce palais.
Nicéphore vous craint depuis qu'il vous offenfe.
Dans ce château funefte il met fa confiance :
Là, dans un plein repos, d'un mot ou d'un coup d'œil,
Il condamne à l'exil, aux tourmens, au cercueil.

Il ofe me compter parmi les mercenaires,
De fon caprice affreux miniftres fanguinaires :
Il fe trompe.... Seigneur, quel fecret embarras,
Quand j'ai tout difpofé, femble arrêter vos pas ?

A L E X I S.

Le remords.... Il faut bien que mon cœur te l'avoue.
Quelques exploits heureux dont l'Europe me loue,
Ma naiffance, mon rang, la faveur du Sénat,
Tout me criait : venez, montrez-vous à l'Etat.
Cette voix m'excitait. Le dépit qui me preffe,
Ma paffion fatale, entraînaient ma jeuneffe ;
Je venais oppofer la gloire à la grandeur,
Partager les efprits et braver l'empereur....
J'arrive, et j'entrevois ma carrière nouvelle.
Me faut-il arborer l'étendard d'un rebelle ?
La honte eft attachée à ce nom dangereux.
Me verrai-je emporté plus loin que je ne veux ?

M E M N O N.

La honte ! elle eft pour vous de fervir fous un maître.

A L E X I S.

J'ofe être fon rival : je crains le nom de traître.

M E M N O N.

Soyez fon ennemi dans les champs de l'honneur.
Difputez-lui l'empire, et foyez fon vainqueur.

A L E X I S.

Crois-tu que le Bofphore et la fuperbe Thrace,
Et ces Grecs inconftans ferviraient tant d'audace ?
Je fais que les Etats font pleins de fénateurs
Attachés à ma race, et dont j'aurais les cœurs :

Ils pourraient foutenir ma fanglante querelle ;
Mais le peuple ?

M E M N O N.

Il vous aime : au trône il vous appelle.
Sa fougue eft paffagère, elle éclate à grand bruit :
Un inftant la fait naître, un inftant la détruit.
J'enflamme cette ardeur ; et j'ofe encor vous dire
Que je vous répondrais des cœurs de tout l'empire.
Paraiffez feulement, mon Prince, et vous ferez
Du Sénat et du peuple autant de conjurés.
Dans ce palais fanglant, féjour des homicides,
Les révolutions furent toujours rapides.
Vingt fois il a fuffi pour changer tout l'Etat
De la voix d'un pontife, ou du cri d'un foldat.
Ces foudains changemens font des coups de tonnerre
Qui dans des jours fereins éclatent fur la terre.
Plus ils font imprévus, moins on peut échapper
A ces traits dévorans dont on fe fent frapper.
Nous avons vu paffer ces ombres fugitives,
Fantômes d'empereurs élevés fur nos rives,
Tombant du haut du trône en l'éternel oubli,
Où leur nom d'un moment fe perd enfeveli.
Il eft temps qu'à Byzance on reconnaiffe un homme
Digne des vrais Céfars, et des beaux jours de Rome.
Byzance offre à vos mains le fouverain pouvoir.
Ceux que j'y vis régner n'ont eu qu'à le vouloir :
Portés dans l'hippodrome, ils n'avaient qu'à paraître
Décorés de la pourpre et du fceptre d'un maître.
Au temple de Sophie un prêtre les facrait,
Et Byzance à genoux foudain les adorait.
Ils avaient moins que vous d'amis et de courage ;
Ils avaient moins de droits : tentez le même ouvrage,

Recueillez les débris de leurs fceptres brifés :
Vous régnez aujourd'hui, Seigneur, fi vous l'ofez. (d)

ALEXIS.

Ami, tu me connais : j'ofe tout pour Irène :
Seule elle m'a banni, feule elle me ramène ;
Seule fur mon efprit encore irréfolu
Irène a confervé fon pouvoir abfolu.
Rien ne me retient plus : on la menace, et j'aime.

MEMNON.

Je me trompe, Seigneur, ou l'empereur lui-même
Vient vous dicter fes lois dans ce lieu retiré.
L'attendrez-vous encore ?

ALEXIS.

Oui, je lui répondrai.

MEMNON.

Déjà paraît fa garde : elle m'eft confiée.
Si de votre ennemi la haine étudiée
A conçu contre vous quelques fecrets deffeins,
Nous fervons fous Comnène, et nous fommes romains.
Je vous laiffe avec lui.

(il fe retire dans le fond, et fe met à la tête de la garde.)

S C E N E I I.

NICEPHORE *suivi de deux officiers*, ALEXIS;
MEMNON, Gardes *au fond.*

NICEPHORE.

PRINCE, votre préfence
A jeté dans ma cour un peu de défiance.
Au bord du Pont-Euxin vous m'avez bien fervi;
Mais quand Céfar commande il doit être obéi.
D'un regard attentif ici l'on vous contemple :
Vous donnez à ce peuple un dangereux exemple.
Vous ne deviez paraître aux murs de Conftantin
Que fur un ordre exprès émané de ma main.

ALEXIS.

Je ne le croyais pas.... Les Etats de l'empire
Connaiffent peu ces lois que vous voulez prefcrire;
Et j'ai pu, fans faillir, remplir la volonté
D'un corps augufte et faint, et par vous refpecté,

NICEPHORE.

Je le protégerai tant qu'il fera fidelle ;
Soyez-le, croyez-moi : mais puifqu'il vous rappelle,
C'eft moi qui vous renvoie aux bords du Pont-Euxin.
Sortez dès ce moment des murs de Conftantin.
Vous n'avez plus d'excufe : et fi vers le Bofphore
L'aftre du jour qui luit vous revoyait encore,
Vous n'êtes plus pour moi qu'un fujet révolté.
Vous ne le ferez pas avec impunité....

                                        Voilà

Voilà ce que Céfar a prétendu vous dire.

ALEXIS.

Les grands de qui la voix vous a donné l'empire,
Qui m'ont fait de l'Etat le premier après vous,
Seigneur, pourront fléchir ce violent courroux.
Ils connaiffent mon nom, mon rang et mon fervice;
Et vous-même avec eux vous me rendrez juftice.
Vous me laifferez vivre entre ces murs facrés
Que de vos ennemis mon bras a délivrés;
Vous ne m'ôterez point un droit inviolable
Que la loi de l'Etat ne ravit qu'au coupable.

NICEPHORE.

Vous ofez le prétendre?

ALEXIS.

Un fimple citoyen
L'oferait, le devrait; et mon droit eft le fien,
Celui de tout mortel, dont le fort qui m'outrage
N'a point marqué le front du fceau de l'efclavage:
C'eft le droit d'Alexis; et je crois qu'il eft dû
Au fang qu'il a pour vous tant de fois répandu,
Au fang dont fa valeur a payé votre gloire,
Et qui peut égaler (fans trop m'en faire accroire)
Le fang de Nicéphore autrefois inconnu,
Au rang de mes aïeux aujourd'hui parvenu.

NICEPHORE.

Je connais votre race, et plus votre arrogance.
Pour la dernière fois redoutez ma vengeance.
N'obéirez-vous point?

Théâtre. Tome VI.   T

A L E X I S.

Non, Seigneur.

N I C E P H O R E.

C'eſt aſſez.

(*il appelle Memnon à lui par un ſigne, et lui donne un billet* *dans le fond du théâtre.*)

Servez l'empire et moi, vous qui m'obéiſſez.

(*il ſort.*)

S C E N E I I I.

A L E X I S, M E M N O N.

M E M N O N.

Moi, ſervir Nicéphore?

A L E X I S, *après avoir obſervé le lieu où il ſe trouve.*

Il faut d'abord m'apprendre
Ce que dit ce billet que l'on vient de te rendre.

M E M N O N.

Voyez.

A L E X I S, *après avoir lu une partie du billet de ſang froid.*

Dans ſon conſeil l'arrêt était porté!
Et j'aurais dû m'attendre à cette atrocité!
Il ſe flattait qu'en maître il condamnait Comnène.
Il a ſigné ma mort!

M E M N O N.

Il a ſigné la ſienne.
D'eſclaves entouré, ce tyran ténébreux,
Ce deſpote aveuglé m'a cru lâche comme eux;

Tant ce palais funefte a produit l'habitude
Et de la barbarie et de la fervitude!
Tant fur leur trône affreux nos Céfars chancelans
Penfent régner fans lois, et parler en fultans!
Mais achevez, lifez cet ordre impitoyable.

ALEXIS, *relifant*.

Plus que je ne penfais ce defpote eft coupable :
Irène prifonnière! Eft-il bien vrai? Memnon!

MEMNON.

Le tombeau pour les grands eft près de la prifon.

ALEXIS.

O Ciel!... de tes projets Irène eft-elle inftruite?

MEMNON.

Elle en peut foupçonner et la caufe et la fuite :
Le refte eft inconnu.

ALEXIS.

Gardons de l'affliger,
Et furtout, cher ami, cachons-lui fon danger.
L'entreprife bientôt doit être découverte ;
Mais c'eft quand on faura ma victoire ou ma perte.

MEMNON.

Nos amis vont fe joindre à ces braves foldats.

ALEXIS.

Sont-ils prêts à marcher?

MEMNON.

Seigneur, n'en doutez pas :
Leur troupe en ce moment va s'ouvrir un pafsage.
Croyez que l'amitié, le zèle et le courage

T 2

Sont d'un plus grand fervice en ces périls preffans
Que tous ces bataillons payés par des tyrans.
Je les vois avancer vers la porte facrée :
L'empereur va lui-même en défendre l'entrée.
Du peuple foulevé j'entends déjà les cris.

A L E X I S.

Nous n'avons qu'un moment : je règne, ou je péris :
Le fort en eft jeté. Prévenons Nicéphore.

(*aux foldats.*)

Venez, braves amis, dont mon deftin m'honore,
Sous Memnon et fous moi vous avez combattu ;
Combattez pour Irène, et vengez fa vertu.
Irène m'appartient, je ne puis la reprendre
Que dans des flots de fang et fous des murs en cendre.
Marchons fans balancer.

S C E N E   I V.

A L E X I S ,   I R E N E ,   M E M N O N.

I R E N E.

Ou courez-vous ? ô Ciel !
Alexis, arrêtez ! que faites-vous ? cruel !
Demeurez, rendez-vous à mes foins légitimes ;
Prévenez votre perte, épargnez-vous des crimes.
Au feul nom de révolte on me glace d'effroi :
On me parle du fang qui va couler pour moi.
Il ne m'eft plus permis, dans ma douleur muette,
De dévorer mes pleurs au fond de ma retraite.
Mon père en ce moment par le peuple excité
Revient vers ce palais qu'il avait déferté.

Le pontife le fuit, et dans fon miniftère
Du Dieu que l'on outrage attefte la colère.
Ils vous cherchent tous deux dans ces périls preffans.
Seigneur, écoutez-les.

ALEXIS.

Irène, il n'eft plus temps :
La querelle eft trop grande, elle eft trop engagée.
Je les écouterai quand vous ferez vengée.

SCENE V.

IRENE *feule*.

Il me fuit ! que deviens-je ? ô Ciel ! et quel moment !
Mon époux va périr ou frapper mon amant !
Je me jette en tes bras, ô Dieu qui m'as fait naître,
Toi qui fis mon deftin, qui me donnas pour maître
Un mortel refpectable et qui reçut ma foi,
Que je devais aimer, s'il fe peut, malgré moi.
J'écoutai ma raifon : mais mon ame infidelle,
En voulant t'obéir, fe fouleva contre elle.
Conduis mes pas, foutiens cette faible raifon,
Rends la vie à ce cœur qui meurt de fon poifon ;
Rends la paix à l'empire auffi-bien qu'à moi-même.
Conferve mon époux ! commande que je l'aime !
Le cœur dépend de toi : les malheureux humains
Sont les vils inftrumens de tes divines mains.
Dans ce défordre affreux veille fur Nicéphore !
Et quand pour mon époux mon défefpoir t'implore,
Si d'autres fentimens me font encor permis,
Dieu, qui fais pardonner, veille fur Alexis ! (*e*)

T 3

S C E N E   V I.

I R E N E,   Z O É.

z o é.

Ils font aux mains : rentrez.

I R E N E.

Et mon père ?

z o é.

Il arrive ;
Il fend les flots du peuple, et la foule craintive
De femmes, de vieillards, d'enfans qui dans leurs bras
Pouffent au ciel des cris que le ciel n'entend pas.
Le pontife facré par un fecours utile
Aux bleffés, aux mourans en vain donne un afile.
Les vainqueurs acharnés immolent fur l'autel
Les vaincus échappés à ce combat cruel.
Ne vous expofez point à ce peuple en furie.
Je vois tomber Byzance, et périr la patrie
Que nos tremblantes mains ne peuvent relever ;
Mais ne vous perdez pas en voulant la fauver.
Attendez du combat au moins quelque nouvelle.

I R E N E.

Non, Zoé : le ciel veut que je tombe avec elle.
Non : je ne dois point vivre en nos murs embrafés,
Au milieu des tombeaux que mes mains ont creufés.

Fin du fecond acte.

ACTE III.

SCENE PREMIERE.

IRENE, ZOÉ.

ZOÉ.

VOTRE unique parti, Madame, était d'attendre
L'irrévocable arrêt que le deſtin va rendre.
Une ſcythe aurait pu, dans les rangs des ſoldats,
Appeler les dangers et chercher le trépas ;
Sous le ciel rigoureux de leurs climats ſauvages,
La dureté des mœurs a produit ces uſages.
La nature a pour nous établi d'autres lois :
Soumettons-nous au ſort ; et, quel que ſoit ſon choix,
Acceptons, s'il le faut, le maître qu'il nous donne.
Alexis en naiſſant touchait à la couronne ;
Sa valeur la mérite ; il porte à ce combat
Ce grand cœur et ce bras qui défendit l'Etat ;
Surtout en ſa faveur il a la voix publique.
Autant qu'elle déteſte un pouvoir tyrannique,
Autant elle chérit un héros opprimé.
Il vaincra, puiſqu'on l'aime.

IRENE.

Eh, que ſert d'être aimé ?
On eſt plus malheureux. Je ſens trop que moi-même
Je crains de rechercher s'il eſt vrai que je l'aime,
D'interroger mon cœur, et d'oſer ſeulement
Demander du combat quel eſt l'événement ;

T 4

Quel fang a pu couler, quelles font les victimes,
Combien dans ce palais j'ai raffemblé de crimes.
Ils font tous mon ouvrage!

ZO É.

A vos juftes douleurs
Voulez-vous du remords ajouter les terreurs?
Votre père a quitté la retraite facrée
Où fa trifte vertu fe cachait ignorée.
C'eft pour vous qu'il revoit ces dangereux mortels
Dont il fuyait l'approche à l'ombre des autels.
Il était mort au monde : il rentre pour fa fille
Dans ce même palais où régna fa famille.
Vous trouverez en lui les confolations
Que le deftin refufe à vos afflictions.
Jetez-vous dans fes bras.

I R E N E.

M'en trouvera-t-il digne?
Aurai-je mérité que cet effort infigne
Le ramène à fa fille en ce cruel féjour?
Qu'il affronte pour moi les horreurs de la cour?

SCENE II.

IRENE, LEONCE, ZOÉ.

I R E N E.

EST-CE vous qu'en ces lieux mon défefpoir contemple?
Soutien des malheureux, mon père! mon exemple!
Quoi! vous quittez pour moi le féjour de la paix!
Hélas! qu'avez-vous vu dans celui des forfaits?

LEONCE.

Les murs de Conftantin font un champ de carnage.
J'ignore, grâce aux cieux, quel étonnant orage,
Quels intérêts de cour, et quelles factions
Ont enfanté foudain ces défolations.
On m'apprend qu'Alexis, armé contre fon maître,
Avec les conjurés avait ofé paraître.
L'un dit qu'il a reçu la mort qu'il méritait;
L'autre que devant lui fon empereur fuyait.
On croit Céfar bleffé : le combat dure encore,
Des portes des fept tours au canal du Bofphore :
Le tumulte, la mort, le crime eft dans ces lieux.
Je viens vous arracher de ces murs odieux.
Si vous avez perdu dans ce combat funefte
Un empire, un époux; que la vertu vous refte.
J'ai vu trop de Céfars en ce fanglant féjour
De ce trône avili renverfés tour à tour....
Celui de Dieu, ma fille, eft feul inébranlable.

IRENE.

On vient mettre le comble à l'horreur qui m'accable;
Et voilà des guerriers qui m'annoncent mon fort.

SCENE III.

IRENE, LEONCE, ZOÉ, MEMNON, Suite.

MEMNON.

IL n'eft plus de tyran : c'en eft fait, il eft mort;
Je l'ai vu. C'eft en vain qu'étouffant fa colère,
Et tenant fous fes pieds ce fatal adverfaire,
Son vainqueur Alexis a voulu l'épargner.
Les peuples dans fon fang brûlaient de fe baigner.

(*s'approchant.*)

Madame, Alexis règne ; à mes vœux tout confpire.
Un feul jour a changé le deftin de l'empire.
Tandis que la victoire en nos heureux remparts
Relève par fes mains le trône dès Céfars,
Qu'il rappelle la paix, à vos pieds il m'envoie,
Interprète et témoin de la publique joie.
Pardonnez fi fa bouche en ce même moment
Ne vous annonce pas ce grand événement ;
Si le foin d'arrêter le fang et le carnage
Loin de vos yeux encore occupe fon courage ;
S'il n'a pu rapporter à vos facrés genoux
Des lauriers que fes mains n'ont cueillis que pour vous.
Je vole à l'hippodrome, au temple de Sophie,
Aux états affemblés pour fauver la patrie.
Nous allons tous nommer du faint nom d'empereur
Le héros de Byzance et fon libérateur.

(*il fort.*)

S C E N E I V.

I R E N E, L E O N C E, Z O É.

I R E N E.

QUE dois-je faire ? ô Dieu !

L E O N C E.

Croire un père et le fuivre.
Dans ce féjour de fang vous ne pouvez plus vivre
Sans vous rendre exécrable à la poftérité.
Je fais que Nicéphore eut trop de dureté :

Mais il fut votre époux. Respectez sa mémoire....
Les devoirs d'une femme, et surtout votre gloire.
Je ne vous dirai point qu'il n'appartient qu'à vous
De venger par le sang le sang de votre époux :
Ce n'est qu'un droit barbare, un pouvoir qui se fonde
Sur les faux préjugés du faux honneur du monde.
Mais c'est un crime affreux qui ne peut s'expier
D'être d'intelligence avec le meurtrier.
Contemplez votre état : d'un côté se présente
Un jeune audacieux de qui la main sanglante
Vient d'immoler son maître à son ambition :
De l'autre est le devoir et la religion,
Le véritable honneur, la vertu, Dieu lui-même.
Je ne vous parle point d'un père qui vous aime ;
C'est vous que j'en veux croire ; écoutez votre cœur.

IRENE.

J'écoute vos conseils ; ils sont justes, Seigneur :
Ils sont sacrés ; je fais qu'un respectable usage
Prescrit la solitude à mon fatal veuvage.
Dans votre asile saint je dois chercher la paix
Qu'en ce palais sanglant je ne connus jamais.
J'ai trop besoin de fuir et ce monde que j'aime,
Et son prestige horrible.... et de me fuir moi-même.

LEONCE.

Venez donc, cher appui de ma caducité :
Oubliez avec moi tout ce que j'ai quitté.
Croyez qu'il est encore au sein de la retraite
Des consolations pour une ame inquiète.
J'y trouvai cette paix que vous cherchiez en vain :
Je vous y conduirai ; j'en connais le chemin.
Je vais tout préparer.... Jurez à votre père,
Par le Dieu qui m'amène, et dont l'œil vous éclaire,

Que vous accomplirez dans ces triftes remparts
Les devoirs impofés aux veuves des Céfars.

I R E N E.

Ces devoirs, il eft vrai, peuvent fembler auftères :
Mais s'ils font rigoureux, ils me font néceffaires.

L E O N C E.

Qu'Alexis pour jamais foit oublié de nous.

I R E N E.

Quand je dois l'oublier, pourquoi m'en parlez-vous ? (ƒ)
Je fais que j'aurais dû vous demander pour grâce
Ces fers que vous m'offrez, et qu'il faut que j'embraffe,
Après l'orage affreux que je viens d'effuyer,
Dans le port avec vous il faut tout oublier.
J'ai haï ce palais, lorfqu'une cour flatteufe
M'offrait de vains plaifirs, et me croyait heureufe.
Quand il eft teint de fang, je le dois détefter.
Eh quel regret, Seigneur, aurais-je à le quitter?
Dieu me l'a commandé par l'organe d'un père :
Je lui vais obéir, je vais vous fatisfaire;
J'en fais entre vos mains un ferment folennel....
Je defcends de ce trône, et je marche à l'autel.

L E O N C E.

Adieu : fouvenez-vous de ce ferment terrible.

(il fort.)

SCENE V.

IRENE, ZOÉ.

ZOÉ.

QUEL eſt ce joug nouveau qu'à votre cœur ſenſible
Un père impoſe encore en ce jour effrayant ?

IRENE.

Oui, je le veux remplir ce rigoureux ſerment ;
Oui, je veux conſommer mon fatal ſacrifice.
Je change de priſon ; je change de ſupplice.
Toi qui, toujours préſente à mes tourmens divers,
Au trouble de mon cœur, au fardeau de mes fers,
Partageas tant d'ennuis et de douleurs ſecrètes,
Oſeras-tu me ſuivre au fond de ces retraites
Où mes jours malheureux vont être enſevelis ?

ZOÉ.

Les miens dans tous les temps vous ſont aſſujettis.
Je vois que notre ſexe eſt né pour l'eſclavage :
Sur le trône en tout temps ce fut votre partage.
Ces momens ſi brillans, ſi courts et ſi trompeurs,
Qu'on nommait vos beaux jours, étaient de longs malheurs.
Souveraine de nom, vous ſerviez ſous un maître ;
Et quand vous êtes libre, et que vous devez l'être,
Le dangereux fardeau de votre dignité
Vous replonge à l'inſtant dans la captivité !
Les uſages, les lois, l'opinion publique,
Le devoir, tout vous tient ſous un joug tyrannique.

I R E N E.

Je porterai ma chaîne. . . . Il ne m'eft plus permis
D'ofer m'intéreffer aux deftins d'Alexis :
Je ne puis refpirer le même air qu'il refpire.
Qu'il foit à d'autres yeux le fauveur de l'empire,
Qu'on chériffe dans lui le plus grand des Céfars,
Il n'eft qu'un criminel à mes triftes regards.
Il n'eft qu'un parricide ! Et mon ame eft forcée
A chaffer Alexis de ma trifte penfée.
Si dans la folitude où je vais renfermer
Des fentimens fecrets trop prompts à m'alarmer,
Je me reffouvenais qu'Alexis fut aimable. . . .
Qu'il était un héros. . . . je ferais trop coupable.
Va, ma chère Zoé, va preffer mon départ ;
Sauve-moi d'un féjour que j'ai quitté trop tard.
Je vais trouver foudain le pontife et mon père,
Et je marche fans crainte au jour pur qui m'éclaire.
    (*en voyant Alexis.*)
Ciel !

S C E N E   V I.

IRENE, ALEXIS, Gardes *qui fe retirent après avoir*
mis un trophée aux pieds d'Irène.

A L E X I S.

Je mets à vos pieds en ce jour de terreur
Tout ce que je vous dois ; un empire, et mon cœur.
Je n'ai point difputé cet empire funefte ;
Il n'était rien fans vous. La juftice célefte
N'en devait dépouiller d'indignes fouverains
Que pour le rétablir par vos auguftes mains.

Régnez, puifque je règne : et que ce jour commence
Mon bonheur et le vôtre, et celui de Byzance.

I R E N E.

Quel bonheur effroyable ! Ah, Prince, oubliez-vous
Que vous êtes couvert du fang de mon époux ?

A L E X I S.

Oui, je veux de la terre effacer fa mémoire, (g)
Que fon nom foit perdu dans l'éclat de ma gloire ;
Que l'empire romain, dans fa félicité,
Ignore s'il régna, s'il a jamais été.
Je fais que ces grands coups, la première journée,
Font murmurer la Gréce et l'Afie étonnée :
Il s'élève foudain des cenfeurs, des rivaux ;
Bientôt on s'accoutume à fes maîtres nouveaux ;
On finit par aimer leur puiffance établie.
Qu'on fache gouverner, Madame, et tout s'oublie.
Après quelques momens d'une jufte rigueur
Que l'intérêt public exige d'un vainqueur,
Ramenez les beaux jours où l'heureufe Livie
Fit adorer Augufte à la terre affervie.

I R E N E.

Alexis ! Alexis ! ne nous abufons pas :
Les forfaits et la mort ont marché fur nos pas ;
Le fang crie : il s'élève, il demande juftice.
Meurtrier de Céfar, fuis-je votre complice ?

A L E X I S.

Ce fang fauvait le vôtre, et vous m'en puniffez !
Qui ? moi ! je fuis coupable à vos yeux offenfés !
Un defpote jaloux, un maître impitoyable,
Grâce au feul nom d'époux, eft pour vous refpectable ?

Ses jours vous font facrés! et votre défenfeur
N'était donc qu'un rebelle, et n'eft qu'un raviffeur!
Contre votre tyran quand j'ofais vous défendre,
A votre ingratitude aurais-je dû m'attendre?

I R E N E.

Je n'étais point ingrate : un jour vous apprendrez
Les malheureux combats de mes fens déchirés,
Vous plaindrez une femme en qui dès fon enfance
Son cœur et fes parens formèrent l'efpérance
De couler de fes ans l'inaltérable cours
Sous les lois, fous les yeux du héros de nos jours ;
Vous faurez qu'il en coûte alors qu'on facrifie
A des devoirs facrés le bonheur de fa vie.

A L E X I S.

Quoi! vous pleurez, Irène! Et vous m'abandonnez!

I R E N E.

A nous fuir pour jamais nous fommes condamnés.

A L E X I S.

Eh! qui donc nous condamne? Une loi fanatique,
Un refpect infenfé pour un ufage antique,
Embraffé par un peuple amoureux des erreurs,
Méprifé des Céfars, et furtout des vainqueurs!

I R E N E.

Nicéphore au tombeau me retient affervie ;
Et fa mort nous fépare encor plus que fa vie.

A L E X I S.

Chère et fatale Irène, arbitre de mon fort,
Vous vengez Nicéphore, et me donnez la mort!

I R E N E.

Vivez, régnez fans moi, rendez heureux l'empire.
Le deftin vous feconde ; il veut qu'une autre expire.

A L E X I S.

ALEXIS.

Et vous daignez parler avec tant de bonté !
Et vous vous obſtinez à tant de cruauté !
Que m'offrirait de pis la haine et la colère ?
Serez-vous à vous-même à tout moment contraire ?
Un père, je le vois, vous contraint de me fuir :
A quel autre auriez-vous promis de vous trahir !

IRENE.

A moi-même, Alexis.

ALEXIS.

Non, je ne le puis croire,
Vous n'avez point cherché cette affreuſe victoire ;
Vous ne renoncez point au ſang dont vous ſortez,
A vos ſujets ſoumis, à vos proſpérités,
Pour aller enfermer cette tête adorée
Dans le réduit obſcur d'une priſon ſacrée.
Votre père vous trompe. Une imprudente erreur,
Après l'avoir ſéduit, a ſéduit votre cœur.
C'eſt un nouveau tyran dont la main vous opprime.
Il s'immola lui-même et vous fait ſa victime.
N'a-t-il fui les humains que pour les tourmenter ?
Sort-il de ſon tombeau pour nous perſécuter ?
Plus cruel envers vous que Nicéphore même,
Veut-il aſſaſſiner une fille qu'il aime ?
Je cours à lui, Madame, et je ne prétends pas
Qu'il donne contre moi des lois dans mes Etats.
S'il mépriſe la cour, et ſi ſon cœur l'abhorre,
Je ne ſouffrirai pas qu'il la gouverne encore,
Et que de ſon eſprit l'imprudente rigueur
Perſécute ſon ſang, ſon maître et ſon vengeur.

SCENE VII.

IRENE, ALEXIS, ZOÉ.

ZOÉ.

MADAME, on vous attend : Léonce votre père,
Le miniftre du Dieu qui règne au fanctuaire,
Sont prêts à vous conduire, hélas ! felon vos vœux,
A cet augufte afile.... heureux ou malheureux.

IRENE.

Tout eft prêt, je vous fuis....

ALEXIS.

Et moi je vous devance ;
Je vais de ces ingrats réprimer l'infolence,
M'affurer à leurs yeux du prix de mes travaux,
Et deux fois en un jour vaincre tous mes rivaux.

SCENE VIII.

IRENE *feule*.

QUE vais-je devenir ? comment échapperai-je
Au précipice horrible, au redoutable piége
Où mes pas égarés font conduits malgré moi ?
Mon amant a tué mon époux et mon roi !
Et fur fon corps fanglant cette main forcenée
Ofe allumer pour moi les flambeaux d'hymenée !

Il veut que cette bouche, aux marches de l'autel,
Jure à fon meurtrier un amour éternel !
Oui, grand Dieu, je l'aimais, et mon ame égarée
De ce poifon fatal eft encore enivrée.
Que voulez-vous de moi, dangereux Alexis ?
Amant que j'abandonne, amant que je chéris :
Me forcez-vous au crime ? et voulez-vous encore
Etre plus mon tyran que ne fut Nicéphore ?

Fin du troifième acte.

V 2

ACTE IV.

SCENE PREMIERE.

IRENE, ZOÉ.

ZOÉ.

QUOI ! vous n'avez ofé, timide et confondue,
D'un père et d'un amant foutenir l'entrevue ?
Ah ! Madame ! en fecret auriez-vous pu fentir
De ce départ fatal un jufte repentir ?

IRENE.

Moi !

ZOÉ.

Souvent le danger dont on bravait l'image
Au moment qu'il approche étonne le courage.
La nature s'effraie, et nos fecrets penchans
Se réveillent dans nous plus forts et plus puiffans.

IRENE.

Non, je n'ai point changé ; je fuis toujours la même ;
Je m'abandonne entière à mon père qui m'aime.
Il eft vrai, je n'ai pu dans ce fatal moment
Soutenir les regards d'un père et d'un amant :
Je ne pouvais parler. Tremblante, évanouie,
Le jour fe refufait à ma vue obfcurcie :
Mon fang s'était glacé ; fans force et fans fecours,
Je touchais à l'inftant qui finiffait mes jours.
Rendrai-je grâce aux mains dont je fuis fecourue ?
Soutiendrai-je la vie, hélas ! qu'on m'a rendue ?

Si Léonce paraît, je fens couler mes pleurs ;
Si je vois Alexis, je frémis et je meurs :
Et je voudrais cacher à toute la nature
Mes fentimens, ma crainte, et les maux que j'endure.
Ah! que fait Alexis?

ZOÉ.

Il veut en fouverain
Vous replacer au trône, et vous donner fa main.
A Léonce, au pontife il s'expliquait en maître :
Dans fes emportemens j'ai peine à le connaître.
Il ne fouffrira point que vous ofiez jamais
Difpofer de vous-même et fortir du palais.

IRENE.

Ciel qui lis dans mon cœur, qui vois mon facrifice,
Tu ne fouffriras pas que je fois fa complice!

ZOÉ.

Que vous êtes en proie à de triftes combats!

IRENE.

Tu les connais ; plains-moi : ne me condamne pas.
Tout ce que peut tenter une faible mortelle
Pour fe punir foi-même, et pour régner fur elle,
Je l'ai fait, tu le fais ; je porte encor mes pleurs
Au Dieu dont la bonté change, dit-on, les cœurs.
Il n'a point exaucé mes plaintes affidues ;
Il repouffe mes mains vers fon trône étendues ;
Il s'éloigne.

ZOÉ.

Et pourtant, libre dans vos ennuis,
Vous fuyez votre amant.

IRENE.

Peut-être je ne puis.

V 3

Z O É.

Je vous vois réfifter au feu qui vous dévore.

I R E N E.

En voulant l'étouffer, l'allumerais-je encore?

Z O É.

Alexis ne veut vivre et régner que pour vous.

I R E N E.

Non, jamais Alexis ne fera mon époux.

Z O É.

Eh bien, fi dans la Gréce un ufage barbare,
Contraire à ceux de Rome, indignement fépare
Du refte des humains les veuves des Céfars,
Si ce dur préjugé règne dans nos remparts,
Cette loi rigoureufe, eft-ce un ordre fuprême
Que du haut de fon trône ait prononcé Dieu même?
Contre vous de fa foudre a-t-il voulu s'armer?

I R E N E.

Oui: tu vois quel mortel il me défend d'aimer.

Z O É.

Ainfi loin du palais où vous fûtes nourrie
Vous allez, belle Irène, enterrer votre vie!

I R E N E.

Je ne fais où je vais!... humains! faibles humains!
Réglons-nous notre fort? eft-il entre nos mains? (*h*)

SCENE II.

IRENE, LEONCE, ZOÉ.

LEONCE.

MA fille, il faut me fuivre et fuir en diligence
Ce féjour odieux fatal à l'innocence.
Ceffez de redouter, en marchant fur mes pas,
Les efforts des tyrans qu'un père ne craint pas,
Contre ces noms fameux d'augufte et d'invincible,
Un mot au nom du ciel eft une arme terrible ;
Et la religion qui leur commande à tous
Leur met un frein facré qu'ils mordent à genoux.
Mon cilice, qu'un prince avec dédain contemple,
L'emporte fur fa pourpre, et lui commande au temple.
Vos honneurs avec moi plus fûrs et plus conflans
Des volages humains feront indépendans ;
Ils n'auront pas befoin de frapper le vulgaire
Par l'éclat emprunté d'une pompe étrangère.
Vous avez trop appris qu'elle eft à dédaigner.
C'eft loin du trône enfin que vous allez régner.

IRENE.

Je vous l'ai déjà dit, fans regret je le quitte.
Le nouveau Céfar vient ; je pars, et je l'évite.
                              (elle fort.)

LEONCE.

Je ne vous quitte pas.

V 4

SCENE III.

ALEXIS, LEONCE.

ALEXIS.

C'EN eft trop; arrêtez.
Pour la dernière fois, père injuſte, écoutez ;
Ecoutez votre maître à qui le ſang vous lie,
Et qui pour votre fille a prodigué ſa vie ,
Celui qui d'un tyran vous a tous délivrés ,
Ce vainqueur malheureux que vous déſeſpérez.
Le ſouverain ſacré des autels de Sophie ,
Dont la cabale altière à la vôtre eſt unie ,
Contre moi vous feconde , et croit impunément
Ravir au nom du ciel Irène à ſon amant.
Je vous ai tous ſervis, vous , Irène et Byzance :
Votre fille en était la juſte récompenſe ,
Le ſeul prix qu'on devait à mon bras , à ma foi,
Le ſeul objet enfin qui ſoit digne de moi.
Mon cœur vous eſt ouvert, et vous ſavez ſi j'aime.
Vous venez m'enlever la moitié de moi-même,
Vous qui dès le berceau , nous uniſſant tous deux,
D'une main paternelle aviez formé nos nœuds ;
Vous par qui tant de fois elle me fut promiſe,
Vous me la raviſſez lorſque je l'ai conquiſe ! (i)
Lorſque je l'ai ſauvée, et vous, et tout l'Etat!
Mortel trop vertueux, vous n'êtes qu'un ingrat.
Vous m'oſez propoſer que mon cœur s'en détache !
Rendez-la moi, cruel, ou que je vous l'arrache.

Embraffez un fils tendre, et né pour vous chérir,
Ou craignez un vengeur armé pour vous punir.

LEONCE.

Ne foyez l'un ni l'autre, et tâchez d'être jufte.
Rapidement porté jufqu'à ce trône augufte,
Méritez vos fuccès.... Ecoutez-moi, Seigneur;
Je ne puis ni flatter ni craindre un empereur.
Je n'ai point déferté ma retraite profonde
Pour livrer mes vieux ans aux intrigues du monde,
Aux paffions des grands, à leurs vœux emportés:
Je ne puis qu'annoncer de dures vérités;
Qui ne fert que fon Dieu n'en a point d'autre à dire:
Je vous parle en fon nom, comme au nom de l'empire.
Vous êtes aveuglé; je dois vous découvrir
Le crime et les dangers où vous voulez courir.
Sachez que fur la terre il n'eft point de contrée,
De nation féroce et du monde abhorrée,
De climat fi fauvage, où jamais un mortel
D'un pareil facrilége ofât fouiller l'autel.
Ecoutez Dieu qui parle, et la terre qui crie:
» Tes mains à tón monarque ont arraché la vie;
» N'époufe point fa veuve. » Ou fi de cette voix
Vous ofez dédaigner les éternelles lois,
Allez ravir ma fille, et cherchez à lui plaire.
Teint du fang d'un époux et de celui d'un père:
Frappez....

ALEXIS, *en fe détournant.*

Je ne le puis.... et malgré mon courroux,
Ce cœur que vous percez s'eft attendri fur vous.
La dureté du vôtre eft-elle inaltérable?
Ne verrez-vous dans moi qu'un ennemi coupable?

Et regretterez-vous votre perfécuteur
Pour élever la voix contre un libérateur ? (*k*)
Tendre père d'Irène ! hélas! foyez mon père !
D'un juge fans pitié quittez le caractère ;
Ne facrifiez point et votre fille et moi
Aux fuperftitions qui vous fervent de loi.
N'en faites point une arme odieufe et cruelle;
Et ne l'enfoncez point d'une main paternelle
Dans ce cœur malheureux qui veut vous révérer ,
Et que votre vertu fe plaît à déchirer.
Tant de févérité n'eft point dans la nature :
D'un affreux préjugé laiffez-là l'impofture ;
Ceffez....

L E O N C E.

Dans quelle erreur votre efprit eft plongé !
La voix de l'univers eft-elle un préjugé ?

A L E X I S.

Vous difputez, Léonce, et moi je fuis fenfible.

L E O N C E.

Je le fuis comme vous.... le ciel eft inflexible.

A L E X I S.

Vous le faites parler ; vous me forcez, cruel,
A combattre à la fois et mon père et le ciel.
Plus de fang va couler pour cette injufte Irène
Que n'en a répandu l'ambition romaine.
La main qui vous fauva n'a plus qu'à fe venger.
Je détruirai ce temple où l'on m'ofe outrager ;
Je briferai l'autel défendu par vous-même,
Cet autel , en tout temps , rival du diadème,
Ce fatal inftrument de tant de paffions ,
Chargé par nos aïeux de l'or des nations :

Cimenté de leur fang, entouré de rapines.
Vous me verrez, ingrat, fur ces vaftes ruines,
De l'hymen qu'on réprouve allumer les flambeaux
Au milieu des débris, du fang et des tombeaux.

LEONCE.

Voilà donc les horreurs où la grandeur fuprême,
Alors qu'elle eft fans frein, s'abandonne elle-même!
Je vous plains de régner!

ALEXIS,

           Je me fuis emporté;
Je le fens, j'en rougis. Mais votre cruauté
Tranquille en me frappant, barbare avec étude,
Infulte avec plus d'art et porte un coup plus rude.
Retirez-vous, fuyez.

LEONCE.

           J'attendrai donc, Seigneur,
Que l'équité m'appelle, et parle à votre cœur.

ALEXIS.

Non, vous n'attendrez point : décidez tout à l'heure
S'il faut que je me venge, ou s'il faut que je meure.

LEONCE.

Voilà mon fang, vous dis-je, et je l'offre à vos coups.
Refpectez mon devoir; il eft plus fort que vous.

                 (il fort.)

S C E N E   I V.

A L E X I S *feul.*

Qu E fon fort eft heureux! affis fur le rivage
Il regarde en pitié ce turbulent orage
Qui de mon trifte règne a commencé le cours.
Irène a fait le charme et l'horreur de mes jours.
Sa faibleffe m'immole aux erreurs de fon père,
Aux difcours infenfés d'un aveugle vulgaire.
Ceux en qui j'efpérais font tous mes ennemis.
J'aime, je fuis Céfar, et rien ne m'eft foumis!
Quoi! je puis fans rougir, dans les champs du carnage,
Lorfqu'un fcythe, un germain fuccombe à mon courage,
Sur fon corps tout fanglant qu'on apporte à mes yeux
Enlever fon époufe à l'afpect de fes dieux,
Sans qu'un prêtre, un foldat, ofe lever la tête!
Aucun n'ofe douter du droit de ma conquête;
Et mes concitoyens me défendront d'aimer
La veuve d'un tyran qui voulut l'opprimer! (*l*)
Entrons.

S C E N E   V.

A L E X I S ,   Z O É.

A L E X I S.

Eh bien, Zoé, que venez-vous m'apprendre?

Z O É.

Dans fon appartement gardez-vous de vous rendre.
Léonce et le pontife épouvantent fon cœur:
Leur voix fainte et funefte y porte la terreur.

Gémiffante à leurs pieds, tremblante, évanouie,
Nos triftes foins à peine ont rappelé fa vie.
Des murs de ce palais ils ofent l'arracher.
Une trifte retraite à jamais va cacher
Du refte de la terre Irène abandonnée.
Des veuves des Céfars telle eft la deftinée.
On ne verrait en vous qu'un tyran furieux,
Un foldat facrilége, un ennemi des cieux,
Si, voulant abolir ces ufages finiftres,
De la religion vous braviez les miniftres.
L'impératrice en pleurs vous conjure à genoux
De ne point écouter un imprudent courroux,
De la laiffer remplir ces devoirs déplorables
Que des maîtres facrés jugent inviolables.

ALEXIS.

Des maîtres ? où je fuis !... j'ai cru n'en avoir plus.
A moi, Gardes, venez.

SCENE VI.

ALEXIS, ZOÉ, MEMNON, et les Gardes.

ALEXIS.

Mes ordres abfolus
Sont que de cette enceinte aucun mortel ne forte.
Qu'on foit armé par-tout ; qu'on veille à cette porte.
Allez. On apprendra qui doit donner la loi ;
Qui de nous eft Céfar, ou le pontife ou moi.
Chère Zoé, rentrez : avertiffez Irène
Qu'on lui doit obéir, et qu'elle s'en fouvienne.

(*à Memnon.*)

Ami, c'est avec toi qu'aujourd'hui j'entreprends
De brifer en un jour tous les fers des tyrans.
Nicéphore est tombé ; chaffons ceux qui nous reftent ;
Ces tyrans des efprits que mes chagrins déteftent.
Que le père d'Irène au palais arrêté
Ait enfin moins d'audace et moins d'autorité,
Qu'éloigné de fa fille, et réduit au filence,
Il ne féduife plus les peuples de Byzance.
Que cet ardent pontife au palais foit gardé.
Un autre plus foumis par mon ordre eft mandé,
Qui fera plus docile à ma voix fouveraine.
Conftantin, Théodofe en ont trouvé fans peine.
Plus criminels que moi dans ce trifte féjour,
Les cruels n'avaient pas l'excufe de l'amour.

M E M N O N. (*m*)

Céfar, y penfez-vous? ce vieillard intraitable,
Opiniâtre, altier, eft pourtant refpectable.
Il eft de ces vertus, que forcés d'eftimer,
Même en les déteftant nous tremblons d'opprimer.
Eh, ne craignez-vous point par cette violence
De faire au cœur d'Irène une mortelle offenfe ?

A L E X I S.

Non, j'y fuis réfolu.... je vous dois ma grandeur,
Et mon trône, et ma gloire.... il manque le bonheur.
Je fuccombe, en régnant, au deftin qui m'outrage.
Secondez mes tranfports : achevez votre ouvrage.

Fin du quatrième acte.

ACTE V.

SCENE PREMIERE.

ALEXIS, MEMNON.

MEMNON.

Oui, quelquefois fans doute il eft plus difficile
De s'affurer chez foi d'un fort pur et tranquille,
Que de trouver la gloire au milieu des combats,
Qui dépendent de nous moins que de nos foldats.
Je vous l'ai dit, Irène en fa jufte colère
Ne pardonnera point l'attentat fur fon père.

ALEXIS.

Mais quoi ! laiffer près d'elle un maître impérieux
Qui lui reprochera le pouvoir de fes yeux !
Qui, lui fefant furtout un crime de me plaire,
Et tournant à fon gré ce cœur fouple et fincère,
Gouvernant fa faibleffe, et trompant fa candeur,
Va changer par degré fa tendreffe en horreur !
Je veux régner fur elle ainfi que fur Byzance,
La couvrir des rayons de ma toute-puiffance ;
Et que ce maître altier, qui veut donner la loi,
Soit aux pieds de fa fille, et la ferve avec moi.

MEMNON.

Vous vous trompiez, Céfar : j'ai prévu vos alarmes ;
Vous avez contre vous tourné vos propres armes.
C'en eft fait, je vous plains.

A L E X I S.

Tu m'as donc obéi.

M E M N O N.

C'était avec regret; mais je vous ai servi :
J'ai faifi ce vieillard; et Céfar, qui foupire,
Des faibleffes d'amour m'apprend quel eft l'empire.
Mais après cette injure auriez-vous efpéré
De ramener à vous un efprit ulcéré?
Eh, pourquoi confulter dans de telles alarmes
Un vieux foldat blanchi dans les horreurs des armes?

A L E X I S.

Ah ! cher et fage ami, que tes yeux éclairés
Ont bien prévu l'effet de mes vœux égarés !
Que tu connais ce cœur fi contraire à foi-même,
Efclave révolté qui perd tout ce qu'il aime,
Aveugle en fon courroux, prompt à fe démentir,
Né pour les paffions et pour le repentir !
                                (Memnon fort.)

S C E N E   I I.

A L E X I S,   Z O É.

A L E X I S.

Venez, venez, Zoé, vous que chérit Irène :
Jugez fi mon amour a mérité fa haine,
Si je voulais en maître, en vainqueur, en Céfar,
Montrer l'augufte Irène enchaînée à mon char.

                                                Je

Je n'ordonnerai point qu'une odieuſe fête
Au temple du Boſphore avec éclat s'apprête ;
Je n'inſulterai point à ces préventions
Que le temps enracine au cœur des nations.
Je prétends préparer cet hymen où j'aſpire
Loin d'un peuple importun qu'un vain ſpectacle attire.
Vous connaiſſez l'autel qu'éleva dans ces lieux
Avec ſimplicité la main de nos aïeux ;
N'admettant pour garant de la foi qu'on ſe donne
Que deux amis, un prêtre et le ciel qui pardonne ;
C'eſt là que devant Dieu je promettrai mon cœur.
Eſt-il indigne d'elle ? inſpire-t-il l'horreur ?
Dites-moi par pitié ſi ſon ame agitée
Aux offres que je fais recule épouvantée ;
Si mon profond reſpect ne peut que l'indigner ;
Enfin ſi je l'offenſe en la feſant régner.

Z O É.

Ce matin, je l'avoue, en proie à ſes alarmes,
Votre nom prononcé feſait couler ſes larmes :
Mais depuis que Léonce ici vous a parlé,
L'œil fixe, le front pâle et l'eſprit accablé,
Elle garde avec nous un farouche ſilence ;
Son cœur ne nous fait plus la triſte confidence
De ce remords puiſſant qui combat ſes déſirs ;
Ses yeux n'ont plus de pleurs et ſa voix de ſoupirs.
De ſon dernier affront profondément frappée,
De Léonce et de vous toute entière occupée,
A nos empreſſemens elle n'a répondu
Que d'un regard mourant, d'un viſage éperdu ;
Ne pouvant repouſſer de ſa ſombre penſée
Le douloureux fardeau qui la tient oppreſſée.

Théâtre. Tome VI. X

IRENE.

ALEXIS.

Hélas ! elle vous aime , et fans doute me craint.
Si dans mon défefpoir votre amitié me plaint,
Si vous pouvez beaucoup fur ce cœur noble et tendre,
Réfolvez-la du moins à me voir , à m'entendre,
A ne point rejeter les vœux humiliés
D'un empereur foumis et tremblant à fes pieds.
Le vainqueur de Céfar eft l'efclave d'Irène ;
Elle étend à fon choix, ou refferre fa chaîne :
Qu'elle dife un feul mot.

ZOÉ.

Jufques en ce féjour
Je la vois avancer par ce fecret détour.

ALEXIS.

C'eft elle-même , ô Ciel !

ZOÉ.

A la terre attachée
Sa vue à notre afpect s'égare effarouchée.
Elle avance vers vous , mais fans vous regarder.
Je ne fais quelle horreur femble la pofféder.

ALEXIS.

Irène , eft-ce bien vous ? Quoi ! loin de me répondre ,
A peine d'un regard elle veut me confondre !

SCENE III.

ALEXIS, IRENE, ZOÉ.

IRENE.

(un des soldats qui l'accompagne lui approche un fauteuil.)

Un siége.... je succombe. En ces lieux écartés
Attendez-moi, Soldats.... Alexis, écoutez.

(d'une voix égale, entrecoupée, mais ferme autant que douloureuse.)

Sachant ce que je souffre, et voyant ce que j'ose,
D'un pareil entretien vous pénétrez la cause ;
Et l'on saura bientôt si j'ai dû vous parler :
D'un reproche assez grand je puis vous accabler ;
Mais l'excès du malheur affaiblit la colère.
Teint du sang d'un époux vous m'enlevez un père ;
Vous cherchez contre vous encore à soulever
Cet empire et ce ciel que vous osez braver,
Je vois l'emportement de votre affreux délire
Avec cette pitié qu'un frénétique inspire ;
Et je ne viens à vous que pour vous retirer
Du fond de cet abyme où je vous vois entrer.
Je plaignais de vos sens l'aveuglement funeste :
On ne peut le guérir.... Un seul parti me reste.
Allez trouver mon père, implorez son pardon
Revenez avec lui. Peut-être la raison,

X 2

Le devoir, l'amitié, l'intérêt qui nous lie,
La voix du fang qui parle à fon ame attendrie,
Rapprocheront trois cœurs qui ne s'accordaient pas.
Un moment peut finir tant de triftes combats.
Allez : ramenez-moi le vertueux Léonce ;
Sur mon fort avec vous que fa bouche prononce :
Puis-je y compter ?

ALEXIS.

J'y cours, fans rien examiner.
Ah ! fi j'ofais penfer qu'on pût me pardonner,
Je mourrais à vos pieds de l'excès de ma joie.
Je vole aveuglément où votre ordre m'envoie :
Je vais tout réparer ; oui, malgré fes rigueurs,
Je veux qu'avec ma main, fa main sèche vos pleurs.
Irène, croyez-moi ; ma vie eft deftinée
A vous faire oublier cette affreufe journée.
Votre père adouci ne reverra dans moi
Qu'un fils tendre et foumis, digne de votre foi.
Si trop de fang pour vous fut verfé dans la Thrace,
Mes bienfaits répandus en couvriront la trace ;
Si j'offenfai Léonce, il verra tout l'Etat
Expier avec moi cet indigne attentat.
Vous régnerez tous deux : ma tendreffe n'afpire
Qu'à laiffer dans fes mains les rênes de l'Empire. (n)
J'en jure les héros dont nous tenons le jour,
Et ce ciel qui m'entend, et vous et mon amour.

IRENE, en s'attendriffant et en retenant fes larmes.

Allez : ayez pitié de cette infortunée :
Le ciel vous l'arracha ; pour vous elle était née.
Allez, Prince.

ALEXIS.

Ah ! grand Dieu, témoin de fes bontés,
Je ferai digne enfin de mon bonheur.

IRENE.
Partez.

(en pleurant.)   (il fort.)
Suivez fes pas, Zoé fi fidelle et fi chère.

SCENE IV.

IRENE feule, fe levant.

Quai-je dit ? qu'ai-je fait, et qu'eft-ce que j'efpère ?
Je ne me connais plus.... Tandis qu'il me parlait,
Au feul fon de fa voix tout mon cœur s'échappait.
Chaque mot, chaque inftant portait dans ma bleffure
Des poifons dévorans dont frémit la nature.

(elle marche égarée et hors d'elle-même.)

Non, ne m'obéis point ; non, mon cher Alexis,
N'amène point mon père à mes yeux obfcurcis.
Reviens. Ah ! je te vois. Ah ! je t'entends encore.
J'idolâtre avec toi le crime que j'abhorre.
O crime, éloigne-toi ! Ciel...., quel objet affreux !
Quel fpectre menaçant fe jette entre nous deux !
Eft-ce toi, Nicéphore ? Ombre terrible, arrête :
Ne verfe que mon fang, ne frappe que ma tête.
Moi feule j'ai tout fait : c'eft mon coupable amour,
C'eft moi qui t'ai trahi, qui t'ai ravi le jour.
Quoi ! tu te joins à lui, toi, mon malheureux père !
Tu pourfuis cette fille homicide, adultère !

X 3

Fuis, mon cher Alexis; détourne avec horreur
Ces yeux fi dangereux, fi puiffans fur mon cœur !
Dégage de mes mains ta main de fang fumante ;
Mon père et mon époux pourfuivent ton amante !
Sur leurs corps tout fanglans me faudra-t-il marcher
Pour voler dans tes bras dont on vient m'arracher ?

    Ah ! je reviens à moi..... Religion facrée,
Devoir, nature, honneur ! à cette ame égarée
Vous rendez fa raifon, vous calmez fes efprits....
Je ne vous entends plus fi je vois Alexis !...

    Dieu que je veux fervir, et que pourtant j'outrage,
Pourquoi m'as-tu livrée à ce cruel orage?
Contre un faible rofeau pourquoi veux-tu t'armer ?
Qu'ai-je fait ? Tu le fais : tout mon crime eft d'aimer !
Malgré mon repentir, malgré ta loi fuprême,
Tu vois que mon amant l'emporte fur toi-même.
Il règne, il t'a vaincu dans mes fens obfcurcis....
Eh bien, voilà mon cœur; c'eft là qu'eft Alexis :
Oui, tant que je refpire il en eft le feul maître.
Je fens qu'en l'adorant je vais te méconnaître....
Je trahis et l'hymen et la nature, et toi....

          (*elle tire un poignard, et fe frappe.*)

Je te venge de lui, je te venge de moi.
Alexis fut mon dieu; je te le facrifie.
Je n'y puis renoncer qu'en m'arrachant la vie.

            (*elle tombe dans un fauteuil.*)

SCENE V et dernière.

IRENE mourante, ALEXIS, LEONCE,
MEMNON, Suite.

ALEXIS.

Je vous ramène un père, et je me suis flatté
Que nous pourrions fléchir sa dure austérité.
Que sa justice enfin me jugeant moins coupable
Daignerait.... juste Dieu! quel spectacle effroyable!
Irène! chère Irène!....

LEONCE.

O ma fille! ô fureur!

ALEXIS, se jetant aux genoux d'Irène.

Quel démon t'inspirait!

IRENE à Alexis,   à Léonce.

Mon amour, votre honneur.
J'adorais Alexis, et je m'en suis punie.
(Alexis veut se tuer, Memnon l'arrête.)

LEONCE.

Ah! mon zèle funeste eut trop de barbarie.

IRENE, leur tendant les mains.

Souvenez-vous de moi.... plaignez tous deux mon sort....
Ciel! prends soin d'Alexis, et pardonne ma mort!

X 4

ALEXIS, *à genoux d'un côté.*

Irène! Irène! ah Dieu!

LEONCE, *à genoux de l'autre côté.*

Déplorable victime!

IRENE.

Pardonne, Dieu clément! ma mort eſt-elle un crime?

Fin du cinquième et dernier acte.

VARIANTES

D'IRENE.

(a) . . . .
Le fentiment honteux dont il eft tourmenté.

IRENE.

S'il cache par orgueil fa frénéfie affreufe,
Dans ce trifte palais fuis-je moins malheureufe?
Que le fuprême rang, toujours trop envié,
Souvent pour notre fexe eft digne de pitié!
Le funefte préfent de quelques faibles charmes
Nous eft vendu bien cher, et payé par nos larmes.
Crois qu'il n'eft point de jour, peut-être de moment
Dont un tyran cruel ne me faffe un tourment.
Sans objet, tu le fais, fa fombre jaloufie
Souvent mit en péril ma déplorable vie.
J'en ai vu fans pâlir les traits injurieux:
Que ne les ai-je pu cacher à tous les yeux!

ZOÉ.

Je vous plains; mais enfin contre votre innocence,
Contre tant de vertus, lui-même eft fans puiffance,
Je gémis de vous voir nourrir votre douleur.
Que craignez-vous? &c. . . . .

(b) S'alarme, fe divife et tremble à fon retour;
C'eft tout ce que m'apprend une rumeur foudaine
Qui fait naître ou la crainte ou l'efpérance vaine,
Qui va de bouche en bouche armer les factions,
Et préparer Byzance aux révolutions.
Pour moi, je fais affez quel parti je dois prendre,
Qui doit me commander, et qui je dois défendre.
Je ne confulte point nos miniftres, nos grands,
Leurs intérêts cachés, leurs partis différens;
J'en croirai feulement mes foldats et moi-même.
Alexis m'a placé, je fuis à lui, je l'aime,
Je le fers, et furtout dans ces extrémités,
Memnon fera fidelle au fang dont vous fortez.

Inftruit de vos dangers, plein d'un noble courage,
Madame, il ne pouvait différer davantage.
Peut-être j'en dis trop; mais enfin ce retour
Suivra de peu d'inftans la naiffance du jour.
Les momens me font chers, pardonnez à mon zèle,
Et fouffrez que je vole où mon devoir m'appelle.

S C E N E I I I.

I R E N E, Z O É.

I R E N E.

Que tout ce qu'il m'a dit vient encor m'agiter!
Pour moi dans ce moment tout eft à redouter.
Memnon s'explique affez: ah, que vient-il m'apprendre!
Quoi! Céfar alarmé refufe de m'entendre!
Alexis en ces lieux va paraître aujourd'hui,
Et je vois que Memnon eft d'accord avec lui.
Les Etats convoqués dans Byzance incertaine,
Fatiguant dès long-temps la grandeur fouveraine,
Troublent l'empire entier par leurs divifions:
Tout ce peuple s'enflamme au feu des factions;
Et moi, dans mes devoirs à jamais renfermée,
Sourde aux bruyans éclats d'une ville alarmée,
A mon époux foumife, et cachant ma douleur,
Parmi tant de dangers je ne crains que mon cœur!
Peut-être il me prépare un avenir terrible, &c.

(c) . . . .

Et fuis-je un criminel à fes yeux offenfés?
Allez, je le ferai plus que vous ne penfez.
J'ai trop été fujet.

I R E N E.

Je fuis réduite à l'être;
Seigneur, fouvenez-vous que Céfar eft mon maître.

A L E X I S.

Non, pour un tel honneur Cefar n'était point né:
Il m'arracha le bien qui m'était deftiné.
Il n'en était pas digne, &c. . . . . . .

(*d*) Vous régnez aujourd'hui , Seigneur , fi vous l'ofez.

ALEXIS.

Moi ! fi je l'oferai ? j'y vole en affurance :
Je mets aux pieds d'Irène et mon cœur et Byzance.
J'ai de l'ambition , et je hais l'empereur....
Mais de ces paffions qui dévorent mon cœur
Irène eft la première : elle feule m'anime ;
Pour elle feule , ami , j'aurais pu faire un crime.
Mais on n'eft point coupable en frappant les tyrans.
C'eft mon trône après tout , mon bien que je reprends ;
Il m'enlevait l'empire , il m'ôtait ce que j'aime.

MEMNON.

Je me trompe , Seigneur , &c.

(*e*) Il y avait dans quelques manufcrits :

Dieu jufte , mais clément , veille fur Alexis !

(*f*) Quand je dois l'oublier , pourquoi m'en parlez-vous ?

LEONCE.

Ta douleur m'attendrit , ma fermeté s'étonne ;
Je vois tous tes combats , et je te les pardonne.
Ah ! je n'abufe point ici de mon pouvoir :
L'inexorable honneur a dicté ton devoir.

(*g*)   ALEXIS.

Ah ! j'avais trop prévu ce reproche terrible :
D'avance il déchirait cette ame trop fenfible.
Entraîné , combattu , partagé tour à tour ,
Tremblant , prefqu'à regret j'ai vaincu pour l'amour.
Oui , Dieu m'en eft témoin , et je le jure encore ;
Toujours dans le combat j'évitais Nicéphore :
Il me cherchait toujours , et lui feul a forcé
Ce bras dont le deftin , malgré moi , l'a percé.
Ne m'en puniffez pas , et laiffez-moi vous dire
Que pour vous , non pour moi , j'ai reconquis l'empire.
Il eft à vous , Madame ; et je n'ai confpiré
Que pour voir fur vos jours mon amour affuré.
Mais je veux de la terre effacer , &c. . . .

(*h*) L'auteur a cru devoir retrancher la scène suivante qui était la seconde du quatrième acte :

I R E N E, Z O É, M E M N O N.

M E M N O N.

J'apporte à vos genoux les vœux de cet empire.
Tout le peuple, Madame, en ce grand jour n'aspire
Qu'à vous voir réunir par un nœud glorieux
Les restes adorés du sang de vos aïeux.
Confirmez le bonheur que le ciel nous envoie ;
Réparez nos malheurs par la publique joie ;
Vous verrez à vos pieds le Sénat, les Etats,
Les députés du peuple, et les chefs des soldats,
Solliciter, presser cette union chérie
D'où dépend désormais le bonheur de leur vie.
Assurez les destins de l'empire nouveau
En donnant des Césars formés d'un sang si beau.
Sur ce vœu général que ma voix vous annonce,
On attend qu'aujourd'hui votre bouche prononce ;
Et nul vain préjugé ne doit vous retenir.
Périsse du tyran jusqu'à son souvenir.

(*il sort.*)

I R E N E.

Eh bien, tu vois mon sort ! suis-je assez malheureuse ?
Ce vain projet rendra ma peine plus affreuse.
De céder à leurs vœux il n'est aucun espoir.

(*i*) Vous me la refusez lorsque je l'ai conquise !
A trahir ses sermens c'est vous qui la forcez,
Barbare ! et c'est à moi que vous la ravissez ;
Sur cet heureux lien devenu nécessaire,
Injustement l'objet d'une rigueur austère,
Sourd à la voix publique, oubliant mon devoir,
L'amour et l'amitié fondaient tout mon espoir.
Ne vous figurez pas que mon cœur s'en détache ;
Il faut qu'on me la cède, ou que je vous l'arrache.

(*k*) Pour élever la voix contre un libérateur ?
  Oui , je le fuis, Léonce ; et perfonne n'ignore
  A quelle cruauté fe porta Nicéphore.
  Mon bras à l'innocence a dû fervir d'appui ,
  Détrôner le tyran fans m'armer contre lui.
  Tel était mon deffein : fa fureur éperdue
  A pourfuivi ma vie, et je l'ai défendue.
  Si malgré moi ce fer a pu caufer fa mort,
  C'eft le fruit de fa rage, et le crime du fort.
  Tendre père d'Irène , &c. . . . .

(*l*) La veuve d'un tyran qui voulut l'opprimer.
  Ah ! c'eft trop en fouffrir , perfécuteurs d'Irène ,
  Vous qui des paffions ne fentez que la haine ,
  Laiffez-moi mon amour : rien ne peut arracher
  De mon cœur éperdu l'efpoir d'un bien fi cher.
  Malgré le fanatifme , et la haine et l'envie
  Je faurai m'affurer du bonheur de ma vie.
  Entrons.

(*m*)   M E M N O N.
  Je hais autant que vous ces cenfeurs intraitables ,
  Dans leur auftérité toujours inébranlables ,
  Ennemis de l'Etat, ardens à tout blâmer,
  Tyrans de la nature, incapables d'aimer.

                    A L E X I S.
  A ce pofte important, non moins que difficile ,
  J'ai penfé mûrement ; tu peux être tranquille.
  Toi qui lis dans mon cœur, il ne t'eft point fufpect ;
  Pour la religion tu connais mon refpect.
  J'ai fait choix d'un mortel dont la douce fageffe
  Ne mettra dans fes foins l'orgueil ni la rudeffe :
  Pieux fans fanatifme, et fait pour s'attirer
  Les cœurs que fon devoir l'oblige d'éclairer.
  Quand des miniftres faints tel eft le caractère,
  La terre eft à leurs pieds, les aime et les révère.

                    M E M N O N.
  Les ordres de l'Etat avilis, abattus,
  Vont être relevés , Seigneur, par vos vertus ;

Mais fongez que Léonce eft le père d'Irène ;
Et quoiqu'il ait voulu la former pour la haine,
Elle chérit ce père ; et même pour appui
Irène en ce grand jour après vous n'a que lui.
Pardonnez, mais je crains que cette violence
Ne foit au cœur d'Irène une éternelle offenfe.

(n) Qu'à laiffer dans fes mains les rênes de l'empire.
Oui, mon cœur confolé fe partage entre vous,
Irène ; et je reviens fon fils et votre époux.

I R E N E.

Suivez fes pas, Zoé ; vous qui me fûtes chère,
Vous le ferez toujours.

SCENE IV.

I R E N E feule.

Eh bien, que vais-je faire ?
Je ne le verrai plus ! tandis qu'il me parlait
Au feul fon de fa voix tout mon cœur s'échappait.
Il te fuit, Alexis : Ah ! fi tant de tendreffe
Par de nouveaux fermens attaquait ma faibleffe !
Cruel ! malgré les miens, malgré le ciel jaloux,
Malgré mon père et moi, tu ferais mon époux.
Qu'as-tu dit, malheureufe ! en quel piége arrêtée,
Dans quel gouffre d'horreurs es-tu précipitée ?
Regarde autour de toi : vois ton mari fanglant,
Egorgé fous tes yeux des mains de ton amant !
Il était après tout ton maître légitime,
L'image de Dieu même : il devient ta victime !
Vois fon fier méurtrier, le jour de fon trépas
Elevé fur fon trône et volant dans tes bras !
Et tu l'aimes, barbare ! et tu n'as pu le taire !
Dans ce jour effrayant de pompe funéraire,
Tu n'attends plus que lui pour étaler l'horreur
De tes crimes fecrets, confommés dans ton cœur.
Il va joindre à ta main fa main de fang fumante !
Si ton père éperdu devant toi fe préfente,

Sur le corps de ton père il te faudra marcher
Pour voler à l'amant qu'il te vient arracher.

(*elle fait quelques pas.*)

Nature, honneur, devoir, religion sacrée !
Vous me parlez encore ; et mon ame enivrée
Suspend à votre voix ses vœux irrésolus !...
Si mon amant paraît, je ne vous entends plus....
Dieu que je veux servir ! Dieu puissant que j'outrage,
Pourquoi m'as-tu livrée à ce cruel orage ?
Contre un faible roseau pourquoi veux-tu t'armer ?
Qu'ai-je fait ? tu le fais : tout mon crime est d'aimer.

(*elle se rassied.*)

Malgré mon repentir, malgré ta loi suprême,
Tu vois que mon amant l'emporte sur toi-même :
Il règne, il t'a vaincu dans mes sens obscurcis.

(*elle se relève.*)

Eh bien, voilà mon cœur : c'est là qu'est Alexis.

(*elle tire un poignard.*)

Je te venge de lui ; je te le sacrifie ;
Je n'y puis renoncer qu'en m'arrachant la vie.

(*elle se frappe, et tombe sur un fauteuil.*)

Fin des Variantes.

AGATHOCLE,

. . . . Je me meurs! . . . .

Agathocle Acte 4 Sce. 1re.

J. M. Moreau le J.e inv .   1789   Simonet Sculp.

AGATHOCLE,

TRAGEDIE.

Repréſentée le 31 mai 1779, jour de
l'anniverſaire de la mort de M. de *Voltaire.*

AVERTISSEMENT

DES EDITEURS.

On ne doit regarder cette tragédie que comme une efquiffe. Les fituations, les fcènes font quelquefois plutôt indiquées que remplies. Les caractères font heureufement conçus, fortement deffinés; mais les traits ne font pas terminés, les nuances ne font point marquées. Cet ouvrage eft précieux, parce qu'il montre la manière dont travaillait M. de *Voltaire*, et qu'il fert à expliquer comment il a pu joindre une fécondité fi prodigieufe avec tant de perfection. On voit qu'il retravaillait long-temps fes ouvrages, mais fans jamais s'arrêter fur les détails, fans fufpendre la marche, attendant le moment de l'infpiration; fachant qu'on n'y fupplée point par des efforts, profitant des inftans où fon génie avait toutes fes forces pour faire de grandes chofes, et ne perdant pas ce temps précieux à corriger un vers, à prévenir une objection; revenant enfuite fur ces objets, dans des inftans moins heureux et plus tranquilles.

Le jour de la première repréfentation de cette pièce, M. *Brifard* prononça un difcours où l'on a reconnu la manière d'un philofophe illuftre, qu'une amitié tendre et conftante uniffait à

M. de *Voltaire*, et qui a long-temps fait caufe commune avec lui contre les ennemis de l'humanité. La Gréce a cultivé à la fois tous les arts et toutes les fciences, mais la première repréfentation de l'Oedipe à Colonne ne fut point annoncée par un difcours de *Platon*.

DISCOURS

D'AGATHOCLE.

„ LA perte irréparable que le théâtre, les lettres et
„ la France ont faite l'année dernière, et dont le
„ triste anniverſaire vous raſſemble aujourd'hui, a
„ été, depuis cette fatale époque, l'objet continuel
„ de vos regrets. Vous avez du moins eu la conſo-
„ lation de voir ce que l'Europe a de plus grand et
„ de plus auguſte partager un ſentiment ſi digne
„ de vous ; et les honneurs que vous venez rendre
„ à cette ombre illuſtre vont encore ſatisfaire et
„ ſoulager tout à la fois votre juſte douleur. Pour
„ donner à cette cérémonie funèbre tout l'éclat
„ qu'elle mérite et que vous déſirez, nous avions
„ penſé d'abord à remettre ſous vos yeux quelqu'une
„ de ces tragédies immortelles dont M. de *Voltaire*
„ a ſi long-temps enrichi la ſcène, et que vous
„ venez ſi ſouvent y admirer; mais dans ce jour de
„ deuil, où le premier beſoin de vos cœurs eſt de
„ déplorer la perte de ce grand homme, nous
„ croyons ajouter à l'intérêt qu'elle vous inſpire, en
„ vous préſentant la pièce qu'il vous deſtinait quand
„ la mort eſt venue terminer ſa glorieuſe carrière.

„ Vous verrez ſans doute, Meſſieurs, avec atten-
„ driſſement l'auteur de Zaïre et de Mérope, accablé
„ d'années, de travaux et de ſouffrances, recueillant
„ tout ce qui lui reſtait de force et de courage pour
„ s'occuper encore de vos plaiſirs, au moment où

,, vous alliez le perdre pour jamais; vous connaîtrez
,, tout le prix qu'il mettait à vos fuffrages par les
,, efforts qu'il fefait au bord même du tombeau pour
,, les mériter; efforts qui peut-être ont abrégé une
,, vie fi précieufe.

,, Un peuple dont le goût éclairé pour les beaux
,, arts revit en vous, le peuple d'Athènes, entouré
,, des chefs-d'œuvre que lui laiffaient en mourant
,, les artiftes célèbres, femblait au moment de leurs
,, obsèques, arrêter fes regards avec moins d'intérêt
,, fur ces productions fublimes que fur les ouvrages
,, auxquels ces hommes rares travaillaient encore
,, lorfqu'ils avaient été enlevés à la patrie. Les yeux
,, pénétrans de leurs concitoyens lifaient dans ces
,, refpectables reftes toute la penfée du génie qui
,, les avait conçus. Ils y voyaient encore attachée la
,, main expirante qui n'avait pu les finir; et cette
,, douloureufe image leur rendait plus cher l'illuftre
,, compatriote qu'ils ne poffédaient plus, mais qui
,, jufqu'à la fin de fa vie avait tout fait pour eux.

,, Vous imiterez, Meffieurs, cette nation recon-
,, naiffante et fenfible, en écoutant l'ouvrage auquel
,, M. de *Voltaire* a confacré fes derniers inftans;
,, vous apercevrez tout ce qu'il aurait fait pour le
,, rendre plus digne de vous être offert: votre équité
,, fuppléera à ce que vos lumières pourraient y
,, défirer: vous croirez voir ce grand homme préfent
,, encore au milieu de vous, dans cette même falle
,, qui fut foixante ans le théâtre de fa gloire, et où
,, vous-même l'avez couronné par nos faibles mains
,, avec des tranfports fans exemple; enfin, vous
,, pardonnerez à notre zèle pour fa mémoire, ou

,, plutôt vous le juſtifierez, en rendant à ſa cendre
,, les honneurs que vous avez tant de fois rendus à
,, ſa perſonne.

,, Quel ennemi des talens et des ſuccès oſerait,
,, dans une circonſtance ſi touchante, inſulter à la
,, reconnaiſſance de la nation, et en troubler les
,, témoignages ? Ce ſentiment vil et cruel ne peut
,, être, Meſſieurs, celui d'aucun français, et ſerait
,, d'ailleurs un nouveau tribut que l'envie payerait,
,, ſans le vouloir, aux manes de celui que vous
,, pleurez. ,,

PERSONNAGES.

AGATHOCLE, tyran de Syracuse.

POLYCRATE,
ARGIDE, } fils d'*Agathocle*.

YDASAN, vieux guerrier au service de Carthage.

EGESTE, officier au service de Syracuse.

YDACE, fille d'*Ydasan*.

ELPENOR, conseiller du roi.

Une prêtresse de *Cérès*.

Suite et Soldats.

La scène est dans une place entre le palais du roi et les ruines d'un temple.

AGATHOCLE,

TRAGEDIE.

ACTE PREMIER.

SCENE PREMIERE.

YDASAN, EGESTE.

EGESTE.

De nos malheurs enfin le ciel a pris pitié ;
Il refferre aujourd'hui notre antique amitié.
Quand la paix réunit Carthage et Syracufe,
Peux-tu verfer des pleurs aux bords de l'Aréthufe ?
Quels que foient nos deftins, les lieux où l'on eft né
Ont encor des appas pour un infortuné :
Il eft doux de rentrer dans fa chère patrie.

YDASAN.

Elle ne m'eft plus chère, et fa gloire eft flétrie :
Sa lâche fervitude, et trente ans de malheurs,
Aigriffent mon courage en m'arrachant des pleurs.
Les volcans de l'Etna, fes cendres, fes abymes
Ont été moins affreux que ce féjour des crimes.
Le fer que le Cyclope a forgé dans leurs flancs
A moins de dureté que le cœur des tyrans.
Va, je hais Syracufe, Agathocle et la vie.

EGESTE.

Que veux-tu ? Dès long-temps la Sicile affervie

De l'heureux Agathocle a reconnu les lois;
Agathocle est compté parmi les plus grands rois.
Le hasard, le destin, le mérite peut-être,
Dispose des Etats, fait l'esclave et le maître.
Nul homme au rang des rois n'est jamais parvenu
Sans un talent sublime et sans quelque vertu.
Soyons justes, ami : j'aimai ma république ;
Mais j'ai su me plier au pouvoir monarchique.
Né sujet comme nous, dans la foule jeté,
Agathocle a vaincu la dure adversité.
L'adresse, le courage et surtout la fortune
L'ont porté dans ce rang dont l'éclat l'importune.
Elevé par degrés au timon de l'Etat,
Il était déjà roi lorsque j'étais soldat.
De ces coups du destin je sais que l'on murmure :
Les grands succès d'autrui sont pour nous une injure.
Mais si le même prix nous était présenté,
Ne dissimulons point : serait-il rejeté ?

YDASAN.

Il l'eût été par moi. J'aime mieux, cher Egeste,
Ma triste pauvreté que sa grandeur funeste.
N'excuse plus ton maître, et laisse à ma douleur
La consolation de haïr son bonheur.
Quoi donc! je l'aurai vu citoyen mercenaire,
Du travail de ses mains nourrissant sa misère ;
Et la guerre civile aura, dans ses horreurs,
Mis ce fils de la terre au faîte des grandeurs !
Il règne à Syracuse! Et moi, pour mon partage,
Banni de mon pays, et soldat à Carthage,
Blanchi dans les dangers, courbé sous le harnois,
Obscurément chargé d'inutiles exploits,

J'ai vu périr deux fils dans cette guerre inique
Qui défola long-temps la Sicile et l'Afrique.
Après tant de travaux, après tant de revers,
Ma fille me reftait ; ma fille eft dans les fers !
La malheureufe Ydace eft au rang des captives
Que l'Aréthufe encor voit pleurer fur fes rives.
C'eft ce qui me ramène à ces funeftes lieux,
Aux lieux de ma naiffance en horreur à mes yeux ;
Sans foutien, fans patrie, appauvri par la guerre,
Privé de mes deux fils, je n'ai rien fur la terre
Qu'un débris de fortune à peine ramaffé
Pour délivrer l'enfant que les dieux m'ont laiffé.
Des premiers jours de paix je faifis l'avantage ;
Je reviens arracher Ydace à l'efclavage :
Aux pieds de ton tyran j'apporte fa rançon ;
Et dès que l'avarice ouvrira fa prifon,
Je retourne à Carthage achever ma carrière.
Là je ne verrai point, couchés dans la pouffière,
Sous les pieds d'un tyran les mortels avilis.
Je mourrai libre au moins.... Va, fers dans ton pays.

EGESTE.

Tu ne partiras point fans me coûter des larmes.
Sous ce roi que tu hais je porte ici les armes ;
Nos devoirs différens n'ont point rompu les nœuds
De la vieille amitié qui nous unit tous deux.
J'ai vu ta fille Ydace ; et partageant fes peines,
Autant que je l'ai pu, j'ai foulagé fes chaînes.

YDASAN.

Tu m'attendris, Egefte.... Eft-ce auprès de ces murs
Qu'elle traîne fes jours et fes malheurs obfcurs ?

Où la trouver ? Comment me rendrai-je auprès d'elle ?

E G E S T E.

Dans les débris d'un temple est sa prison cruelle,
Auprès de cette place, et non loin du séjour,
De ce séjour superbe où le roi tient sa cour.

Y D A S A N.

Une cour ! des prisons ! quel fatal assemblage !
Ainsi le despotisme est près de l'esclavage.
Ce palais est bâti des marbres qu'autrefois
L'heureuse liberté consacrait à nos lois.
Ne pourrai-je à mon sang parler sous ces portiques ?
Je les ai vus ornés de nos dieux domestiques.
Mais nos dieux ne sont plus... . Puis-je au moins présenter
Cette faible rançon que je fais apporter ?
Agathocle, ton roi, daignera-t-il m'entendre ?

E G E S T E.

A ce détail indigne il ne veut plus descendre.
Sa grandeur abandonne à l'un de ses enfans
Du lucre des combats les soins avilissans.

Y D A S A N.

A qui dans ma douleur faut-il que je m'adresse ?

E G E S T E.

A son fils Polycrate, objet de sa tendresse,
Et déjà, nous dit-on, nommé son successeur,
Tout indigne qu'il est de cet excès d'honneur.

Y D A S A N.

Je ne puis voir ce roi ?

E G E S T E.

Sa sombre défiance
A tous les étrangers interdit sa présence.
A regret aux siens même il permet son aspect :
Soit que l'éloignement impose le respect,

Soit que changé par l'âge, et las du diadème,
Il se dérobe au monde, et se cherche lui-même.
Pour Ydace ta fille, un ordre injurieux
Ne lui défendra pas de paraître à tes yeux.
Du reste des captifs elle vit séparée,
Au-temple de Cérès en secret retirée.
Sa grâce, sa beauté, ses charmes plus flatteurs
Que la splendeur de l'or ou celle des grandeurs,
Font voler sur ses pas les cœurs à son passage
Sans qu'elle ose penser qu'on lui rende un hommage....
Je la vois qui sur nous semble arrêter les yeux
Au milieu des débris du temple de nos dieux.
Elle fuit en pleurant cette simple prêtresse
Qui de son esclavage adoucit la tristesse.

Y D A S A N.

Dans le saisissement que j'éprouve à la voir,
La consolation se mêle au désespoir.
C'est donc vous, ô ma fille, ô malheureuse Ydace!

S C E N E   I I.

YDASAN, YDACE, EGESTE, LA PRETRESSE.

Y D A C E.

Je baigne de mes pleurs vos genoux que j'embrasse.
Je vous ai vu, mon père, et vers vous j'ai volé,
Chez les Syracusains qui vous a rappelé?
Y seriez-vous tombé dans mon état funeste?
Qu'y venez-vous chercher?

Y D A S A N.

Le seul bien qui me reste.

(*à la Prêtresse.*)

Mon fang, ma chère fille. .... O vous dont la bonté
Tend une main propice à la calamité,
Puiffe des juftes dieux la juftice éternelle
Payer d'un digne prix le noble et tendre zèle
Qui donne aux grands du monde, en ces jours malheureux,
Un exemple fi beau, fi peu fuivi par eux!

LA PRETRESSE.

J'ai rempli faiblement le devoir qui m'engage.

YDASAN.

Je viens fauver ma fille et la rendre à Carthage :
Protégez-nous.

YDACE.

Hélas ! vos foins font fuperflus :
Je fuis efclave.

YDASAN.

Non, tu ne le feras plus ;
Je viens te délivrer.

YDACE.

O le meilleur des pères !
Quoi ! vos bontés pour moi finiraient mes misères !

YDASAN.

Oui, de ta liberté j'ai raffemblé le prix.

YDACE.

Vous, hélas ! de vos biens les malheureux débris
Né vous laifferaient plus qu'une indigence affreufe !

YDASAN.

Va, fois libre, il fuffit, et ma mort eft heureufe. ....
As-tu dans ta prifon paru devant le roi ?

YDACE.

Non : comment pourrait-il s'abaiffer jufqu'à moi ?

Comment un conquérant du fein de la victoire,
De la hauteur du trône où refplendit fa gloire,
Pourrait-il diftinguer un objet ignoré,
A de communs malheurs obfcurément livré?
Sait-il mon fort, mon nom, l'horreur où l'on me laiffe?
De Cérès en ces lieux cette digne prêtreffe
A daigné feulement dans ma captivité
Porter fur mon défaftre un regard de bonté.
Ses foins ont adouci ma fortune cruelle :
J'apprends à moins fouffrir, en fouffrant auprès d'elle.

YDASAN.

Je vais trouver ce roi : j'efpère que fon cœur,
Quoiqu'il foit corrompu par trente ans de bonheur,
Quoique le rang fuprême et le temps l'endurciffe,
N'ofera devant moi commettre une injuftice :
Il fe reffouviendra que je fus fon égal.

LA PRETRESSE.

Il l'a trop oublié.

YDASAN.

Dans fon fafte royal,
Il rougira peut-être en voyant ma misère.

LA PRETRESSE.

J'en doute. Mais allez, tendre et généreux père!
Que la fimple vertu puiffe enfin le toucher!
Surtout que de fon trône on vous laiffe approcher!

S C E N E   I I I.

Y D A C E ,   L A   P R E T R E S S E.

Y D A C E.

DE nos dieux méconnus Prêtreſſe bienfeſante,
Au malheur qui me ſuit comme eux compatiſſante,
Contre un fils du tyran vous qui me protégez,
Vous qui voyez l'abyme où mes pas ſont plongés,
Ne m'abandonnez pas.

L A   P R E T R E S S E.

Hélas! que puis-je faire?
Des miniſtres des dieux le triſte caractère,
Autrefois vénérable, aujourd'hui mépriſé;
Ce temple encor fumant, dans la guerre embraſé,
Les autels de Cérès enterrés ſous la cendre,
Mes prières, mes cris, pourront-ils vous défendre?

Y D A C E.

Souffrira-t-on du moins que loin de ce ſéjour
Je retourne à Carthage où je reçus le jour?

L A   P R E T R E S S E.

Agathocle en des mains avares, ſanguinaires,
A remis le maintien de ſes lois arbitraires.
Polycrate ſon fils commande fur le port;
Les priſons, les vaiſſeaux, tout ce ſéjour de mort,
Tout eſt à lui; le roi lui donne pour partage
Les droits du ſouverain levés fur l'eſclavage.
Les captifs ſont traités comme de vils troupeaux
Deſtinés à la mort, aux cirques, aux travaux,

Aux

Aux plaiſirs odieux des caprices d'un maître.

Plus fier, plus emporté que le roi n'a pu l'être,
Polycrate vous compte au rang de ces beautés
Qu'il deſtine à ſervir ſes triſtes voluptés.
Amoureux ſans tendreſſe, et dédaignant de plaire,
Féroce en ſes déſirs ainſi qu'en ſa colère,
C'eſt un jeune lion qui toujours menaçant
Veut ravir ſa conquête, et l'aime en rugiſſant.
Non, ſon père jamais ne fut plus tyrannique
Qu'en nommant héritier ce monſtre deſpotique.

Y D A C E.

Ah! d'où vient que les dieux pour moi toujours cruels
Ont expoſé mes yeux à ſes yeux criminels!
Entre ſon frère et lui, ciel! quelle différence!
L'humanité d'Argide égale ſa vaillance!
Ce frère vertueux d'un brigand déteſté
S'eſt attendri du moins ſur ma calamité.
Pourrai-je dans Argide avoir quelque eſpérance?

L A P R E T R E S S E.

Argide a des vertus, et bien peu de puiſſance.
Polycrate eſt le maître, il dévore le fruit
Des travaux d'un vieillard au ſépulcre conduit. ...
Mais avoûrai-je enfin mes ſecrètes alarmes?
Argide eſt un héros, vos regards ont des charmes,
Et malgré les horreurs de cet affreux ſéjour,
L'infortune amollit et diſpoſe à l'amour.
Un prince né pour plaire, et qui cherche à ſéduire,
Veut ſur notre faibleſſe établir ſon empire.
L'innocence ſuccombe aux tendreſſes des grands,
Et les plus dangereux ne ſont pas les tyrans.

Théâtre. Tome VI.   Z

IDACE.

Ah! que m'avez-vous dit? Sa bonté généreuse
Serait un nouveau piége à cette malheureuse!
J'aurais Argide à craindre en ma fatale erreur!
Et ma reconnaissance aurait trompé mon cœur!
De ce cœur éperdu touchez-vous la blessure?
Dans l'amas des tourmens que ma jeunesse endure
En est-il un nouveau dont je ressens les coups?

LA PRETRESSE.

L'amour est quelquefois le plus cruel de tous.

YDACE.

Quelle est donc ma ressource? Eh! pourquoi suis-je née!
Exposée à l'opprobre, aux fers abandonnée,
Le malheur qui me suit entoura mon berceau;
Le ciel me rend un père au bord de son tombeau!
Loin d'Argide et de vous ma timide jeunesse
Ne fera qu'un fardeau pour sa triste vieillesse!
L'espérance me fuit! la mort, la seule mort
Est-elle au moins un terme aux rigueurs de mon sort?
Aurai-je assez de force, un assez grand courage
Pour courir à ce port au milieu de l'orage?
Vous lisez dans mon cœur, vous voyez mon danger.
Ah! plutôt à mourir daignez m'encourager;
Affermissez mon ame incertaine, affaiblie,
Contre le sentiment qui m'attache à la vie.

LA PRETRESSE.

Que ne puis-je plutôt par d'utiles secours
Vous aider à porter le fardeau de vos jours!
Il pèse à tout mortel, et Dieu qui nous l'impose
Veut, nous l'ayant donné, que lui seul en dispose.

De votre ame éperdue il faut avoir pitié.
Attendez tout d'un père et de mon amitié,
Mais furtout de vous-même et de votre courage.
Vous luttez, je le vois, contre un fatal orage :
Dieu fe complaît, ma fille, à voir du haut des cieux
Ces grands combats d'un cœur fenfible et vertueux.
La beauté, la candeur, la fermeté modefte
Ont dompté quelquefois le fort le plus funefte.

YDACE.

Je me jette en vos bras : mon efprit défolé
Croit, en vous écoutant, que les dieux m'ont parlé.

Fin du premier acte.

ACTE II.

SCENE PREMIERE.

Y D A S A N , A R G I D E , P O L Y C R A T E , E G E S T E.

(Agathocle paſſe dans le fond du théâtre : il ſemble parler à ſes deux fils Polycrate et Argide. Il eſt entouré de courtiſans et de gardes. Ydaſan et Egeſte ſont ſur le devant , près du temple.)

Y D A S A N.

C'est-la ce vieux tyran ſi grand, ſi redoutable,
Qu'on croit ſi fortuné ! Son âge qui l'accable,
Son front chargé d'ennuis ſemble dire aux humains
Que le repos du cœur eſt loin des ſouverains.
Eſt-ce lui dont j'ai vu la miſérable enfance
Chez nos concitoyens ramper dans l'indigence ?
Eſt-ce Agathocle enfin ?... Que d'eſclaves brillans
Prêtent leur main ſervile à ſes pas chancelans !
Comme il eſt entouré ! leur troupe impénétrable
Semble cacher au peuple un monſtre inabordable.
Sont-ce là ſes deux fils dont tu m'as tant parlé ?

E G E S T E.

Oui : tu vois Polycrate à l'empire appelé.
On dit qu'il eſt plus dur et plus inacceſſible
Que ce ſombre vieillard autrefois ſi terrible.
Argide eſt plus affable : il eſt grand ſans orgueil,
Et ſa noble vertu n'a point un rude accueil :

Athène a cultivé fes mœurs et fon génie.
Né d'un tyran illuftre, il hait la tyrannie.
Vers ces débris du temple ils s'avancent tous deux.
Saififfons ce moment, ofons approcher d'eux:
Mais furtout fouviens-toi que Polycrate eft maître.

YDASAN.

Devant lui, cher ami, qu'il eft dur de paraître!

EGESTE.

Oublie, en lui parlant, l'efprit républicain.

YDASAN.

(*il marche vers Polycrate.*)
Prince, vous connaiffez les droits du genre-humain?

POLYCRATE.

Quel eft cet étranger? quel eft ce téméraire?

YDASAN.

Un homme, un citoyen, un vieux foldat, un père.

POLYCRATE.

Que me demandes-tu?

YDASAN.

La juftice, mon fang.
Je ne crois point bleffer l'éclat de votre rang;
Mais gardez les traités : rendez la jeune Ydace,
Refte unique échappé des malheurs de ma race,
J'en apporte le prix.

POLYCRATE, *aux fiens.*

Qu'on dérobe à mes yeux
D'un vieillard indifcret l'afpect injurieux.

Z 3

ARGIDE.

Mon frère, il ne vous fait qu'une juste demande.

POLYCRATE.

Soldats, qu'on obéiffe alors que je commande :
Qu'on l'éloigne.

YDASAN.

Ah, grands dieux, rendez-moi donc le temps
Où ma main vous fervait et frappait les tyrans !
Faut-il que de mes ans la trifte décadence
Me laiffe à leurs genoux expirer fans vengeance !

SCENE II.

POLYCRATE, ARGIDE.

ARGIDE.

Vous pouviez lui répondre avec plus de bonté :
Mon frère, un vieux foldat doit être refpecté.

POLYCRATE.

Non, mon frère : apprenez que je perdrais la vie
Avant que ma captive à mes mains fût ravie.
Ni la févérité de mon père en courroux,
Ni tous ces vains traités qui parlent contre nous,
Ni les foudres des Dieux, allumés fur ma tête,
Ne m'ôteraient l'objet dont je fais ma conquête.
Mon efclave eft mon bien ; rien ne peut m'en priver :
De ces lieux à l'inftant je la fais enlever.

(*après l'avoir regardé quelque temps en silence.*)
Blâmez-vous ce dessein que mon cœur vous confie?

ARGIDE.

Qui? moi! prétendez-vous que je vous justifie?
Quel besoin auriez-vous de mon consentement?
Comment approuverais-je un tel emportement?
La paix avec Carthage est déjà déclarée;
Agathocle aux autels aujourd'hui l'a jurée,
Tous nos concitoyens nous ont été rendus.
Si ce carthaginois n'a de vous qu'un refus,
Vous rallumez la guerre.

POLYCRATE.

Et c'est à quoi j'aspire:
La guerre est nécessaire à ce naissant empire:
Que ferions-nous sans elle?

ARGIDE.

En des temps pleins d'horreurs,
La guerre a mis mon père au faîte des grandeurs:
Pour soutenir long-temps ce fragile édifice
Il faut des lois, mon frère, il faut de la justice.

POLYCRATE.

Des lois! c'est un vain nom dont je suis indigné.
Est-ce à l'abri des lois qu'Agathocle a régné?
Il n'en connut que deux: la force et l'artifice.
La loi de Syracuse est que l'on m'obéisse.
Agathocle fut maître, et je veux l'égaler.

ARGIDE.

L'exemple est dangereux; il peut faire trembler:

Z 4

Voyez Créfus en Perfe, et Denys à Corinthe.

POLYCRATE.

(*après l'avoir regardé encore fixement.*)

Penfez-vous m'alarmer, m'infpirer votre crainte?
Prétendez-vous inftruire Agathocle et fon fils?
Je voulais un fervice, et non pas des avis.
J'avais compté fur vous....

ARGIDE.

Je ferai votre frère,
Votre ami véritable, ardent à vous complaire,
Quand vous exigerez de ma foi, de mon cœur
Tout ce que d'un guerrier peut permettre l'honneur.

POLYCRATE.

Eh bien, fervez-moi donc.

ARGIDE.

Quel deffein vous anime?
Vous voulez que je ferve à vous noircir d'un crime?

POLYCRATE.

Un crime, dites-vous?

ARGIDE.

Je ne puis autrement
Nommer l'atrocité de cet enlèvement.

POLYCRATE.

Un crime! vous ofez....

ARGIDE.

Oui, j'ofe vous apprendre
La dure vérité que vous craignez d'entendre.

Et quel autre que moi la dira fans détour ?

POLYCRATE.

Va, c'eſt où t'attendait mon malheureux amour.
Traître ! tu n'as pas ſu me cacher mon injure :
De tes fauſſes vertus je voyais l'impoſture.
Je ne prétendais pas te découvrir mon cœur ;
J'ai trop ſondé du tien la ſombre profondeur :
J'en ai vu les replis ; j'ai percé le myſtère
Dont tu ſais faſciner les regards du vulgaire.
Je voyais dans mon frère un ennemi fatal ;
Il veut paraître juſte, il n'eſt que mon rival.
Tu l'es : tu crois cacher d'un maſque de prudence
De l'eſclave et de toi l'indigne intelligence.
Plus coupable que moi, tu m'oſais condamner ;
Mais tu connais ton frère : il ſait peu pardonner.

ARGIDE.

Je te crois : je connais ta féroce inſolence ;
Tu crois du roi mon père exercer la puiſſance.
Monté ſur les degrés de ce ſuprême rang,
Es-tu le ſeul ici qui ſois né de ſon ſang ?
Tu n'en as que la fange où le ciel le fit naître.
Il a ſu la couvrir par les vertus d'un maître ;
Et tes égaremens, qui l'ont trop démenti,
T'ont remis dans le rang dont il était ſorti.

POLYCRATE.

Ils m'ont laiſſé ce bras pour punir un perfide.

ELPENOR *arrivant*, à *Polycrate.*

Seigneur, le roi vous mande.

POLYCRATE.

Oui, j'obéis... Argide,

Voilà ton dernier trait : mais tremble à mon retour.

(*il fort.*)

A R G I D E.

Je t'attends : nous verrons avant la fin du jour
Si la férocité, la menace et l'outrage
Ou cachaient ta faibleffe, ou montraient ton courage,

S C E N E I I I.

A R G I D E, E L P E N O R.

E L P E N O R.

Qu'ai-je entendu, Seigneur? et quel ardent courroux
Arme à mes yeux furpris et votre frère et vous?
Hélas! je vous ai vus ennemis dès l'enfance;
Mais ai-je dû m'attendre à tant de violence?
Vous me faites frémir.

A R G I D E.

Vos confeils me font chèrs;
Mais j'appris de vous-même à braver les pervers.
Je l'appris encor plus dans Sparte et dans Athène!
Elpénor, condamnez ma franchife hautaine;
Mon cœur, je l'avoûrai, n'eft pas fait pour la cour.

E L P E N O R.

Il eft libre, il eft grand; mais, Seigneur, fi l'amour,
Mêlant à vos vertus fes faibleffes cruelles,
Allume entre vous deux ces fatales querelles!
On le foupçonne au moins.

ARGIDE.

Ah ! ne redoutez rien :
Je ne fais point former un indigne lien.
Polycrate, il eſt vrai, dans ſa brûlante audace
Croit ſoumettre à ſes lois la malheureuſe Ydace,
Et je ne puis ſouffrir ce droit injurieux
Que le fort des combats donne aux victorieux.
J'oſe braver mon frère et ſervir l'innocence.
Non, ce n'eſt point l'amour qui prendra ſa défenſe :
Je ne l'ai point connu ; mon cœur juſqu'aujourd'hui
Pour venger la vertu n'a pas beſoin de lui.
Elpénor, croyez-moi, s'il faut qu'il m'aſſerviſſe,
Il ne peut m'entraîner à rien dont je rougiſſe.

ELPENOR.

Je vous en crois ſans peine, et mes regards diſcrets
De ce cœur généreux reſpectent les ſecrets.
Mais, Seigneur, je voudrais qu'un peu de complaiſance
Pût raſſurer du roi la triſte défiance.
Il aime votre frère ; il vous craint.

ARGIDE.

Elpénor,
Il devrait m'eſtimer ; et j'oſe dire encor
Que la voix du public, équitable et ſincère,
Pourra me conſoler des rebuts de mon père....
Mais quel bruit ? quel tumulte ? et qu'eſt-ce que je voi ?

SCENE IV.

ARGIDE, YDACE, ELPENOR, LA PRETRESSE.

(on entend un grand bruit derrière la scène : elle s'ouvre.
Ydace paraît : la Prêtresse la suit. Le peuple et les soldats
avancent au fond du théâtre.)

ARGIDE.

Est-ce Ydace? Elle-même en ce séjour d'effroi!
Est-ce vous qui fuyez, captive infortunée?

YDACE.

Par d'horribles soldats indignement traînée,
Arrachée aux autels de mes dieux protecteurs,
Aux mains de la prêtresse à qui dans mes malheurs
Le ciel a confié ma jeunesse craintive,
On me poursuit encore errante, fugitive.
Quand mon père, accablé du poids de mes douleurs,
Allait jusqu'au palais faire parler mes pleurs,
On saisissait sa fille au nom de votre frère!...
En cet affreux moment leur troupe sanguinaire
Recule de surprise à votre auguste aspect;
Tant le juste aux pervers imprime de respect.
De ce respect, Seigneur, je m'écarte sans doute;
Mais l'horreur où je suis, l'horreur que je redoute,
Sont ma fatale excuse en cette extrémité.
Et de votre grand cœur la noble humanité
Daignera jusqu'au bout, propice à ma misère,
Sauver ma liberté des transports de son frère.

ARGIDE.

Oui, oui, je défendrai contre ce furieux
Ce dépôt si sacré que je reçois des dieux.
Je vous prends sous ma garde au péril de ma vie.

YDACE.

Par vos rares vertus je suis plus asservie
Que par cet esclavage où me réduit le sort.
Je détestais le jour, et j'invoquais la mort;
Je vis par vous....

ARGIDE.

Allez : d'un tyran délivrée,
Revoyez loin de nous votre heureuse contrée.
C'en est fait, belle Ydace... emportez nos regrets...
De son départ, amis, qu'on hâte les apprêts.

(au peuple qui est dans le fond.)

Nobles Syracusains, secourez l'innocence;
Contre ses ravisseurs embrassez sa défense.

(à la prêtresse.)

Prêtresse de Cérès, unissez-vous à moi;
Parlez au nom des dieux, et surtout de la loi.
Qu'Ydace enfin soit libre, et que de ce rivage
Avec son digne père on la mène à Carthage.

(au peuple.)

Qu'aucun de vous n'exige et qu'il n'ose accepter
Le prix dont ce vieillard la voulait racheter.
Liberté ! liberté ! tu fus toujours sacrée :
Quand on la met à prix elle est déshonorée.

(à la prêtresse.)

Protégez cet objet que je vous ai rendu;
Aux persécutions dérobez sa vertu :

Qu'elle forte aujourd'hui de cette terre affreufe.
Ydace ! loin de moi vivez long-temps heureufe ;
Allez, fuyez furtout loin d'un perfécuteur....
En la fefant partir je m'arrache le cœur.

(à Elpénor.)

Me reprocheras-tu que l'amour foit mon maître ?
Favori d'Agathocle ! apprends à me connaître.
J'honore la vertu ; le malheur m'attendrit :
C'eft à toi de juger fi l'amour m'avilit.

S C E N E V.

Y D A C E , L A P R E T R E S S E.

Y D A C E.

Grands Dieux ! qui par fes mains brifez mon joug funefte,
Eft-il dans votre olympe une ame plus célefte ?
Et n'eft-ce pas ainfi qu'autrefois les mortels
En s'approchant de vous méritaient des autels ?

(à la prêtreffe.)

Hélas ! vous fefiez craindre à mon ame offenfée
Que fa pure vertu ne fût intéreffée !

L A P R E T R E S S E.

Je l'admire avec vous : je crois voir aujourd'hui
Le fang de nos tyrans purifié par lui.

Y D A C E.

On dit qu'il fut nourri dans Sparte et dans Athènes ;
Il en a le courage et les vertus humaines.

Quelle grandeur modeſte en offrant ſes ſecours !
Que mon cœur qui m'échappe eſt plein de ſes diſcours !
Comme en me défendant il s'oubliait lui-même !
A la cour des tyrans eſt-ce ainſi que l'on aime !
Je n'ai point à rougir de ſes ſoins généreux ;
Ils ne ſont point l'effet d'un tranſport amoureux :
Ses ſentimens ſont purs, et je' ſuis ſans alarmes.
Oui, mon bonheur commence !

LA PRETRESSE.

Et vous verſez des larmes !

YDACE.

Je pleure, je le dois ; l'excès de ſes bontés,
Sa gloire, ſa vertu... tout m'attendrit....

LA PRETRESSE.

Partez.

YDACE.

C'en eſt fait. Retournons aux lieux qui m'ont vu naître.
Faut-il que je vous quitte ! Ah ! que n'eſt-il mon maître !

LA PRETRESSE.

Croyez-moi, chère Ydace, il vous faut dès ce jour
Fuir ces bords dangereux, menacés par l'amour.
Votre cœur attendri veut en vain ſe contraindre :
Argide et ſes vertus ſont pour vous trop à craindre.
Préparons tout : craignons que ſon frère odieux
Ne ramène le crime en ces funeſtes lieux.

YDACE.

Dieux ! ſi vous protégez ce cœur faible et timide ;
Dieux ! ne permettez pas qu'il oſe aimer Argide !

Etouffez dans mon fein ces fentimens fecrets
Qui livreraient mes jours à d'éternels regrets,
Et de qui malgré moi le charme involontaire
Redoublerait encor ma honte et ma misère !

LA PRETRESSE.

O cœur pur et fenfible, et né dans les malheurs !
Va, crains la vertu même, et fuis loin des grandeurs !

Fin du fecond acte.

ACTE

ACTE III.

SCENE PREMIERE.

LA PRETRESSE, YDASAN.

YDASAN.

J'AI paru devant lui, je l'ai revu, ce roi,
Ce héros autrefois plus inconnu que moi.
De mes chagrins profonds domptant la violence,
J'ai jufqu'à le prier forcé ma répugnance.
Mes traits défigurés par l'outrage du temps,
Ce front cicatrifé couvert de cheveux blancs,
Ne l'ont point empêché de daigner reconnaître
Un vieux concitoyen dont les yeux l'ont vu naître.
Je me fuis étonné qu'il vît couler mes pleurs
Sans marquer ces dédains qu'infpirent les grandeurs.
Le temps, dont il commence à reffentir l'injure,
Aurait-il amolli cette ame fière et dure ?
D'un regard adouci ce prince a commandé
Qu'on me rendît mon fang que j'ai redemandé.
Polycrate, indigné de l'ordre de fon père,
Ne pouvait devant lui retenir fa colère :
Le barbare eft forti la fureur dans les yeux.

LA PRETRESSE.

Tout eft à redouter de cet audacieux.
Son père a pour lui feul une aveugle tendreffe :
Avec étonnement on voit tant de faibleffe.

Théâtre. Tome VI.   Aa

Ce roi fi défiant, fi redouté de tous,
Si ferme en fes deffeins, du pouvoir fi jaloux,
Eſt mollement foumis, comme un homme vulgaire,
Au fuperbe afcendant d'un jeune téméraire.
Il n'aime point Argide ; il femble redouter
Cette mâle vertu qu'il ne peut imiter :
Ce noble caractère et l'indigne et l'outrage.
Il aime Polycrate, il chérit fon image.
Le barbare en abufe ; il n'eſt point de forfaits
Dont fon emportement n'ait fouillé le palais.
Le père fut tyran, le fils l'eſt davantage.
Sans la vertu d'Argide, et fans ce fier courage,
Votre fang malheureux, flétri, déshonoré,
Au lâche Polycrate allait être livré.

YDASAN.

Il eût fait cet affront à fon malheureux père !

LA PRETRESSE.

Il l'ofait : mais Argide eſt un dieu tutélaire,
Un dieu qui parmi nous aujourd'hui defcendu
Vient confoler la terre et venger la vertu.
Vous lui devez l'honneur, vous lui devez la vie.
Emmenez votre fille. Un barbare, un impie,
Aux lois des nations peut encore attenter :
Son caractère affreux ne fait rien refpecter.
Entre le crime et lui mettez les mers profondes :
Qu'un favorable dieu vous guide fur les ondes !
Souvenez-vous de moi fous un ciel plus heureux.

YDASAN.

Vos vertus, vos bontés ont furpaſſé mes vœux.
Sans doute avec regret de vous je me fépare ;
Mais il me faut fortir de ce féjour barbare ;
Il me faut mourir libre, et j'y cours de ce pas.

SCENE II.

LA PRETRESSE, YDASAN, EGESTE.

EGESTE.

Nous sommes tous perdus : ami, n'avance pas.
La mort eft déformais le recours qui nous refte :
Argide, Polycrate, Ydace....

YDASAN.

Ah! cher Egefte!
Ma fille! Ydace! parle, et donne-moi la mort.

EGESTE.

Nous conduifions Ydace : elle approchait du port,
Elle vous attendait pour quitter Syracufe ;
Les peuples empreflés au bord de l'Aréthufe,
Pleurant de fon départ, admirant fa beauté,
Chargeaient le ciel de vœux pour fa profpérité.
Tout à coup Polycrate, écartant tout le monde,
Paraît comme un éclair qui fend la nuit profonde :
Il fe faifit d'Ydace, et d'un bras détefté,
Il arrache fa proie au peuple épouvanté.
Argide feul, Argide entreprend fa défenfe ;
Sa fermeté s'oppofe à tant de violence.
L'infame raviffeur, un poignard à la main,
Sur ce jeune héros s'eft élancé foudain.
Argide a combattu ; mais avec quel courage!
On croyait voir un dieu contre un monftre fauvage.
Polycrate vaincu tombe et meurt à fes pieds.
Les cris des citoyens jufqu'au ciel envoyés

A a 2

En portent à l'inftant la nouvelle à fon père ;
Tandis qu'en fon triomphe oubliant fa colère,
Le vainqueur attendri fecourt en gémiffant
Le farouche ennemi qui meurt en menaçant.

YDASAN.

Tu ne m'as rien appris qui ne nous foit propice :
Nous fommes tous vengés.

LA PRETRESSE.

Le ciel a fait juftice.
C'eft un tyran de moins dans nos calamités.

YDASAN.

Quittons ces lieux, marchons... Qu'ai-je à craindre ?

EGESTE, *l'arrêtant.*

Ecoutez :
Le roi , qui dans ce fils mit fa feule efpérance,
Accourt fur le lieu même en nous criant : *Vengeance !*
Mon fils dénaturé vient d'égorger mon fils !
Ses farouches foldats s'affemblent à fes cris,
Le peuple fe difperfe, et fuit d'un pas timide.
Agathocle éperdu fait arrêter Argide :
On faifit votre fille , et dans fon trouble affreux,
Le roi défefpéré vous a profcrits tous deux.

YDASAN.

Ma fille, ton feul nom déchire mes entrailles !
J'efpérais de mourir dans les champs de batailles !
Sous le fer des bourreaux allons-nous expirer ?...
Il faut qu'un vieux foldat meure fans murmurer.
Mais toi !

EGESTE.

S'il commettait cette horrible injuftice,
Je ne puis , Ydafan, que vous fuivre au fupplice

Le pouvoir defpotique eft maître de nos jours :
Nous fommes fans appui, fans armes, fans fecours....
Mais ne pouvez-vous pas, prêtreffe qu'on révère;
Faire parler du moins votre faint caractère?

LA PRÊTRESSE.

Ce temps n'eft plus. J'ai vu que des dieux autrefois
On refpectait l'empire, on écoutait la voix ;
Le remords arrêtait fur le bord de l'abyme ;
La juftice éternelle épouvantait le crime....
Sur nos dieux abattus les tyrans élevés,
De nos biens enrichis, de nos pleurs abreuvés,
A nos antiques droits ont déclaré la guerre.
La rapine et l'orgueil font les dieux de la terre.

EGESTE.

Séparons-nous : on vient. C'eft Agathocle en pleurs.
Comme vous il eft père, et je crains fes douleurs :
La vengeance les fuit.

SCENE III.

AGATHOCLE, Suite.

AGATHOCLE.

Qu'on ôte de ma vue
Ce malheureux objet qui m'indigne et me tue.
Sur elle et fur fon père ayez les yeux ouverts ;
Qu'ils foient tous deux gardés, qu'ils foient chargés de fers.

Amenez devant moi ce criminel Argide.

UN OFFICIER.

Votre fils !

AGATHOCLE.

Lui ! mon fils ? non.... mais ce parricide.
Mon fils eſt mort !
(*on amène Argide enchaîné. Suite. Egeſte éloigné avec les gardes.*)
(*Agathocle à Argide.*)
Cruel ! il eſt mort par tes coups,
Et tu braves encor mes pleurs et mon courroux !
Et ce peuple aveuglé, qu'a ſéduit ton audace,
Applaudit à ton crime et demande ta grâce !

ARGIDE.

Seigneur, le peuple eſt juſte.

AGATHOCLE.

Il va voir aujourd'hui
Que ſon malheureux prince eſt plus juſte que lui.
Traître ! je t'abandonne aux lois que j'ai portées.

ARGIDE.

Si par l'équité ſeule elles furent dictées,
Elles décideront qu'en ce triſte combat
J'ai ſauvé l'innocence et peut-être l'Etat.
Le nom de loi m'eſt cher, et ce nom me raſſure.

AGATHOCLE.

Tu redoubles ainſi ton crime et mon injure !
Tu ne m'aimas jamais, et crois me déſarmer ?

ARGIDE.

Mon cœur toujours ſoumis cherchait à vous aimer.
Il eſt pur ; il n'a point de reproche à ſe faire.
Ce cœur s'eſt ſoulevé quand j'ai tué mon frère ;

De la nature en moi j'ai fenti le pouvoir :
Mais il fallait combattre, et j'ai fait mon devoir.
J'ai puni des forfaits, j'ai vengé l'innocence :
Elle n'avait que moi, Seigneur, pour fa défenfe.
Le cruel m'a forcé de lui percer le flanc.
Suivez votre courroux, baignez-vous dans mon fang.
Si dans ce jour affreux les remords peuvent naître,
Je n'en dois point fentir... Vous en aurez peut-être.

AGATHOCLE.

Quoi ! ton farouche orgueil ofe encor m'infulter !

ARGIDE.

Je ne fais que vous plaindre, et que vous refpecter.

AGATHOCLE, *en gémiffant.*

Tu m'arraches mon fils !

ARGIDE.

J'ai défendu ma vie,
Et je vous ai fervi, vous, dis-je, et ma patrie.

AGATHOCLE.

Fuis de mes yeux, barbare, attends ton jufte arrêt.

ARGIDE.

Vous êtes fouverain, commandez : je fuis prêt.

(*on l'emmène.*)

SCENE IV.

AGATHOCLE, Gardes.

QUE vais-je devenir ? Dans quel trouble il me jette !
Quoi donc ! fa fermeté tranquille et fatisfaite
D'un œil indifférent, d'un bras dénaturé,
Vient tourner le poignard dans mon cœur déchiré !
Voilà les dignes fruits de la fauffe fageffe
Que les Syracufains cherchèrent dans la Grèce !
Ils en ont rapporté le mépris de mes lois,
Celui de la mort même, et la haine des rois.
Je n'ai donc plus d'enfans ! ma vieilleffe accablée
Va defcendre au tombeau fans être confolée.
Ma gloire, ce fantôme inutile au bonheur,
Illuftrant ma difgrâce en augmente l'horreur.
Que me fait cette gloire et ma grandeur fuprême ?
Je fuis privé de tout et réduit à moi-même.
Dans les jours malheureux qui peuvent me refter,
Je lis un avenir qui doit m'épouvanter.
C'eft à moi de mourir ; mais au moins je me flatte
Que tous les affaffins de mon fils Polycrate
Subiront avec moi le plus jufte trépas.

(*à un garde.*)

Vous, veillez fur Argide, et marchez fur fes pas.

(*à un autre.*)

Vous, répondez d'Ydace, et furtout de fon père.

(*à un autre.*)

Que l'on cherche Elpénor. Un confeil falutaire

De fon expérience eft toujours l'heureux fruit.
Ses yeux m'éclaireront dans cette affreufe nuit.

(*à un officier.*)

Soutenez-moi : mon ame en fes tranfports funeftes
De ma force épuifée a confumé les reftes.
Je ne me connais plus... Dieu des rois et des dieux!
Dieu qu'annonçait Platon chez nos groffiers aïeux,
Je t'invoque à la fin, foit raifon, foit faibleffe.
Si tu règnes fur nous, fi ta haute fageffe
Prend foin du haut des cieux du deftin des Etats,
Si tu m'as élevé, ne m'abandonne pas.
Je t'imitai du moins en fondant un empire,
En y donnant des lois ; et ma douleur n'afpire,
Au bout de la carrière où je touche aujourd'hui,
Qu'à venger mon cher fils, qu'à tomber avec lui.

Fin du troifième acte.

ACTE IV.

SCENE PREMIERE.

YDACE, LA PRETRESSE,
Soldats dans le fond.

YDACE. (*)

Non, je ne cache plus ma tendreffe fatale :
Je l'aimais, je l'avoue ; et l'amour nous égale.
Non, ne ménagez plus ce cœur né pour fouffrir ;
J'appris à vivre efclave, et j'apprends à mourir ;
Ne me déguifez rien ; je pourrai tout entendre.
Je fais que dans ces lieux le roi devait fe rendre.
C'eft un père outragé, c'eft un maître abfolu :
On dit qu'il a parlé, mais qu'a-t-il réfolu ?

LA PRETRESSE.

Il flottait incertain ; fon ame s'eft montrée
De douleur affaiblie et de fang altérée.
Tantôt par un feul mot il nous glaçait d'horreur,
Et furtout fon filence infpirait la terreur ;
Tantôt la profondeur de fa fombre penfée
Echappait aux regards d'une foule empreffée.
Il foupire, il menace ; il fe calme, il frémit :
Pour le feul Elpénor on croit qu'il s'adoucit.

(*) Ici *Ydace* ne doit plus fe contenir dans les bornes d'une douleur modefte ; elle doit paraître en défordre, les cheveux épars, et éclater en fanglots.

Autour de lui rangés ses courtisans le craignent,
Et dans son désespoir il en est qui le plaignent.

YDACE.

Ils plaignent un tyran ! bas esprits, vils flatteurs !
Ils n'osent plaindre Argide ! ils lui ferment leurs cœurs !
Ils croiraient faire un crime en prenant sa défense.

LA PRETRESSE.

L'affliction du maître impose à tous silence.

YDACE, *en poussant un cri et en pleurant.*

Ah ! parlez-moi du moins, répondez à mes cris.
Est-il vrai qu'Agathocle ait condamné son fils ?

LA PRETRESSE.

Le bruit en a couru.

YDACE.

Je me meurs !

LA PRETRESSE.

Chère Ydace !

Ah ! revenez à vous ! un père qui menace
Ne frappe pas toujours. Ma fille, rassurez,
Ranimez vos esprits par le trouble égarés ;
Ecartez de votre ame une image si noire.

YDACE.

Argide est condamné !

LA PRETRESSE.

Non, je ne le puis croire.

YDACE.

Je ne le crois que trop.... C'en est fait.

LA PRETRESSE.

C'est ici
Que du sort qui l'attend on doit être éclairci.

L'inftant fatal approche ; Agathocle s'avance ;
Il paraît qu'Elpénor lui parle en affurance.
Attendons un moment dans ces lieux retirés ;
Ils furent en tout temps des afiles facrés ;
Méprifés de nos grands, le peuple les révère :
J'y vois déjà venir votre malheureux père.

Y D A C E.

De votre faint afile on viendra l'arracher ;
Aux regards du tyran qui pourra fe cacher ?

S C E N E I I.

AGATHOCLE *d'un côté*, *fuivi d'*ELPENOR ;
YDASAN, YDACE, LA PRETRESSE
de l'autre côté, retirés dans les ruines du temple.

AGATHOCLE *à Elpénor.*

Oui, te dis-je, le traître irritait ma colère ;
Dans fes refpects forcés il infultait fon père ;
On eût dit en voyant Argide auprès de moi
Que j'étais le coupable et qu'Argide était roi.
L'infolent à mes yeux fe vantait de fon crime.
Le meurtre de fon frère eft, dit-il, légitime :
Il a fervi l'Etat en m'arrachant mon fils !

(*il s'affied.*)

C'en eft trop ! qu'on me venge... Elpénor ! obéis.
Qu'on me venge... Soldats, n'épargnez plus Argide.
Il faut enfin qu'un roi puniffe un parricide.
Qu'il meure.

LA PRETRESSE, *sortant de l'afile, et fe jetant aux genoux d'Agathocle.*

Non, Seigneur, non, vous ne voudrez pas
De deux fils en un jour contempler le trépas ;
Vous n'immolerez point la moitié de vous-même.
De mes dieux méprifés la majefté fuprême
Ne parle point ici par ma débile voix :
Je n'attefterai plus leur juftice et leurs lois.
Je fais trop qu'à pas lents la vengeance éternelle
Pourfuit des méchans rois la tête criminelle ;
Et que fouvent la foudre éclate en vains éclats
Pour des cœurs endurcis qui ne la craignent pas.
Mais ne vous perdez point dans un jour fi funefte ;
Ne vengez point un fils fur un fils qui vous refte ;
Et ne vous privez point de l'unique fecours
Que le ciel vous gardait dans vos malheureux jours.

YDASAN.

Cruel ! peux-tu frapper une fille innocente ?

YDACE.

J'apporte ici ma tête ; et votre main fanglante
Me fera favorable en me fefant mourir.
Mais voyez les horreurs où vous allez courir.
Le fils dont vous pleurez la mort trop méritée
Avait une ame atroce et du crime infectée,
Et jaloux de fon frère allait l'affaffiner.
Le fils qu'un père injufte ofe ici condamner,
Eft un héros, un dieu qui nous a fait juftice.
Si vous vous obftinez à vouloir fon fupplice,
Voyez déjà ce fang répandu par vos mains
Soulever contre vous les dieux et les humains.

Vous ferez détefté de toute la nature,
Détefté de vous-même... Et l'ame augufte et pure,
L'ame du grand Argide en vain du haut des cieux
Implorera pour vous la clémence des dieux :
Ils fuivront votre exemple, ils feront fans clémence.
Ce fang fi précieux crîra plus haut vengeance.
La vérité fe montre à vos yeux détrompés :
Elle a conduit nos voix.... J'attends la mort : frappez.

A G A T H O C L E.

Quoi ! ces trois ennemis infultent à ma perte !
Quoi ! fous leurs pas tremblans quand la tombe eft ouverte,
Ils déchirent encor ce cœur défefpéré !
Qu'on les faffe fortir.

(*on les emmène.*)

S C E N E   I I I.

A G A T H O C L E,   E L P E N O R.

A G A T H O C L E.

Mon efprit égaré
De tout ce que j'entends reçoit d'affreux préfages.
Ami, durant trente ans de travaux et d'orages,
Par des périls nouveaux chaque jour éprouvé,
Jamais jour plus affreux pour moi ne s'eft levé.
Mon fils eut des défauts : l'amitié paternelle
Ne m'en figurait pas une image infidelle ;
Mais fon courage altier fecondait mes deffeins ;
Il fouteñait le trône établi par mes mains.

Et , s'il faut à tes yeux découvrir ma penſée,
De ce trône ſanglant ma vieilleſſe laſſée
Allait le réſigner à mon malheureux fils.
Tu vois de quels effets mes projets ſont ſuivis.
Mon cœur s'ouvre à tes yeux ; ouvre le tien de même ;
Dis-moi la vérité : je la crains , mais je l'aime.
Eſt-il vrai que mes fils ſe diſputaient tous deux
Cette jeune beauté , cet objet dangereux,
Cette eſclave ?

ELPENOR.

On prétend qu'ils ont brûlé pour elle.
Cet amour a produit leur ſanglante querelle ;
Elle a cauſé la mort du fils que vous pleurez.
Polycrate, au mépris de vos ordres ſacrés,
En portant ſur Ydace une main téméraire,
A levé le poignard ſur ſon malheureux frère.
Argide a du courage : il n'a point démenti
Le pur ſang d'un héros dont on le voit ſorti.
Je gémis avec vous que ce fils intrépide
Avec tant de vertu ne ſoit qu'un parricide ;
Mais Polycrate enfin fut l'injuſte agreſſeur.

AGATHOCLE.

Tous deux ſont criminels : ils m'ont percé le cœur.
L'un a ſubi la mort, et l'autre la mérite :
Contre le meurtrier tu fais que tout m'irrite.
Sa faveur populaire avait dû m'alarmer ;
Il m'offenſait ſurtout en ſe fefant aimer ;
Son nom s'agrandiſſait des débris de ma gloire.
En vain dans l'Occident les mains de la victoire
Du laurier des héros m'ont cent fois couronné ;
Dans ma triſte maiſon j'étais abandonné....

Je le fuis pour jamais. Je fens trop que l'envie
Des tourmens que j'éprouve eft à peine affouvie.
On me hait : et voilà le trait envenimé
Qui perce un cœur flétri dans l'ennui confumé....
Mais Argide eft mon fils.

E L P E N O R.

              Et j'ofe encor vous dire
Qu'il fut digne de l'être et digne de l'empire.
Incapable de feindre ainfi que de flatter,
De fouffrir un affront et de le mériter ;
Vertueux et fenfible.....

A G A T H O C L E.

              Ah, qu'ofes-tu prétendre ?
Lui fenfible ! A mes pleurs a-t-il daigné fe rendre ?
Du meurtre de fon frère avait-il des remords ?
A-t-il pour me fléchir tenté quelques efforts ?
Eh, n'a-t-il pas bravé la douleur de fon père ?

E L P E N O R.

Il eft trop de fierté dans ce grand caractère ;
Il ne fait point plier.

A G A T H O C L E.

              Je dois favoir punir.

E L P E N O R.

Ne vous préparez point un horrible avenir :
La nature a parlé ; fa voix eft toujours tendre.

A G A T H O C L E.

Le cri de la vengeance auffi fe fait entendre.

Je

Je dois tout à mon trône ; ô trône enfanglanté !
Si brillant, fi funefte, et fi cher acheté !
Grandeur éblouiffante et que j'ai mal connue !
Jufqu'à quand votre éclat féduira-t-il ma vue ?

ELPENOR.

Du trouble où je vous vois que faut-il augurer ?
Qu'ordonnez-vous d'un fils ?

AGATHOCLE.

Laiffe-moi refpirer.

Fin du quatrième acte.

ACTE V.

SCÈNE PREMIERE.

LA PRETRESSE, YDASAN *auprès du temple sur le devant du théâtre*, Gardes *dans le fond.*

LA PRETRESSE.

Exemples étonnans des caprices du fort!
L'un à l'autre inconnus dans ce féjour de mort,
Sous le fer d'un tyran la prifon nous raffemble,
Et je ne vous ai vu que pour mourir enfemble!
O père infortuné! c'eft dans ces mêmes lieux,
Dans ce temple où jadis ont defcendu nos dieux;
C'eft parmi les débris de leurs autels en cendre
Que le roi va paraître, et l'arrêt doit fe rendre!
Agathocle a voulu que fa fervile cour
Solennife avec lui ce déplorable jour.
C'eft une fête augufte; et fon ame affligée
Croit par ce grand éclat fa perte mieux vengée:
Il croit apprendre mieux au peuple épouvanté
Que le fang d'un tyran doit être refpecté.
Sous fa puiffante voix il faut que tout fléchiffe:
Et ce fpectacle horrible, on l'appelle juftice!

YDASAN.

Prêtreffe, croyez-moi, ce violent courroux
Raffafié de fang n'ira point jufqu'à vous.

Il eſt, n'en doutez pas, des barrières ſacrées
Dont on ne franchit point les bornes révérées.
Un tyran craint le peuple ; et ce peuple à mes yeux,
Tout corrompu qu'il eſt, reſpecte en vous ſes dieux.
De ma fille après tout vous n'êtes point complice ;
C'eſt aſſez qu'avec elle un malheureux périſſe :
C'eſt ma ſeule prière, et le coup qui m'attend
Ne peut précipiter ma mort que d'un moment.
Je vous quitte attendri ; pardonnez à mes larmes.

LA PRETRESSE.

On ne les permet point. Ces délateurs en armes
Vont à notre tyran rapporter nos diſcours.

YDASAN.

Je le fais ; c'eſt l'uſage établi dans les cours.
Grands Dieux ! je vois paraître Argide avec Ydace !

SCENE II.

YDASAN, LA PRETRESSE, ARGIDE, YDACE,
Gardes et Aſſiſtans *dans le fond.*

ARGIDE.

On le permet : je viens chercher ici ma grâce,

YDASAN.

Seigneur, que dites-vous ?

ARGIDE.

Contre ſon raviſſeur
J'ai défendu ta fille, et vengé ſon honneur.

Bb 2

J'ai fait plus : je l'aimais, et, m'immolant pour elle,
Je m'imposais moi-même une absence éternelle.
Je te demande ici le prix de la vertu,
Pour qui je vais mourir, pour qui j'ai combattu.
J'étouffais mon amour, et je n'ai pu prétendre
(Malheureux d'être prince) à devenir ton gendre.
Mais enfin de ce nom je suis trop honoré :
Je veux dans mon tombeau porter ce nom sacré....
Ydace, en nous aimant expirons l'un et l'autre ;
Que ma mourante main puisse presser la vôtre ;
Que mes yeux soient encore attachés sur vos yeux !
Que la divinité qui nourrit nos aïeux
Préside avec l'hymen à notre heure fatale !

(à la prêtresse.)

O Prêtresse, allumez la torche nuptiale....

(à Ydasan.)

Embrassons-nous, mon père, à nos derniers momens.
Ydace, chère Ydace, acceptez mes sermens :
Ils sont purs comme vous. Nos ames rassemblées
Au ciel qui les forma vont être rappelées.
Conservez, s'il se peut, équitable avenir,
De l'amour le plus saint l'éternel souvenir !

YDACE à Ydasan.

Les sentimens d'Argide ont passé dans mon ame :
Son courage m'élève et sa vertu m'enflamme.
Le nom de son épouse est un titre trop beau
Pour que vous refusiez d'en orner mon tombeau.
Non, Argide, avec vous la mort n'est point cruelle :
La vie est passagère et la gloire immortelle.

YDASAN.

Ah, mon prince ! ah, ma fille !

LA PRETRESSE.

Infortunés époux!
Couple digne du ciel! il eſt ouvert pour vous.
Il voit un grand ſpectacle, et digne qu'on l'envie,
La vertu qui combat contre la tyrannie.

YDASAN.

Chère fille! grand prince! en quel horrible jour,
En quels horribles lieux me parlez-vous d'amour!
Eh bien, je vous unis : eh bien, Dieux que j'atteſte!
Dieux des infortunés, formez ce nœud funeſte!
Et pour le célébrer, renverſez nos tyrans
Dans l'abyme où la foudre a plongé les Titans!
Que le feu de l'Etna dans ſes gouffres s'allume;
Que le barbare y tombe, y vive et s'y conſume!
Que ſon juſte ſupplice, à jamais renaiſſant,
Soit l'éternel vengeur de mon ſang innocent!
Et tombe la Sicile et Syracuſe en poudre
Si l'oppreſſeur du peuple échappait à la foudre!
Voilà mes vœux pour vous, chers et tendres amans,
Et nos chants de l'hymen, et mes derniers fermens.

LA PRETRESSE.

Notre heure eſt arrivée : Agathocle s'avance;
Il ajoute à la mort l'horreur de ſa préſence.

ARGIDE.

Quoi! ſa cour l'environne, et ſon peuple le fuit!

YDASAN.

Quel démon, quel deſſein devant nous le conduit?

Bb 3

SCENE III et dernière.

Les Perſonnages précédens , AGATHOCLE
entouré de ſa cour. Le peuple ſe range ſur les deux côtés
du théâtre : les grands prennent place aux côtés du trône ,
et ſont debout.

AGATHOCLE: (∗)

L'EQUITÉ... C'eſt ſa voix qui dicte la ſentence....
      (*il monte ſur le trône , et les grands s'aſſeyent.*)
C'eſt moi qui vous l'annonce : écoutez en ſilence....
Vous me voyez au trône ; et c'eſt le digne prix
De trente ans de travaux pour l'Etat entrepris.
J'eus de l'ambition , je n'en fais point d'excuſe ;
Et ſi de quelque gloire aux champs de Syracuſe,
Parmi tant de combats , j'ai pu couvrir mon nom ,
Cette gloire eſt le fruit de mon ambition :
Si c'était un défaut , il ſerait héroïque.

  Je naquis inconnu dans votre république :
J'étais dans la baſſeſſe , et je n'ai dû qu'à moi
Les talens , les vertus qui m'ont fait votre roi.
Je n'avais pas beſoin d'une origine illuſtre ;
La mienne à ma grandeur ajoute un nouveau luſtre.
L'argile par mes mains autrefois façonné
A produit ſur mon front l'or qui m'a couronné.
Raſſaſié de gloire et de tant de puiſſance,
Enfin j'en ai ſenti la triſte inſuffiſance....

(∗) Ce morceau doit être débité avec beaucoup de nobleſſe , et même
d'enthouſiaſme : il faut ſurtout obſerver les pauſes qui ſont marquées par
des points.

Le ciel, je le vois trop, met au fond de nos cœurs
Un fentiment fecret au-deffus des grandeurs.
Je l'éprouve, et mon ame eft affez forte encore
Pour dédaigner l'éclat que le vulgaire adore.
Je puis également, m'étant bien confulté,
Vivre et mourir au trône, ou dans l'obfcurité....

 Pour un fils que j'aimais ma prodigue tendreffe
Me fefait efpérer qu'aux jours de ma vieilleffe,
De mon puiffant empire il foutiendrait le poids :
Je le crus digne enfin de vous donner des lois.
Je m'étais abufé : ces erreurs menfongères
Sont le commun partage et des rois et des pères.
C'eft peu de les connaître ; il les faut expier....
O mon fils!... dans mes bras daigne les oublier!...

  (il tend les bras à Argide, et le fait affeoir à côté de lui.)

Peuples, voilà le roi qu'il vous faut reconnaître.
Je crois tout réparé, je le fais votre maître.
Oui, mon fils, j'ai connu que dans ce trifte jour
La vertu l'emportait fur le plus tendre amour.
Tu méritais Ydace, ainfi que ma couronne....
Jouis de toutes deux ; ton père te les donne.

 Prêtreffe de Cérès, allumez les flambeaux
Qui doivent éclairer des triomphes fi beaux ;
Relevez vos autels, célébrez vos myftères
Que j'ai crus trop long-temps à mon pouvoir contraires.
Apprenez à ce peuple à remplir à la fois
Ce qu'il doit à fes dieux, ce qu'il doit à fes rois....

 Toi, généreux guerrier, toi le père d'Ydace,
Puiffes-tu voir ton fang renaître dans ma race!...
Sers de père à mon fils, rends-moi ton amitié ;
Pardonne au fouverain qui t'avait oublié ;

       Bb 4

Pardonne à ces grandeurs dont le ciel me délivre.
Le prince a difparu ; l'homme commence à vivre.

Y D A C E à la prêtreſſe.

O Dieux !

E G È S T E.

Quel changement !

Y D A S A N.

Quel prodige !　　　

Y D A C E.

Heureux jour !

A R G I D E.

Vous m'étonnez, mon père ; et peut-être à mon tour
Je vais dans ce moment vous étonner vous-même....
Vous daignez me céder ce brillant diadème,
Ineſtimable prix de vos travaux guerriers,
Que vos vaillantes maíns ont couvert de lauriers....
J'oſe accepter de vous cet auguſte partage,
Et je vais à vos yeux en faire un digne uſage....
　　Platon vint ſur ces bords ; il enſeigna des rois ;
Mon cœur eſt ſon diſciple, et je ſuivrai ſes lois....
Un ſage m'inſtruiſit, mais c'eſt vous que j'imite ;
A vivre en citoyen votre exemple m'invite.
Vous êtes au-deſſus des honneurs ſouverains ;
Vous les foulez aux pieds, Seigneur, et je les crains.
Malheur à tout mortel qui ſe croirait capable
De porter après vous ce fardeau redoutable.
　　Peuples, j'uſe un moment de mon autorité :
Je règne.... votre roi vous rend la liberté.

　　　(<i>il deſcend du trône.</i>)

Agathocle à fon fils vient de rendre juftice :
Je vous la fais à tous... Puiffe le ciel propice
Commencer dès ce jour un fiècle de bonheur,
Un fiècle de vertu plutôt que de grandeur!...
O mon augufte époufe! ô noble citoyenne !
Ce peuple vous chérit ; vous êtes plus que reine.

Fin du cinquième et dernier acte.

AVIS AU LECTEUR,

Imprimé dans plusieurs éditions, à la suite des tragédies.

L'AUTEUR est obligé d'avertir que la plupart de ses tragédies imprimées à Paris chez *Duchêne*, au temple du goût, en 1764, avec privilége du roi, ne sont point du tout conformes à l'original. Il ne sait pas pourquoi le libraire a obtenu un privilége sans le consulter. Le roi ne lui a certainement pas donné le privilége de défigurer des pièces de théâtre, et de s'emparer du bien d'autrui pour le dénaturer.

Dans la tragédie d'Oreste, le libraire du temple du goût finit la pièce par ces deux vers de *Pylade*:

Que l'amitié triomphe en tout temps, en tous lieux,
Des malheurs des mortels et des *crimes* des dieux.

Ce blasphème est d'autant plus ridicule dans la bouche de *Pylade* que c'est un personnage religieux qui a toujours recommandé à son ami d'obéir aveuglément aux ordres de la divinité. Dans toutes les autres éditions on lit : *et du courroux des dieux.*

On ne conçoit pas comment, dans la même tragédie, l'éditeur a pu imprimer : (*page* 237)

Je la mets dans vos fers, elle va vous servir.
C'est m'acquitter vers vous bien moins que la punir.
Vous, laissez cette cendre à mon juste courroux, &c.

Qui jamais a pu imaginer de mettre ainsi quatre

rimes mafculines de fuite, et de violer fi groffière-
ment les premières règles de la poëfie françaife? Il
y a plus encore. Le fens eft perverti ; il y a fix vers
néceffaires d'oubliés. Il fe peut qu'un comédien,
pour avoir plutôt fait, ait écourté et gâté fon rôle.
Un libraire ignorant achète une mauvaife copie du
fouffleur de la comédie, et au lieu de fuivre l'édition
de Genève, qui eft fidelle, il imprime un ouvrage
entièrement méconnaiffable.

La même fottife fe trouve dans la tragédie de
Brutus, page 282 :

Je plains tant de vertus, tant d'amour et de charmes.
Un cœur tel que le fien méritait d'être à vous.
Abominables lois que la cruelle impofe !

Peut-on préfenter aux lecteurs un pareil galima-
tias, et voler ainfi leur argent ? Il y a ici trois vers
d'oubliés. Telle eft la négligence de quelques
libraires ; ils n'ont ni affez d'intelligence pour comprendre ce qu'ils impriment, ni affez d'honnêteté
pour payer un correcteur d'imprimerie : pourvu
qu'ils vendent leur marchandife, ils font contens.
Mais bientôt leur mauvaife conduite eft découverte,
et leurs miférables éditions décriées reftent dans leurs
boutiques pour leur ruine.

Tancrède eft imprimé beaucoup plus infidellement.
L'auteur eft obligé de déclarer qu'il y a dans cette
pièce beaucoup de vers qu'il n'a jamais ni faits ni pu
faire, comme ceux-ci, par exemple :

Voyant tomber leur chef, les Maures *furieux*
L'ont accablé de traits dans *leur rage cruelle.*

(*a*) L'Orphelin de la Chine n'eſt pas moins défi-
guré. On ne trouve point dans l'édition de *Duchêne*
ces vers que dit *Gengis*, et qui ſont dans toutes les
éditions :

> Gardez de mutiler tous ces grands monumens,
> Ces prodiges des arts conſacrés par les temps,
> Reſpectez-les ; ils ſont le prix de mon courage.
> Qu'on ceſſe de livrer aux flammes, au pillage,
> Ces archives de lois, ce long amas d'écrits,
> Tous ces fruits du génie, objets de vos mépris.
> Si l'erreur les dicta, cette erreur m'eſt utile ;
> Elle occupe ce peuple, et le rend plus docile.

Ce diſcours eſt très-convenable dans la bouche
d'un prince ſage, qui parle à des Tartares ennemis
des lois et de la ſcience.

Voici ce que l'éditeur a mis à la place :

> Ceſſez de mutiler tous ces grands monumens
> Echappés aux *fureurs des flammes*, *du pillage.*

Toute la fin de la tragédie de Zulime eſt ridicu-
lement altérée. Une fille qui a trahi, outragé, attaqué
ſon père, qui ſent tous ſes crimes et qui s'en punit,
à qui ſon père pardonne, et qui s'écrie dans ſon
déſeſpoir *j'en ſuis indigne*, doit faire un grand effet.
On a tronqué et altéré cette fin, et on finit la pièce
par une phraſe qui n'eſt pas même achevée. Les vers
impertinens qu'on a mis dans Olimpie ſont indignes

(*a*) Ceci a déjà été remarqué dans l'avertiſſement qui eſt à la tête du
premier volume du théâtre.

d'une telle édition. En voici un qui me tombe fous la main :

Ne viens point, malheureux, par différens efforts.

En un mot, l'auteur doit pour l'honneur de l'art, encore plus que pour fa propre juftification, précautionner le lecteur contre cette édition de *Duchêne*, qui n'eft qu'un tiffu de fautes et de falfifications. Il n'eft pas permis de s'emparer des ouvrages d'un homme, de fon vivant, pour les rendre ridicules. On a pris à tâche de gâter les expreffions, de fubftituer des liaifons à des fcènes plus impertinemment tronquées. Cette manœuvre a été pouffée à un tel excès, que les comédiens de province eux-mêmes, révoltés contre la licence et le mauvais goût qui défiguraient la tragédie d'Olimpie, n'ont jamais voulu la jouer comme on l'a repréfentée à Paris.

Ce n'eft pas affez d'être parvenu à corrompre prefque tous les ouvrages qu'un homme a compofés pendant plus de cinquante années ; tantôt on publie fous fon nom de prétendues *lettres fecrètes ;* tantôt ce font des lettres à fes *amis du Parnaffe ,* qu'on fabrique en Hollande ou dans Avignon ; et puis c'eft fon *porte-feuille retrouvé ,* que perfonne ne voudrait ramaffer. *Granger* le libraire met fon nom hardiment à un tome de mélanges ; un ex-jéfuite lui attribue des livres ridicules , et écrit contre ces livres un libelle beaucoup plus ridicule encore ; et tout cela fe vend à des provinciaux et à des étrangers qui croient acheter ce qu'il y a de plus intéreffant dans la littérature françaife. Il eft vrai que toutes ces impertinences tombent et meurent comme des infectes éphémères, mais ces infectes fe reproduifent toutes les années. Rien n'eft plus aifé à faire qu'un mauvais livre, fi ce n'eft une mauvaife critique. La baffe littérature inonde une partie de l'Europe ; le goût fe corrompt tous les jours : il en eft à peu-près de l'art d'écrire comme de celui de la déclamation. Il y a plus de fix cents comédiens français répandus dans l'Europe, et à peine deux ou trois qui aient reçu de la nature les dons néceffaires, et qui aient pu approfondir leur art. Combien avons-nous d'écrivains qui à peine favent leur langue, et qui commencent par dire leur avis fur les arts qu'ils n'ont jamais pratiqués, fur l'agriculture fans avoir poffédé un champ, fur le miniftère fans être jamais entrés dans le bureau d'un commis, fur l'art de gouverner fans avoir pu feulement gouverner leur fervante ? Combien s'érigent en critiques, qui n'ont jamais pu produire d'eux-mêmes un ouvrage fupportable ; qui parlent de poëfie, et qui ne favent pas feulement la mefure d'un vers ? combien enfin deviennent calomniateurs de profeffion pour avoir du pain, et vendent des injures à tant la feuille ?

Fin du Tome fixième.

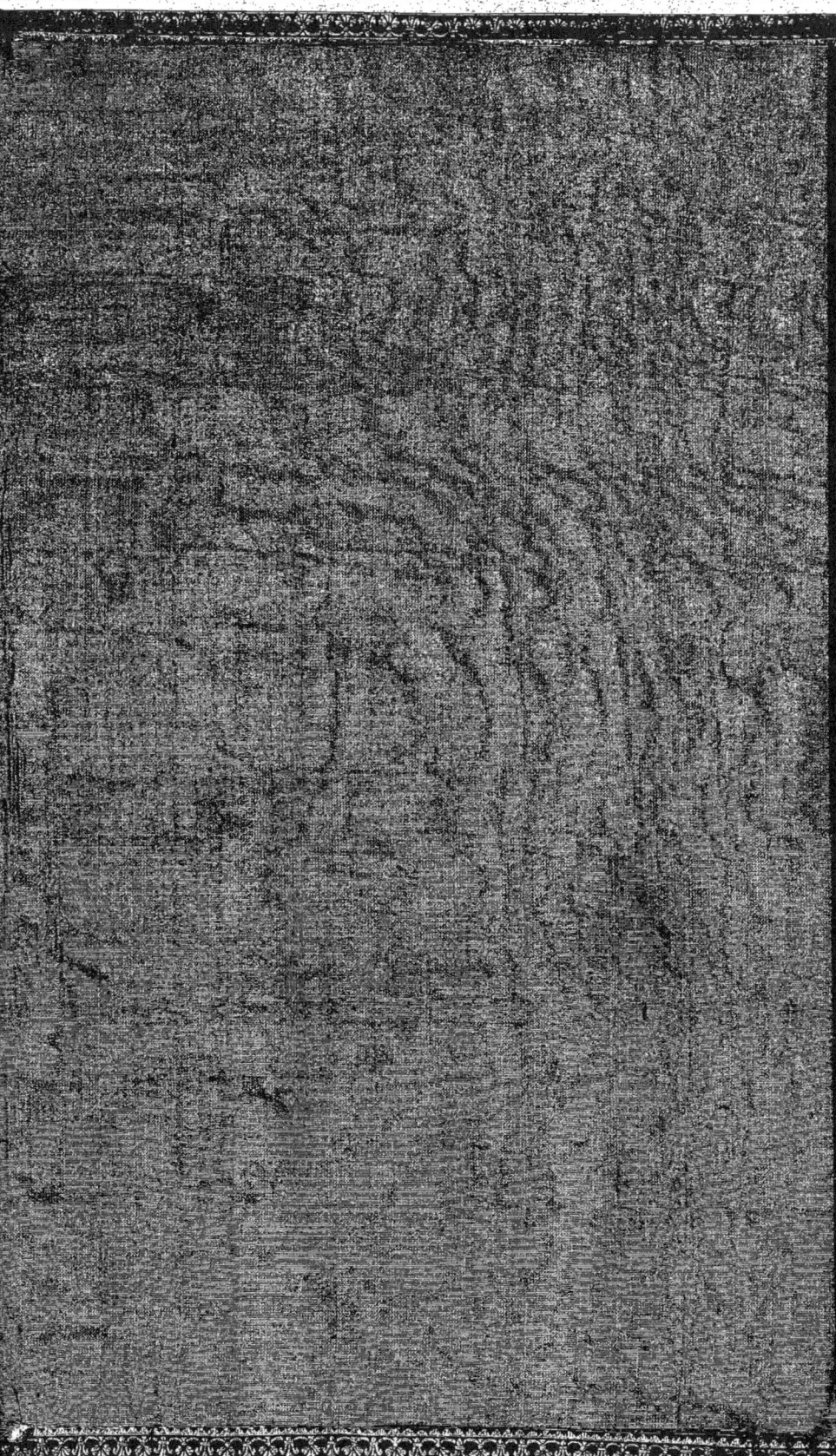

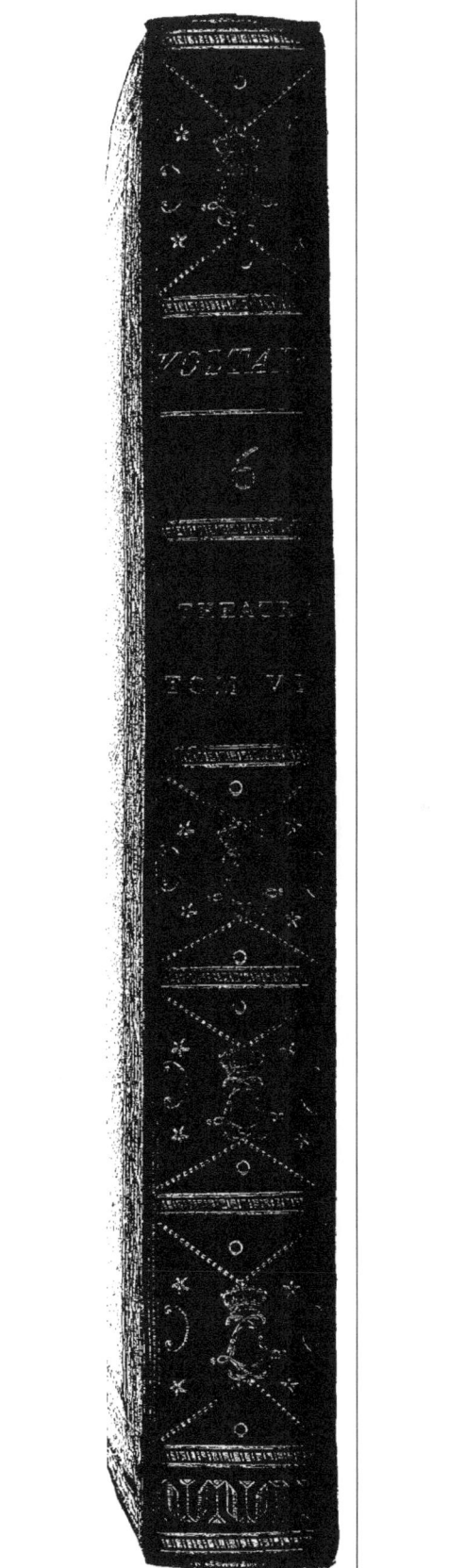

www.ingramcontent.com/pod-product-compliance
Lightning Source LLC
Chambersburg PA
CBHW050732030726
47505CB00002B/234